AGUA DE COLONIA

Lily K. Slutsky

Editorial Bereshit

CONTENTS

PREFACIO

Sara observaba la escena con profundo pesar. Lo que tanto quiso impedir desde el momento de su muerte, hacía poco menos de un mes, estaba a punto de acontecer allí mismo, tal y como había temido en sus peores pesadillas. Ya nada podía hacer. Había llegado el momento de comprender que sus posibilidades de cambiar el curso de las cosas seguían siendo tan limitadas como siempre. Lo que tenía que ocurrir acabaría ocurriendo, y ella no tendría más remedio que aprender a aceptar esa verdad.

CAPÍTULO 1

Tel Aviv, Israel, viernes 3 de mayo de 2019

Luciano miró la hora en el móvil. Había llegado al banco indicado frente al mar con bastante antelación. Aún le quedaba casi una hora para recibir la mochila, y media más para llegar a la cafetería elegida de la calle Dizengoff, a apenas quince minutos a pie desde allí. Decidió aprovechar el tiempo para admirar nuevamente la bella playa de Tel Aviv, teniendo en cuenta que ya nunca más tendría la oportunidad de hacerlo.

Hacía un hermoso día primaveral y, a esa hora de la mañana, el sol se destellaba en el mar. Dentro de esa masa de brillo deslumbrante se entreveían los perfiles oscuros de personas de todas las edades adentrándose en las espumosas olas que, al tocar la orilla, lamían suavemente la arena. A pesar de que era temprano, la playa estaba muy concurrida. A los muchos israelíes amantes del mar se sumaban varios turistas.

Mientras observaba el panorama desde aquel banco frente al mar, repasó mentalmente lo que ya había hecho y lo que aún le quedaba por hacer.

La tarde anterior había escrito y programado varios correos electrónicos que se enviarían al día siguiente por la mañana. Unos días antes, había dejado en manos de sus nuevos amigos de Jerusalén Oriental un vídeo donde explicaba su decisión en los tres idiomas que dominaba: español, árabe e inglés.

Volvió a sopesar si el efecto del acto que estaba a punto de realizar era realmente preferible al de su plan anterior. Esperaba que sí, ya que el precio de su sacrificio resultaría devastador para su familia y, a pesar de lo poco que se conocían, tal vez también para Lucía.

De todos modos, ya no había manera de volverse atrás. Dentro de un rato iría al baño público con la mochila recién obtenida y se pondría el chaleco con mucho cuidado debajo de la ropa, asegurándose de que el botón activador quedara en el lugar correcto. Acto seguido, se dirigiría a pie al café, que probablemente estaría abarrotado.

Con su aspecto de turista europeo, nadie se fijaría en él. Sin poder evitarlo, volvió a mirar la hora. Esa mañana, los minutos tenían un significado mayor que el habitual. Le alegró ver que aún le quedaba algo de tiempo para observar el bello mundo. Como una mariposa que aleteara dentro de su cerebro, le hizo cosquillas el pensamiento de que quizá las tierras y los mares pertenecieran en realidad a todo el mundo, que tal vez era estúpido pelear y morir por su control. No obstante, lo descartó de inmediato. Él tenía una misión y nada le haría desistir de cumplirla.

Una joven bastante guapa pasó ante sus ojos. Parecía tener prisa. Pensó que, por su aspecto, podría ser tanto árabe como judía. A veces era difícil notar la diferencia.

Yael siguió apretando el paso, a pesar de que había notado la mirada que le había mandado ese chico que estaba sentado en un banco observando el mar. Parecía ser turista. Podía ser italiano o español. Bien parecido, como muchos europeos. Se ruborizó al recordar el corto amorío que había tenido unos meses atrás con un italiano. «Ellos sí que saben cómo tratar a una mujer», pensó. Sin que nada pudiera indicarle lo mucho que debería desear no volver a toparse con ese extraño, se dijo que bien podía ocurrir que sus caminos volvieran a encontrarse antes de que él regresara a su país.

Decidió concentrarse en no llegar tarde a la cafetería donde trabajaba. Su jefe ya le había advertido que perdería su puesto si seguía atrasándose. Y eso definitivamente no le convenía, ya que era un trabajo perfecto para estudiantes, con turnos por las tardes y los fines de semana. Además, en comparación con otros empleos, le proporcionaba con creces los medios para vivir gracias a las propinas.

En un año más finalizaría su máster en Periodismo. Ya poseía una licenciatura en Inglés, idioma que dominaba a la perfección porque había pasado gran parte de su niñez en Estados Unidos, debido al trabajo de su padre.

Soñaba con ser una periodista fiel a la verdad, con el don de transmitir sus opiniones y puntos de vista de una manera contundente y persuasiva. Algún día, haría que todo el mundo conociera la narrativa franca, cierta y justa de Israel. Eran tantos los que escribían en su contra, de manera unilateral y desproporcionada, que sentía que su misión de vida era equilibrar un poco la balanza.

De tanto pensar, casi pasó de largo su destino. Se detuvo en seco y, tras retroceder unos pasos, entró rápidamente al local. Miró el reloj. Eran las nueve en punto. «Justo a tiempo», se dijo con satisfacción mientras deslizaba su tarjeta de empleo en la ranura del reloj de asistencia.

Casi una hora después, mientras Yael corría de mesa en mesa tomando y entregando pedidos, Marina intentaba en vano que alguno de los camareros se fijara en ella y le explicara por qué se tardaban tanto en llevarle el helado que había ordenado para su hija Elena, de tres años. La niña ya había perdido toda la paciencia que cabe en el alma de una infante y se había puesto a llorar. Empezó con una cara compungida cuando vio que un fabuloso helado de varias capas y muchos colores, con una pequeña sombrillita, una cereza en la cima y estrellitas centelleantes, pasaba a su lado para quedar depositado frente al rostro feliz de otro chico. Cuando un minuto después el postre prometido no había llegado aún a su mesa, comenzó a lloriquear. En ese momento, tras cinco interminables minutos más, la niña lloraba a toda garganta, acompañando el llanto con sonoros hipos y toses. Marina observaba con pena y preocupación cómo una marea de color rojizo-azulado teñía la carita de su hija, pero nada de lo que intentaba hacer para distraerla de su desdicha le daba resultado. Desde las mesas vecinas le llegaban dos tipos de miradas: unas iracundas, que le lanzaban flechas de un rojo carmesí y en las que se leía claramente «¡Haz callar a esa mocosa de una vez por todas!», y otras más simpáticas y comprensivas.

De pronto, notó la mirada de un joven que acababa de tomar asiento en una mesa de la terraza, muy cerca de la entrada. En su caso, no consiguió captar qué tipo de mensaje le enviaba. ¿La estaba viendo realmente? Más bien parecía como si sus ojos la atravesaran sin verla, como si se estuvieran posando en algún punto a sus espaldas. Por otro lado, creyó percibir en ellos algo similar a una súplica. ¿Tal vez un grito de socorro? Daba la sensación de que estaba perdido en reflexiones y no había notado el ensordecedor llanto de Elena. ¿Sería sordo? Marina observó que tenía la frente salpicada de gotas de sudor y que su ropa era demasiado abrigada para esa época del año. Se notaba que era un turista, probablemente europeo. Sin embargo, algo en él indicaba que tenía profundas raíces en el lugar.

Sin saber por qué, se sintió intimidada, como si ese chico pudiera representar algún peligro. En el preciso instante en que comenzó a preocuparse, llegó una alegre y bonita camarera con una espléndida copa de helado que nada tenía que envidiar a la que habían visto minutos atrás. Elena pasó en una fracción de segundo de la más absoluta desesperación a la más resplandeciente felicidad. Un segundo después, Marina vio que la misma camarera que había traído el helado a su hija se dirigía al joven de apariencia europea para tomar su pedido. Le dio la impresión de que se conocían. Eso le diluyó el dejo de preocupación que le había causado y, seguidamente, se volvió para embelesarse viendo cómo la pequeña disfrutaba con cada bocado de su helado.

◆ ◆ ◆

En otra mesa de la misma terraza, un poco más cerca de la vereda, una pareja mayor cuya edad había ya pasado el umbral de lo calculable (¿se puede diferenciar entre un anciano de ochenta y otro de noventa o más?) tomaban café con leche y mordisqueaban una medialuna en silencio. Cada tanto se intercambiaban una mirada en la que había una mezcla de compañerismo, entendimiento y amor. Conversaban sin hablar. Ella vio un gorrión en una de las ramas del árbol cuya frondosa copa daba su sombra a la mesa donde estaban sentados. Él siguió su mirada, reconoció el gorrión y sonrió. Asintió con la cabeza. Sí, sabía que a ella le encantaban esos pequeños pájaros.

Cuando comenzó el alboroto con la niña que lloraba desesperada e inconsolable, fueron de los que miraron a la madre con amor y comprensión. Ellos sabían todo lo que implicaba criar hijos. Ambos lo habían hecho dos veces. La primera en Polonia, antes de la llegada de los nazis. La segunda después de que se encontraran en Israel, supervivientes de aquel infierno en el que habían perdido a sus familias. Él, a su esposa, su hija de cuatro años y su bebé de dos, y ella a su esposo y a sus adorados mellizos de cinco años. No fue fácil empezar una nueva vida desde las cenizas. Sin embargo, eran aún jóvenes y, a pesar de la vergüenza y la culpa que nunca dejaron de sentir por haber sobrevivido, latía en ellos esa sed de vivir, esas ganas de vengarse viviendo, de demostrar a los antisemitas del mundo que nuevamente no habían logrado su propósito. No habían conseguido quebrantar el espíritu judío. Y allí estaban, todavía juntos, en esa primorosa ciudad que amaban, en un hermoso día soleado, rodeados de gente buena. Desde su llegada a Israel la vida no siempre les había sonreído. Muchas cosas no eran como les hubiera gustado, pero sí habían logrado seguir adelante. Tenían tres hijos y ocho nietos. Ninguno de ellos tuvo que sufrir las atrocidades que ellos habían padecido. Desde luego, ambos se cuidaron muy bien de no contarles casi nada de su pasado. Era mejor así. Bastaba con que ellos continuaran despertándose con pesadillas.

Una ola de alegría los invadió cuando vieron que la niña recibía por fin el dulce que estaba esperando y notaron cómo cambió repentinamente su estado de ánimo. Los ancianos vieron en esa sonrisa de felicidad infantil a sus hijos, que a esa edad, aproximadamente, habían sido arrancados de la seguridad y el amor de sus hogares para atravesar un infierno hasta ser asesinados. Luego, los ancianos siguieron bebiendo su café y mordisqueando su medialuna, con la certeza de que muy pronto volverían a reunirse con ellos en el más allá.

En otra mesa de la misma terraza, había una pareja joven con dos chicos de entre cinco y ocho años. Parecían felices. Mantenían una animada conversación en árabe. Estaban todos muy pulcramente vestidos. Fatma tenía la cabeza y el pecho cubiertos con un velo de tonos azules que hacían juego con su vestimenta, por lo demás occidental, y sus enormes y bien delineados ojos. Parecía maquillada, aunque quien la observara de cerca vería que solo tenía un poco de carmín de color neutral en los labios. Cuando la camarera llegó para tomar su pedido dejaron por un momento de hablar entre ellos y se dirigieron a ella en perfecto hebreo. Encargaron dos cafés con leche y medialunas con almendras para ella y Muhammad y dos helados para los niños. Tras retirarse la camarera, volvieron a parlotear en árabe. Fue entonces cuando su marido notó la presencia, dos mesas más allá, de ese joven de apariencia europea, impecable y educada, que aparentemente estaba esperando su pedido y los miraba con un asomo de preocupación ¿o quizá pesar? en la mirada. Muhammad le comentó a Fatma lo que había notado.

—¿No te parece que nos mira preocupado? —le dijo muy cerca del oído, pero levantando un poco la voz para sobreponerse a los gritos de una niña que no paraba de llorar en la mesa vecina, situada entre ellos y el supuesto europeo. Y agregó, con una risita

7

amarga—: Tal vez ha notado nuestra apariencia árabe y cree, como muchos, que todos los árabes en Israel son terroristas.

—¡Qué tonterías dices! —lo regañó Fatma con una sonrisa cariñosa—. ¿Cómo podría alguien sentir algún tipo de preocupación al ver a una familia tan pacífica y alegre como la nuestra? —A continuación, le dio un pequeño empujoncito en el hombro para indicarle con el dedo que su café con leche ya lo esperaba.

—Sería una pena que se te enfriara.

Muhammad le dio la razón mientras saboreaba su medialuna y la regaba con un sorbo del humeante café. Sin embargo, algo en ese joven lo intrigaba e inquietaba al mismo tiempo.

Yaniv y Sharon no podían creer la suerte que habían tenido al coincidir por fin en un fin de semana libre. Desde que ambos se habían alistado en el Ejército, hacía casi cinco meses, era la primera vez que lograban verse de verdad. Acababan de encontrarse, tal y como lo habían concertado, en la estación ferroviaria central de Tel Aviv y ambos estaban aún vestidos con su uniforme militar y llevaban su arma colgada al hombro. Decidieron ir caminando a la calle Dizengoff y ver si tenían la suerte de encontrar alguna mesa libre en una de las cafeterías de su amada ciudad. Luego cada uno se dirigiría a su casa a cambiarse de ropa y organizar el bolso de playa y volverían a encontrarse a orillas del mar, donde probablemente pasarían la mayor parte del día; si tenían suerte, se encontrarían con algunos de sus amigos. Por la noche, cenarían y celebrarían la entrada del *shabat* con sus respectivas familias y luego irían a alguno de los *pubs* de la ciudad. Se conocían desde el primer año de secundaria, pero solo se habían fijado el uno en la otra en el penúltimo año, tras lo cual se habían vuelto inseparables. Ahora, desde que ambos eran soldados, se mantenían en contacto a distancia con ayuda de las redes sociales. Ese reencuentro físico era para ellos, en ese momento, la cima de la dicha. Durante todo el camino desde la estación central hasta la calle Dizengoff no habían parado de charlar sobre todo lo que había acontecido últimamente. Desde lejos vieron que en una de sus cafeterías preferidas había una mesa vacía que los estaba esperando. Apresuraron el paso para que nadie se adelantara y desde la calle depositaron en ella una bolsa para señalar que ya estaba ocupada. Luego entraron y tomaron asiento. Al llegar, una niña bastante pequeña lloraba a pleno pulmón en una mesa cercana. Se miraron inquietos, sopesando si deseaban pasar uno de los pocos momentos que tenían para disfrutar juntos bajo el estridente llanto infantil. Pero justo entonces apareció una camarera con un enorme helado y el lloro se interrumpió como por arte de magia. Satisfechos, se sentaron y siguieron charlando, tomándose las manos, mirándose a los ojos y disfrutando de su reencuentro.

El sexto cumpleaños de Yuval había caído justo un viernes. Era una gran suerte, porque eso permitió a sus padres José y Andrea festejarlo con él sin necesidad de pedir un día libre en el trabajo. Como nuevos inmigrantes en el país necesitaban su empleo y preferían no tomarse días absueltos si no era totalmente necesario. Hacía ya casi dos años que se habían trasladado de México, su país natal, a Israel. Estaban felices de haberlo hecho, a pesar de los muchos desafíos que conllevaba la transición de un país conocido y amado a otro que en sus sueños y fantasías era casi perfecto, pero en la realidad un poco menos.

Sabían algo de hebreo porque habían asistido a la escuela judía durante la educación primaria, pero era muy elemental y los israelíes casi no los entendían. Por desgracia, no dominaban el inglés, idioma que conocía bastante bien la mayoría de los lugareños. A pesar de todo, se estaban arreglando relativamente bien. Ambos consiguieron un trabajo que no requería un alto dominio del idioma: él en una carpintería (nunca pensó que disfrutaría tanto de trabajar con las manos en lugar de con la cabeza) y ella como ordenadora de estantes en una red de supermercados. Yuval ya dominaba el hebreo como un israelí nativo y, al mismo tiempo, seguía hablando el español como cualquier niño mexicano. Era él quien socorría a sus padres cuando se estancaban con el idioma. Eso era exactamente lo que había sucedido un rato antes, cuando quisieron explicar a la camarera que el helado que encargaron para Yuval tenía que ser especialmente colorido y extraordinario, porque ese día cumplía seis años, que era una edad importante porque el año siguiente ya comenzaría la escuela primaria.

José y Andrea observaron con orgullo paternal cómo Yuval traducía a la camarera palabra por palabra todo lo que habían expresado y se unieron a las sonrisas y ademanes de simpatía de la amable camarera, que, según había respondido a la pregunta de Yuval, se llamaba Yael. La llegada del espléndido helado de cumpleaños del niño fue acompañada por cantos de feliz cumpleaños en hebreo y en español, que los padres y la camarera entonaron al unísono. Poco después, mientras Yuval se deleitaba con su helado, vio por el rabillo del ojo que una niña pequeñita lloraba desconsoladamente. «¡Qué infantil!», pensó, mientras sumergía profundamente la cucharita en las bolas de helado para llegar al de color anaranjado.

Luciano observaba desde su mesa. Había logrado acomodarse en la terraza exactamente como lo había planeado: muy cerca del interior del local. Eso haría que el impacto fuera mayor. Echó un vistazo a su alrededor. Vio a una pareja mayor que de todos modos estaría ya cerca de su trayecto al otro mundo, de modo que solo les daría el empujoncito necesario para hacerlo de una vez por todas. A su lado había una madre con una niña llorona. Enfrente, mirando hacia la vereda, una pareja de mexicanos (su español era inconfundible) estaba celebrando el cumpleaños de su hijo. Normalmente, su corazón humano, educado en España y de madre católica, se hubiera roto de pena al pensar en lo que ocurriría un rato después, cuando el gran estallido hiciera que trozos de manos, pies y cabezas se esparcieran en todas las direcciones junto con restos de café, pasteles y helados empapados de sangre. Pero en ese momento entendía las cosas tal como eran, sabía que nada de eso tenía ninguna importancia. Todos ellos morirían irremediablemente tarde o temprano y, si acelerar el acontecimiento era para una buena causa al servicio de Alá, él sería bendecido por hacerlo y obsequiado con una espléndida eternidad en el más allá. Ni siquiera la familia musulmana lo inquietaba de verdad —aunque percibir su presencia en el lugar sí que le había preocupado en un primer momento—, ya que en su caso se convertirían en mártires sagrados y era probable que le estuvieran eternamente agradecidos por ello. En la esquina más alejada se encontraba el diamante de la corona de su sagrado sacrificio: una pareja de soldados. Se regocijó imaginando los titulares de los diarios árabes sobre el ataque: dos jóvenes soldados del Ejército de ocupación de la entidad sionista y decenas de sionistas judíos resultaron muertos en la valiente acción de un musulmán europeo de descendencia palestina. Decidió que, antes de apretar el activador, disfrutaría de los últimos sorbos de café que le quedaban en esta vida. Pensó que preferiría dormirse y despertar rápidamente en el más allá, pero sabía que en la vida no hay atajos. Además, comprendía que parte del sacrificio que lo convertiría en un verdadero mártir o *shahid* era estar consciente en el momento de la explosión y exclamar clara y potentemente que Alá es el más grande. *Alá huakbar*. Por esa misma razón había optado por no tomar ningún tranquilizante. No lo necesitaba. Se dirigiría con todos los sentidos y los ojos abiertos a los brazos abiertos de Alá.

CAPÍTULO 2

Kfar Saba, Israel, miércoles 24 de abril de 2019

Hacía ya varios minutos que Tamara estaba perdida en sus pensamientos. Tanto, que se miró las manos con perplejidad, sin recordar por qué estaba sosteniendo una hoja de periódico en una mano y un pequeño recipiente de vidrio en la otra. No era un recipiente cualquiera. Era un artículo de los que ya no se ven por ninguna parte: un salero de cristal con tapa de plata. La tapa tenía una pequeña apertura a un costado por la que pasaba una diminuta cucharita, la cual servía para recoger la sal del recipiente y espolvorearla sobre el plato. Con la tapa cerrada no era posible extraer la cucharita. A su lado había uno igualito, para la pimienta. Eran un primor. Los antiguos salero y pimentero eran ovalados, de base gruesa y pesada, con rayas talladas que iban desde la base a la boca del recipiente, dando a cada uno la apariencia de un cofre antiguo en miniatura. Una verdadera antigüedad. Tamara trató de recordar cuándo los había visto por última vez. Su ensueño la llevó a una cena de Pésaj en la Argentina, cuando era niña.

La familia se había reunido para festejar la festividad. La mesa estaba puesta, cubierta con un mantel blanco como la nieve. Los primorosos salero y pimentero estaban en el centro de la mesa, brillantes y festivos. Los comensales, sentados alrededor, leían y cantaban al son del *Seder de Pésaj* y esperaban con paciencia (o falta de ella) a que la tediosa lectura terminara para poder saborear todos esos platos cuyos aromas los enloquecían. Recordó a sus primos intercambiándose miradas divertidas y furtivas mientras que los abuelos trataban de mantener la solemnidad de la fiesta: al fin y al cabo, estaban conmemorando la salida de los judíos de la esclavitud de Egipto...

Sí, concluyó con toda seguridad, ese par de reliquias para la sal y la pimienta habían sido de sus abuelos. Probablemente, habían pasado a pertenecer a su madre tras la muerte de su abuela Miriam, que sobrevivió a su esposo bastantes años. Dudaba de que su madre los hubiera usado alguna vez, pero sí recordaba haberlos visto en diferentes estantes como adorno, lo que explicaba que tanto el vidrio como las tapas y las cucharitas de plata aún estuvieran tan brillantes.

Un sonido estridente la extrajo súbitamente de su viaje al pasado, haciéndola aterrizar con brusquedad en el momento presente. Necesitó de algunos segundos para entender de dónde provenía ese estrépito. ¡El teléfono! ¡Por Dios! ¿Quién usa hoy en día un teléfono fijo? Se apresuró a tropezones, deseosa de silenciar cuanto antes el escandaloso estruendo.

—¡Hola! —contestó.

Al otro lado de la línea escuchó una voz conocida, pero Tamara no consiguió localizarla en su memoria.

—¿Tamara? ¿Viniste a hacer compañía a tu mamá? Me parece excelente. ¡Buena chica! Siempre lo dije.

—Pero... ¿Quién habla?

—¿Cómo que quién habla? ¡Matilde! ¿Quién puede ser? ¿No me reconocés la voz?

—¡Ah! ¡Matilde, claro! ¿Cómo estás? ¿A qué viene tu llamada?

—Quería hablar con tu mamá. ¿Dónde está? Decile que acabo de regresar de la Argentina, y ella es la primera persona a quien llamo. Le traje una caja de alfajores. Y dos frascos de esa agua de colonia que tanto le gusta. A vos no te traje nada, así que tendrán que compartir los alfajores. ¡Ja, ja, ja! Es mejor para guardar la figura, ¿no?

—Pero, Matilde... ¿cuándo fue la última vez que hablaste con mamá?

—Antes de viajar. Pasamos un buen rato juntas, tomando mate, charlando... Pero ¿qué te pasa? ¿Estás llorando? ¿Pasó algo malo? Tu mamá se siente bien, ¿no?

—Matilde, mamá no está, quiero decir... no está más. Mamá murió hace casi dos semanas. ¿No te enteraste? ¿Nadie te lo dijo? ¿Cómo es posible? ¿No te mantuviste en contacto desde la Argentina?

—Es que yo... ya sabés, no me arreglo muy bien con todos esos aparatos modernos. Además, me gusta estar presente allí donde estoy. Pero ¿qué pasó? ¿Cómo puede ser? ¡Si estaba lo más bien! Siempre tan saludable... tan vivaracha. Un ejemplo para todas las amigas.

—Un accidente. La atropelló un coche. Estaba yendo al taller de dibujo al que siempre asistía. Se ve que cruzó la calle sin mucha cautela y, según dijeron algunos testigos visuales de la escena, con la mirada puesta en el móvil... bueno, murió en el acto. Es lo único que me consuela.

—Dios mío, Sara, mi querida Sara... no lo puedo creer. No puedo recordar ningún momento importante de mi vida sin ella a mi lado. Nos conocimos en la escuela primaria, y nunca nos separamos. Cuando se vino a vivir a Israel con su familia, me vine yo también con la mía poco después. Siempre nos contamos todo, nunca hubo secretos entre nosotras. ¿Cómo pudo irse así, sin despedirse de mí? ¿Sin avisarme?

—Como ya te dije, fue muy repentino.

—Sí, claro, lo entiendo. Pero, siempre pensé que Sara estaba dotada de poderes especiales. No era como todo el mundo. Sé que suena tonto y descabellado, pero estoy convencida de que podría haber venido a despedirse de mí de alguna manera antes de irse al más allá. Tal vez aún lo haga... La esperaré y, cuando venga a despedirse, te pondré al tanto. De una cosa estoy segura: cuando llegue su momento de cruzar al más allá, irá directo al Paraíso.

No como yo, que seguro deberé acostumbrarme al fuego eterno.

—¿Realmente lo creés, Matilde? ¿Creés de verdad que mamá anda por ahí, despidiéndose de la gente antes de subir al más allá?

—Sí, querida. Sí, así lo creo. No estoy segura de que todos tengan tal privilegio; pero ella, sí. Porque era un ángel, y los ángeles tienen privilegios especiales. ¿Vos no lo creés?

—¿Que ella era un ángel en vida? Sí, eso no solo lo creo, sino que lo sé. Pero, después de la muerte, ¿que tenga la posibilidad de desplazarse de un lado a otro, apareciéndose ante las personas para despedirse y, luego, vivir una existencia eterna de paz y dicha? No, eso no me lo creo, por desgracia. ¡Ojalá pudiera! Tener esa convicción me facilitaría mucho las cosas.

—No seas tan incrédula, chica. ¡Hay muchas cosas en este mundo que no dejan de existir solo porque no las veamos! Andá, seguí haciendo tus cosas. Yo tengo una dura noticia que asimilar. Uno de estos días voy a darte una visita. Te traeré las golosinas de tu mamá y, entre los mates y los alfajores, evocaremos viejos recuerdos. Un abrazo, querida. ¡Cómo la echaré de menos!

—Gracias, Matilde. Vení cuando quieras. Por ahora estoy en casa de mamá, así que estás a un paso. Lo más probable es que me quede bastantes días más. Estoy tratando de poner las cosas en orden. Finalmente, deberemos poner la casa en venta. Siento haberte dado la noticia de una manera tan brusca.

—No te aflijas. Chau, querida.

—Chau.

Tamara colgó el viejo y anticuado teléfono con una leve sonrisa en los labios. Esa charla con la eterna amiga de su madre había logrado reconfortarla. La recordaba de toda la vida. Ella y su mamá solían pasar mucho rato juntas. Siempre tenía una enorme sonrisa dibujada en la cara y los ojos medio cerrados de tanto reír. Todo le causaba gracia, y reía a carcajadas. Tamara no conocía a nadie más que supiera reír tan abierta y sinceramente.

Imaginaba que ésa debería haber sido la razón de que su mamá la admirase tanto.

No obstante, lo que la hizo sentirse reconfortada fue la convicción que le había comunicado, esa pequeña esperanza de que su madre pudiera aún, de alguna manera, tener algún tipo de vida o existencia. Le resultaba difícil aceptar la dura irreversibilidad de la muerte. Pero, por otro lado, no daba ningún crédito a todas esas creencias sobre la continuidad de la personalidad o del alma tras abandonar el cuerpo terrenal. Sacudiéndose la cabeza para ahuyentar esas ideas raras que no iban con ella, consideró que era hora de avanzar con sus tareas, sin sospechar siquiera lo mucho que debería reconsiderar sus convicciones en los días y semanas siguientes.

Decidida a acelerar el ritmo de trabajo para desocupar la casa lo más pronto posible, ponerla en venta y volver a su propio y cómodo nido, se dirigió nuevamente a la sala de estar.

Sin embargo, al ver con el rabillo del ojo la mesa atestada de objetos para clasificar y empacar, se desentendió de ella y siguió de largo sin reparos, yendo directamente al balcón, su lugar predilecto cuando era adolescente. Allí solía estudiar, leer y tomar el sol en bikini. Por más calor que hiciera, se tostaba a diestra y siniestra hasta quedar de color chocolate. Pudo oír con toda claridad la voz de su mamá advirtiéndole de los peligros de la exposición excesiva al sol. Pero, a los dieciséis años, nada que pudiera ocurrir tras una eternidad de veinte años, por más escalofriante que fuera, podría impedirle alcanzar ese tostado despampanante que solía despertar miradas de admiración a su alrededor.

Hacía ya dos días que se encontraba en el apartamento de su madre, y le pareció por demás extraño que no hubiera ido al balcón hasta ese momento. Probablemente, había intentado llevar a cabo el trabajo de un modo mecánico y automático, evitando verse envuelta en recuerdos y añoranza. No obstante, la llamada de Matilde había derribado sus planes de evasión y distanciación, e hizo que no pudiera ya evitar verse envuelta en los recuerdos.

Le vinieron a la memoria los variados matices de verde y los refrescantes coloridos primaverales que tanto amaba en su juventud. Como estaba comenzando la primavera, la estación del año que más amaba, abrió las persianas de par en par y se vio inmediatamente rodeada de los inconfundibles aromas de ese barrio que había sido su hogar. El balcón tenía vistas a un parque con frondosos árboles y senderos en los que jóvenes mamás paseaban con los carritos de sus bebés, y ofrecía también algunos columpios, toboganes y subibajas para los pequeños que ya comenzaban a andar y a buscar dónde gastar sus inagotables energías.

El parque estaba situado entre varios edificios de tres a cuatro pisos cada uno, que ya en la década de 1980 se veían viejos y anticuados. Recordó sus primeros años en Israel y esa ensalada de emociones en la que se combinaban la añoranza a su querido país natal, Argentina, su escuela y sus amigos, con la emoción por encontrarse en el país del que tanto había escuchado durante su niñez, las dificultades de aclimatarse en un lugar extraño y aprender un idioma antiguo y dificilísimo, y la excitación que le producía todo lo nuevo y diferente.

También recordó cómo David, un argentino como ella, que dominaba el hebreo porque había emigrado a la tierna edad de ocho años, la había ayudado enormemente durante ese difícil periodo. Al principio la defendía contra sus compañeros de clase que se burlaban de ella por su mal hebreo y sus costumbres y modales diferentes. Además, la ayudaba a aprender el idioma y a hacer los deberes en asignaturas que nunca había estudiado en la Argentina, como Biblia y Talmud. El amor entre ellos había nacido como algo sobreentendido, desde el entendimiento de que así era y así debía ser, que era completamente natural que hubieran nacido el uno para el otro para formar un núcleo de amor y amistad cálido y ameno en medio de un mundo que no siempre lo era. Hoy, treinta y siete años más tarde, aún compartían ese lazo inquebrantable de compañerismo que era el cimiento que daba a Tamara equilibrio y seguridad.

Cuando sus hijos Omer y Hagar tenían seis y tres años respectivamente, la familia se mudó de Kfar Saba a una localidad rural en el norte del país, donde ella y David seguían viviendo hasta el presente. Eso fue para hacer realidad el sueño de David de dedicarse a la escultura en una zona pastoral, y para que los niños se criaran en un lugar tranquilo, donde trinos de pájaros y zumbidos de abejas se oyeran con más frecuencia que bocinazos y frenazos. Ninguno de los dos tenía la menor duda de que esa había sido la mejor decisión de sus vidas. No pasaba un día sin que agradecieran la suerte que tenían de vivir y trabajar cerca de la naturaleza; él en su estudio, donde producía su arte, y ella como traductora independiente en su propia casa.

El timbre del móvil exigió su atención desde la cocina, en la otra punta del apartamento, donde lo había dejado esa mañana. Se apresuró a él, siempre temerosa de no contestar a tiempo teniendo en mente que su hijo trabajaba en el Servicio de Seguridad, un puesto en el que ella, como madre, veía todo menos seguridad para su hijo. Y, efectivamente, la voz al otro lado de la línea era de Omer, lo que la llenó de buenas energías.

—¡Hola, mi amor! —Dijo con una voz que sonó chillona a sus oídos. Pensó que debería afinar sus cuerdas vocales, ya que hacía días que pasaba largas horas sola y ensimismada en sus pensamientos, prácticamente sin hablar.

—A ver, dejame adivinar: llamás para confirmar que venís a casa este fin de semana.

—No, mamá, ¡qué va! ¡Ojalá pudiera! La verdad es que la situación de seguridad se está poniendo cada vez más difícil. Especialmente en la frontera con Gaza, donde todos los viernes esos hijos de...

—¡Sin insultos, Omer! ¡Respetá a las personas por lo que son: seres humanos! —dijo ella, e inmediatamente se mordió la lengua, arrepentida y temerosa de que el diálogo se volviera tenso.

—Como digas, mamá... a ver, lo frasearé así: decenas de miles de esos palestinos angelicales que tú tanto amas y admiras se conglomeran en la frontera cada viernes en lo que llaman «protestas» y «marchas de retorno», y amenazan con derribar la valla para entrar y matar a cuanto judío encuentren por el camino. Además, incendian nuestros campos, nuestras reservas naturales y nuestra flora y fauna con sus barriletes incendiarios terroristas. Si pudieran cruzar la valla, no dudarían en entrar en las casas judías israelíes para saquearlas y asesinar a familias enteras. Y, como bien sabés, soy una de esas personas malvadas que tratan de frustrar sus maravillosos planes.

—Omer, ¿qué manera de hablar es esa?

—Es que siempre volvemos a lo mismo: cada vez que hablo de la situación con los palestinos o de mi trabajo en general, vos te ponés a defender a nuestros enemigos. ¿Se te ocurrió pensar alguna vez que, con toda seguridad, casi todos ellos estarían extremadamente felices de verme muerto y, mejor aún, descuartizado? ¿Que ellos considerarían un gran triunfo haber matado a un agente del Servicio de Seguridad del Estado de Israel, al que ellos llaman el «régimen de ocupación sionista»?

—Omer, no me gusta tu tono. Conozco la situación, no necesito que me sermonees. ¿Es un delito creer que esa gente merece una vida mejor?

—No, mamá, no lo es. Yo también les deseo una vida mejor. Pero lucho contra quien trata de matarme y declara abiertamente su misión y deseo de aniquilar a mi familia, a mi pueblo y a mi país. Nadie tiene la culpa de su situación más que ellos mismos o, para ser más preciso, sus líderes. Sabés muy bien que, si lo desearan, podrían ya haber establecido hace muchos años su propio país independiente y vivir en buena vecindad con Israel.

—¡Ojalá estuviera tan segura de eso como vos!

—¿Cómo podés dudarlo? ¿Quién desechó una y otra vez la oportunidad de firmar un tratado de paz y establecer su propio país? ¿Quién invierte enormes cantidades de dinero en armas e infraestructuras terroristas, en lugar de invertir las cuantiosas donaciones de todo el mundo en la salud, la educación y el sustento de su propio pueblo?

—No es todo tan negro y blanco como lo pintás. Hay también grises.

—Bueno, mamá, si así lo creés, ¡andá nomás! ¿Por qué no te vas con tus queridos palestinos, ya que ellos te importan más que tu propio hijo y tu propia gente?

—¿Cómo te atrevés a hablarme de esta manera? ¡Soy tu madre! No hay nada en el mundo más importante para mí que tu seguridad y tu bienestar.

—Está bien —dijo Omer tratando de suavizar la voz —, cambiemos de tema. Siempre subimos los tonos cuando hablamos de esto, y no me gusta pelearme con vos. Decime cómo estás. ¿Cómo te va con el orden de la casa de la abuela Sara? Te debe resultar bastante difícil, ¿no?

—Sí, lo es. Cada objeto que veo me trae recuerdos. Y es un suplicio decidir qué guardar y qué tirar. Con este ritmo no acabaré de desalojar la vivienda en meses, y ya quiero terminar y volver a casa antes del fin de semana. Añoro horrores mi lugar, mi rinconcito, mi trabajo, a tu papá, a Lobo y a Tigre. Y te extraño mucho a vos. ¿Cuándo vendrás?

—Pronto, mamá, pronto... En cuanto mejore un poco la situación.

◆ ◆ ◆

Tamara colgó el teléfono con los ojos húmedos y un doloroso nudo en la garganta. ¿Por qué siempre tenía que aflorar ese tema que inevitablemente teñía de colores lúgubres sus conversaciones? Trató de imaginar cómo serían las charlas con su hijo si él no tuviera un puesto importante en el Servicio de Seguridad, o cómo se desarrollaría una llamada entre un hijo y una madre en Suecia, o en España, o en América del Norte o del Sur. ¿Hablarían allí también de temas tan difíciles?

Sintió una especie de pena y arrepentimiento por haber formado su familia en Israel. Quizá, como muchos de sus amigos y conocidos, David y ella deberían haber emigrado a algún otro país. A algún lugar donde no tuvieran que estar continuamente bajo amenaza de guerras, atentados terroristas, ataques con misiles, etc. Un país donde pudiera hablar con su hijo sobre una obra de teatro que había visto, la nueva canción de alguno de sus cantantes favoritos, o la deliciosa tarta de manzanas que había preparado. No era que esas conversaciones no tuvieran lugar en su país. Por supuesto que las había. Pero, bajo la superficie, siempre estaba la preocupación, el miedo. Lo más desesperante era que no se veía ninguna solución plausible; parecía como si a los líderes de ambos bandos no les interesara en absoluto aliviar la situación y se sintieran cómodos con la realidad de las cosas.

La apenaba ver cómo su hijo se había convertido con el tiempo, quizá influenciado por su tío Daniel, o debido a duros acontecimientos que había presenciado durante su niñez y adolescencia, en un agente de seguridad e inteligencia empedernido y férreo, con una perspectiva unilateral que solo admitía una verdad: la narrativa justa y moral de Israel.

Haciendo un gesto de impotencia con las manos y sacudiéndose la cabeza para espantar esos pensamientos que le revolvían el estómago, Tamara decidió que, tras dos días de trabajar intensamente en el orden y el empaque de la casa, bien se merecía una buena ducha.

Una mirada fugaz a su teléfono le informó que eran las 11 de la mañana, y calculó que llevaba trabajando desde las 6. Su estómago se quejó ruidosamente para recordarle que no había probado bocado desde la fugaz cena del día anterior. Lo acalló con unas galletas que encontró en un armario de la cocina, y decidió que encargaría una pizza después de asearse.

Entró en el diminuto baño de su madre, el mismo que usó incontables veces durante su adolescencia, y donde bañó a menudo a sus hijos cuando eran bebés y ella llegaba con ellos de visita.

El cuarto de baño estaba provisto de una ducha con puertas de vidrio templado. A un lado, había un pequeño armario con toallas, entre las cuales escogió una grande y rosada.

Solo entonces se dio cuenta de que aún estaba colgada de un gancho la toalla que su mamá había usado para secarse antes de salir por última vez de la puerta de su casa. Y no solo eso: también estaba la barra de jabón de aceite de oliva que siempre usaba, cubierta de montones de burbujas secas que le habían confeccionado lo que parecía un vestido de encaje. Pensó que sería una pena echar a perder esa reliquia, pero decidida a no dejarse llevar por sentimentalismos, se dijo que lo usaría porque era solo un barra de jabón y nada más. Su aroma le trajo a la memoria los abrazos de su mamá.

Ella estaba siempre aseada y acicalada y, sin excepción, emanaba un fresco y bello aroma en el que se mezclaban su eterno jabón de aceite de oliva y su agua de colonia predilecta: «Heno de Pravia». Esa esencia no se conseguía en Israel, por lo que siempre se cuidaba de que nadie osara a viajar al extranjero sin traerle uno o dos frascos. Abrió el segundo armario del cuarto de baño y constató, con una sonrisa, que contenía más de diez frascos de su amado perfume.

Entre el suelo del baño y el de la cabina de ducha había un escalón pequeño, pero bastante empinado. Lo superó con cuidado y no pudo evitar pensar que su madre de más de 80 años tuvo que hacerlo todos los días. La asustó imaginar qué hubiera pasado si se hubiese caído en el baño estando sola en casa. Ni ella ni su hermano se habían parado a considerar en ningún momento si el apartamento de su madre era apto para su edad. Siempre daba la impresión de ser una mujer joven, y nunca pensaron en ella en términos de una anciana a quien uno debiera cuidar o preocuparse por ella.

Notó que había una alfombrita antideslizante en el suelo de la ducha, evidenciando que su madre sí había tomado precauciones. Ella sí se había percatado de su verdadera edad.

De todos modos, nada de eso tenía ninguna importancia ahora. Se había ido de este mundo tal y como había vivido en él durante casi 84 años: sorbiendo la vida a bocanadas, corriendo de aquí para allá, siempre temerosa de que se le pasaran las horas sin hacer, crear, otorgar, ayudar, deleitar o hacer cualquier otra actividad que valiera la pena.

Solo al abrir el grifo de la ducha se dio cuenta de la cantidad de polvo y suciedad que tenía pegados en la piel, pudiendo ver los surcos de agua marrón que corrían entre los dedos de sus pies antes de desaparecer por el desagüe. Cuando se hubo aseado bien, se secó con la suave y mullida toalla vigorosamente, y hasta se secó la cabellera negra y ondulada, ya bien surtida de canas, con el secador de su madre, cosa que nunca hacía en su casa.

Antes de vestirse, pensó que lo último que le faltaría hacer para oler tan bien como su madre, sería aplicarse una buena cantidad de *Heno de Pravia*. Se echó un buen chorro de la sustancia aromática en la palma ahuecada de la mano derecha y lo esparció en el pecho, la nuca, los brazos y las muñecas.

Cerró los ojos con amor y añoranza a su madre. Se vio sentada en su regazo, mientras las manos hábiles y amorosas de su mamá le peinaban la larga cabellera recogiéndola en una o dos trenzas o, a veces, en un rodete. Recordó sus abrazos cuando ella estaba preocupada o compungida por cuestiones de amor, de estudios o de carrera. La vio resplandeciente bajo la Jupá en su boda y, algunos años más tarde, abrazando a sus nietos recién nacidos. Más que una persona, había sido una nube de amor y generosidad. Sintió deseos de permanecer así, parada en el baño, envuelta en la suave toalla y con los ojos cerrados; sabía que, al abrirlos, volvería a la realidad en la que su madre ya no estaba. Sin embargo, la vida debía seguir su curso, debería aprender a

23

vivir sin ella…

Al abrir los ojos, dio un paso atrás tan brusco que se dio de espaldas con la pared azulejada. Su madre estaba allí, parada al lado de la ventana, mirándola con una sonrisa.

—¿Cómo estás, mi amor? ¿Te bañaste por fin? ¡Pensé que nunca lo harías! Imagino la cantidad de polvo que se te habrá adherido a la piel en los días que pasaste en un espacio que no vio mi plumero ni una sola vez durante casi dos semanas.

—¡Mamá! —Tamara trató de decir algo, pero no consiguió articular palabra.

—No te asustes, querida. Soy yo. Tuve que venir porque tengo que informarte de algunas cosas y creo que necesitaremos tener algunas charlas. Esta vez, me iré enseguida. Entiendo que se te congeló la lengua y estás paralizada. La próxima vez verás que será más fácil. Cada vez que te eches encima un poco de mi agua de colonia, yo vendré y podremos seguir en contacto. Es mucho lo que tengo que contarte y es imperioso que lo haga. Chau, mi vida. Te quiero mucho. Nos veremos pronto. ¡No te olvides de ponerte el perfume! Tenés bastantes frascos en el armario, ponelos en una caja y llevalos a tu casa cuando termines con lo que estás haciendo. Y una cosa más: no necesito que guardes ninguna de mis cosas. Me recordarás sin ellas también. Llamá a una sociedad benéfica de confianza para que se lleven todo el contenido de la casa y lo distribuyan entre quienes lo necesiten. Nada de eso me hace falta ya, y quizás algunas de las pertenencias que tuve en vida puedan ser útiles o dar alegría a otras personas. Chau, mi amor. Hasta pronto.

Durante todo el monólogo de Sara, Tamara permaneció parada, pegada a la pared, sin poder moverse ni hablar. Volvió a cerrar los ojos y, al abrirlos, la imagen de su madre había desaparecido.

CAPÍTULO 3

El ruido en la cabina era insoportable. Los dos analgésicos que había tomado no lograban aliviarle el dolor de cabeza. Para colmo, su vecino de asiento —un hombre entrado en años y en grasa— roncaba a su lado y, en intervalos de varios minutos, apoyaba la cabeza medio calva y salpicada de pecas en su hombro derecho. Luciano volvió a empujarlo alejándolo de sí, tal como lo había hecho varias veces desde el comienzo del vuelo, hacía ya más de una hora. Esta vez vio que, a juzgar por el resultado, había conseguido hacerlo con más determinación, ya que el «bello durmiente» lo miró algo perplejo y bastante molesto, se enderezó en la silla y escogió una revista del bolsillo del asiento delantero. Luciano pudo ver que llevaba una estrella de David de oro colgada del cuello. «Este avión debe estar lleno de sionistas. No debería asombrarme, pues, que me haya pillado este horrible dolor de cabeza. Es que me producen malas vibras», pensó.

Algo más aliviado tras haberse quitado de encima a ese pesado judío, Luciano se acomodó mejor en su asiento. Mientras esperaba que le sirvieran el almuerzo, reprodujo en su memoria los acontecimientos que, en tan poco tiempo, habían tenido el efecto de extraerlo de su rutina vital de largos años para depositarlo en ese avión con destino a Palestina «sí, Palestina —puntualizó—, de ninguna manera Israel».

Aunque la semilla había sido sembrada muchos años antes, el motivo generador de su repentino viaje se había presentado poco menos de dos semanas atrás. Fue durante una conversación sobre las injusticias cometidas por la entidad sionista y el sufrimiento de su pueblo en Palestina, la cual había dado lugar el encuentro con una persona que cambiaría su vida.

Aquel sábado, como muchos otros, se había citado en un restaurante con sus padres y su adorado tío abuelo Samir. Como era de esperar, dado los acontecimientos recientes, surgió el tema de la situación en Palestina: Israel seguía agrediendo a los palestinos y el mundo miraba para otro lado. Lo enervaba pensar que los judíos se habían adueñado de las tierras palestinas y musulmanas, mientras proclamaban a todos los vientos que esas tierras eran suyas, «porque Dios Todopoderoso las había prometido a ellos a través de los patriarcas Abraham, Isaac y Jacob». ¡Lo peor de todo era que el mundo se tragaba esas mentiras! La gente no interpretaba las cosas correctamente, pero él lo entendía con toda claridad: era cierto que Dios había prometido esas tierras a los patriarcas de quienes por entonces pertenecían al pueblo de Israel. Pero fue ese mismo Dios quien luego había enviado a la tierra a Jesús y a Mahoma. Los judíos que en su debido momento aceptaron ese hecho son los cristianos y musulmanes de hoy, y son quienes tienen una *descendencia tan grande como las estrellas del cielo y como la arena en la orilla del mar*, cumpliendo la promesa de Dios a Abraham. Los judíos, en cambio, rechazaron a los profetas enviados por el Todopoderoso y se convirtieron hasta el día de hoy en la personificación de «El judío errante»: son una minoría pequeña e insignificante odiada por gran parte del mundo, siempre errando de un lugar a otro, escapando de persecuciones, en peligro de sufrir pogromos y ser masacrados. Bien merecido se lo tenían. Todo lo que han sufrido en la historia es poco comparado con la ofensa que han perpetrado contra Alá al rechazar a sus profetas, sumada a los crímenes que cometen en el presente al querer tomar a la fuerza lo «prometido por Dios» y usurpar las tierras palestinas y musulmanas de sus verdaderos y legítimos propietarios.

Mientras cenaban con mucho placer y apetito en un excelente

restaurante palestino de Barcelona, surgió el tema de las «marchas de retorno» que los heroicos palestinos de Gaza venían realizando semanalmente desde hacía un tiempo. Todos los viernes caían mártires y el mundo actuaba como si nada. Es verdad que había quienes condenaban los crímenes verbalmente y quienes salían a demostrar en contra de Israel, pero no se hacía nada en concreto para detener las horribles injusticias perpetradas por los sionistas contra el pueblo palestino.

Su madre opinó que la situación era insoportable al tiempo que cortaba educadamente un jugoso pedazo de kebab y se lo introducía en la boca. Su padre le daba decididamente la razón. Samir afirmó que así era la vida, que uno no podía hacer más que aceptarla, y que los palestinos deberían dejar de lamentarse para dar al mal tiempo buena cara y planear una nueva ruta, tal como lo hicieron sus propios padres al emigrar a la Argentina aun antes de la Nakba. Fue entonces cuando Luciano no pudo reprimir por más tiempo el grito que, desde lo más hondo del estómago y a través del corazón, había estado pidiendo ser exclamado durante años, sin que él mismo fuera consciente de ello:

—¡No puedo seguir así, disfrutando de excelentes cenas en buenos restaurantes con mis burgueses padres, mientras que la gente de mi pueblo está sufriendo bajo el yugo de los sionistas en Gaza y Cisjordania!

—Y, ¿qué quieres hacer al respecto? —le preguntó Rocío, su madre, con evidente preocupación —Tienes obligaciones, tu trabajo, tus estudios. Aún no has terminado tu título universitario, no puedes irte así nomás.

—¡Claro que puedo! Todo eso podrá esperar —dijo Luciano con determinación. —Hablaré con mi jefe. Él me comprenderá perfectamente, es un buen musulmán. Retomaré los estudios cuando regrese. Para mí, nada es más importante en este momento que ayudar a la causa palestina.

—Vamos, dejate de tonterías y terminá tu plato —le espetó su tío abuelo, siempre fiel al español argentino pese a los muchos años que tenía ya viviendo en España—. Contá hasta diez y vas a ver cómo se te pasa.

Mientras esta conversación se desarrollaba, Luciano percibió con el rabillo del ojo la mirada intensa de una joven que se encontraba en una mesa al otro lado del pasillo con dos personas mayores, probablemente sus padres. Al notar que él se había fijado en ella, le sonrió y lo saludó con la mano.

—Disculpadme un momentito, voy a saludar a una conocida —dijo, sin tener ninguna idea de quién era, pero decidido a averiguarlo. Acto seguido, se dirigió con grandes pasos a la mesa de enfrente.

—Hola, ¿cómo estás? —Se interesó Luciano, tendiendo la mano a la muchacha aún desconocida para él y temiendo estar haciendo un papelón al no recordarla.

—Bien, gracias —respondió ella con una de las sonrisas más abiertas y honestas que Luciano podía recordar—. No te aflijas, aún no nos conocemos. Es solo que escuché tu exclamación, que fue casi un grito, y como yo también me siento muy comprometida con la causa palestina, pensé que podríamos conocernos un poco más —le aclaró y, sin esperar respuesta, tomó el móvil de la cartera y lo miró con interrogación—. Dame tu número, te llamaré para que puedas guardar el mío. Me llamo Lucía, pero mi nombre árabe es Nur. ¿Y tú?

—Ja, ¡no lo puedo creer! ¡Qué casualidad! Mi nombre es Luciano, pero mi nombre árabe es también Nur. Ha sido un placer conocerte, volveré mientras tanto a mi mesa y te llamaré muy pronto —dijo. Sin embargo, al darse cuenta de que había puesto toda su atención en Lucía, ignorando por completo a la pareja mayor sentada a la misma mesa, se dirigió a ellos con una sonrisa y, tras presentarse y cambiar unas palabras de cortesía, regresó con su familia.

—¿Quién era? —Preguntó su madre, siempre interesada por las mujeres con las que se veía su hijo, aún soltero y sin relación fija a los 29 años.

—Una conocida —mintió Luciano, sin querer introducir a su madre en los pormenores del asunto.

Decidió cambiar de tema para evitar que sus padres y su tío abuelo comenzaran a presionarlo con el objetivo de cambiar sus ideas en lo referente a su deseo de dedicarse a la causa palestina, lo cual obtuvo el efecto deseado: ellos se tranquilizaron, creyendo erróneamente que el anuncio anterior no había sido más que una exclamación de desespero y solidaridad que no conduciría a ninguna decisión «descabellada», según ellos. Ello le daría tiempo para profundizar en sus sentimientos y deseos, tomar su decisión de manera independiente, y atar todos los cabos necesarios. Luego, cuando no hubiera ya manera de volverse atrás, les haría conocer su decisión.

Para alivio de todos, la conversación se centró desde ese momento en los estudios de Luciano, en el segundo embarazo de su hermana Nadia, en lo celoso que se pondría el pequeño Adel cuando apareciera en su casa la nueva hermanita, y en algunas anécdotas en torno al día a día de los comensales y de los familiares en España y en Argentina.

Luciano pensó que el almuerzo había estado pasable para ser una comida de avión. Iberia sabía hacer las cosas. Se relamió con la última cucharadita del postre, y tomó un trago de agua. Ya se sentía más relajado y contento. El judío que había sido su vecino de viaje al comienzo del vuelo había encontrado un asiento vacío al lado de una ventanilla algunas filas más adelante, dejándole así más espacio y aire. El dolor de cabeza había desaparecido. Una joven bastante bien parecida estaba sentada junto al pasillo, con el asiento que había quedado vacío situado entre ellos. Se sintió observado por ella, pero cuando demostró que se había dado cuenta y le devolvió la mirada, ella bajó la vista y se volvió hacia el otro lado. Luciano era consciente del interés que despertaba en las mujeres; modestia aparte, era bastante guapo. Era alto, de complexión delgada y fuerte, cabello negro y algo ondulado, nariz recta y ojos grisáceos y profundos que emitían una mezcla de inteligencia y bondad. Si bien las mujeres le interesaban, no había logrado hasta el día de hoy mantener su interés en ninguna especial por más allá de unas pocas semanas o, a lo sumo, algunos meses.

Sabía que su madre se preocupaba por él. El que no tuviera una pareja fija a los 29 años la dejaba desvelada por las noches. Además, sabía que no le gustaba que él se interesase cada vez más por la religión. Sus padres eran relativamente laicos, al igual que la mayoría de sus familiares; no obstante, él se sentía cada vez más atraído por el Islam. No se lo había comentado a ellos, pero iba asiduamente a una mezquita cercana a su casa desde hacía unos años. Allí encontraba una paz y una sensación de pertenencia que no hallaba en ningún otro lugar. Fue también en esa mezquita donde comenzó a comprender más profundamente la tragedia de su pueblo. Con el correr de los años, se había convencido de que era su deber o misión de vida hacer algo para aliviar de alguna manera el sufrimiento y las injusticias que padecían sus hermanos palestinos. Eso lo había empujado a emprender sus estudios de Derecho Internacional. Pero, mientras tanto, el tiempo transcurría y la situación no solo no mejoraba, sino que era cada vez más desesperante.

También era consciente de que a su madre no le gustaba que él se involucrara en los asuntos palestinos. Para ella, él era español. La causa palestina, por más lamentable que fuera, no le incumbía. Pero, en realidad, ella no entendía nada de esas cuestiones. Se había convertido al Islam por amor a su padre, pero en el alma y en el corazón seguía siendo una española católica, siempre dispuesta a ofrecer la otra mejilla. No podía comprender lo que sentía un verdadero musulmán al saber que Al Aksa y Jerusalén estaban en manos no musulmanas y, peor aún, en manos judías.

Luciano se sentía totalmente identificado con el Islam, a pesar de que en su infancia no habían faltado las Navidades ni las Pascuas, con lo que su padre se había mostrado indulgentemente paciente, por amor a su madre. Por eso, siempre se había cuidado de no invitar a su casa a sus amigos musulmanes alrededor de esas fechas.

Su mejor amigo de secundaria, Ibrahim, era también de origen árabe-palestino. Ambos tenían parientes y conocidos que vivían en «Israel», la tierra palestina ocupada por la entidad sionista. Algunos, según ellos, vivían «en buena vecindad» con sus conciudadanos judíos. Tanto él como Ibrahim veían en ellos la peor especie: en lugar de preocuparse y luchar por sus hermanos, aceptaban la existencia de ese país ilícito y ostentaban cédulas de identidad y pasaportes emitidos por aquellos mismos que provocaron la *Nakba*, la catástrofe palestina. Además, ¿cómo podían confiar en los judíos? ¿Acaso no sabían lo traicioneros que podían ser?

En ese momento, llegó una azafata, tomó la bandeja de su almuerzo y le preguntó si le apetecía beber algo más. Luciano le dio las gracias y le informó que no deseaba nada más por el momento. Una mirada a su reloj de pulsera le informó que aún faltaban casi dos horas para aterrizar. Se acomodó en su asiento y, cerrando los ojos, decidió pensar en cosas más amenas, como Lucía, por ejemplo.

Al día siguiente de la cena en el restaurante palestino donde se habían conocido, Luciano quiso llamar a Lucía sin perder tiempo. Sin embargo, temiendo que fuera demasiado precipitado, esperó un día más y la llamó el lunes al salir de la universidad. Al no obtener respuesta, la buscó en WhatsApp y le dejó un mensaje: «Hola, Lucía. Fue un gusto conocerte ayer. Espero que estés muy bien. Llámame cuando puedas».

Mientras tanto, como tenía más de una hora libre antes de comenzar su turno en el bufete de Lorenzo, donde trabajaba por las tardes como ayudante, decidió tomarse un café y un bocadillo y comenzar a planear ese cambio en su vida que ya percibía como inminente e irreversible.

Eligió la primera cafetería que vio en su camino, se sentó en una mesa vacante y pidió un café con leche. Mientras esperaba su pedido, hizo una lista mental de lo que debía hacer. Ya había tomado la decisión de viajar a Palestina para ver cómo podría ayudar a su pueblo, pero la pregunta era cuándo. Tras un corto debate interior, decidió que terminaría el año de estudios que estaba cursando e, inmediatamente después, se tomaría un año libre antes de regresar al cuarto y último año de la carrera. Por un momento, había sopesado la posibilidad de hacerlo después de terminar los estudios, pero consideró que entonces sería preferible comenzar inmediatamente la pasantía, tras lo cual comenzaría a trabajar, etc., etc.

No, decididamente viajaría ese mismo verano. Dedicaría un año de su vida a la causa palestina en el terreno y, luego, volvería a España para seguir dedicándose a ella en el marco de su profesión. Ya se imaginaba luchando como abogado en fórums internacionales en defensa de familias palestinas que perdieron tierras, casas, padres, hijos y esposos. Además, lucharía para hacer comprender al mundo que Israel no tenía derecho a existir sobre la base de la discriminación, según la cual solo los judíos tenían lo que ellos denominaban «el derecho de retorno» y la posibilidad de obtener fácilmente la ciudadanía israelí. Ya verían esos sionistas que no les sería nada fácil lidiar con el ilustre abogado Luciano Moreno.

Satisfecho con lo planeado hasta ese punto, Luciano agregó a la lista mental de tareas necesarias renunciar a su puesto en el bufete de abogados de Lorenzo o, como alternativa, obtener su permiso para tomarse un año libre con la promesa de regresar. La parte más difícil sería avisar a sus padres. Ellos, y especialmente su madre, lo tomarían bastante mal e intentarían persuadirlo de su plan. Luciano se dijo que ya estaba en edad de tomar sus propias decisiones, pese a que sus padres aún lo trataban como si fuese un niño. Escucharía con atención y paciencia todos sus argumentos, pero, finalmente, les haría saber que su decisión estaba tomada y que no se echaría atrás. Fue entonces cuando vio en la pantalla de su móvil que Lucía lo estaba llamando.

—¡Hola, Lucía! Me alegro de que me hayas llamado. Por cierto, estoy en el Café Cometa. ¿Quieres acompañarme? —Dijo, deseando oír una respuesta positiva, porque realmente sentía deseos de verla.

—Sí —le contestó, con entusiasmo y alegría en la voz, —estoy aquí cerquita, en unos minutos me uno a ti. ¿Me puedes encargar un chocolate con churros?

—Así lo haré —dijo Luciano, feliz de su buena suerte, con una sonrisa que se podía oír a través de la línea.

Cuando Lucía llegó, a los pocos minutos, la esperaba el chocolate humeante y unos bellos y aromáticos churros. Luciano quedó prendido de su belleza y de su modo de caminar enérgico y rítmico, casi como si estuviera bailando. Admiró su cabello negro, largo y rizado, que acompañaba sus pasos de baile en un vaivén saltarín. Todo en ella traslucía determinación, inteligencia y vitalidad. Llevaba con elegancia un par de jeans desteñido y una simple remera blanca. Un jersey le colgaba de los hombros con descuido. Iba sin maquillaje y casi sin joyas, fuera de una fina cadena de oro con un pequeño pendiente en forma de creciente y estrella. Pese a su estatura y complexión medianas y sus modales modestos y sencillos, algo en su interior hacía que pareciera alta y grandiosa, como una especie de diosa mitológica. Se sentó frente a él con una enorme sonrisa y, sin perder tiempo, tomó un buen trozo de uno de los churros del plato, lo sumergió por un momento en el chocolate humeante y se lo llevó a la boca, mientras cerraba los ojos con placer.

—Me acabas de salvar la vida, Luciano. ¡Estaba hambrienta! —dijo, mientras desgarraba con las dos manos un segundo trozo de su amado manjar— ¡No me puedo creer que hayas elegido precisamente esta cafetería, de todas las que hay en Barcelona!

¡Es mi preferida! ¿Cómo es que nunca te he visto por aquí? Yo vengo al menos una vez a la semana —preguntó, extrañada.

Luciano, que estaba aún alucinado por esa explosión de energía sentada del otro lado de la mesa, se quedó en silencio por un momento, sin dejar de observarla. Luego le contestó que, por lo general, iba de la universidad a su apartamento para comer y asearse, y de ahí se dirigía directamente a la oficina donde trabajaba, volviendo a su casa bien entrada la noche.

Lucía quedó impresionada. —¿Estudias y trabajas todos los días? ¿Y cuándo haces tus tareas o te preparas para los exámenes?

—Bien temprano por las mañanas, y durante los fines de semana —contestó Luciano—. Pero, cuéntame de ti. ¿A qué te dedicas?

Lucía, a quien el chocolate que bebía a pequeños sorbos con visible placer le había teñido los labios de marrón oscuro, fijó la mirada en un cuadro a espaldas de él. Luciano observó detenidamente sus ojos marrones con destellos de color canela. Luego, vio con pesar que esos bellos focos de luz comenzaban a humedecerse.

—Depende de a cuándo te refieres —comenzó a responder Lucía pausadamente. Hasta hace poco más de un año y medio, dedicaba la mayor parte de mi tiempo a los estudios, y el resto a la playa, amigos, libros, caminatas, etc. Desde la muerte de mi único hermano, busco todas las maneras posibles de vengar esa muerte injusta que me ha dejado con el corazón sangrante de dolor y con una familia prácticamente destrozada. En apariencia, nos hemos sobrepuesto a la desgracia y seguimos con la frente alta en una mezcla de heroísmo musulmán y entereza catalana. Pero, por dentro, somos la sombra de lo que éramos.

El silencio se apoderó de esa mesa arrinconada en un área algo apartada de la cafetería. Luciano no supo qué decir. Se lamentó por haber lanzado al aire esa pregunta que había tenido la fuerza de convertir, en menos de un segundo, a esa bomba de alegría y energía centelleante en la esencia misma de la tristeza. Un bigote de chocolate que le había quedado depositado en el labio superior daba a Lucía una apariencia tragicómica. La muchacha levantó los hombros, sacó el pecho y aspiró hondo, haciendo lo que a Luciano le pareció un esfuerzo casi sobrehumano de quitarse de encima el manto de pena que había descendido de un solo golpe sobre la figura de su nueva amiga. Luego, con una sonrisa entre triste y traviesa, Lucía bebió un sorbo más del chocolate, engulló el último pedazo de churro de su plato y, tras lamer los últimos rastros dulces de los labios, terminó de limpiarlos con una servilleta.

—¡C'est la vie! —Exclamó, en un repentino cambio de ánimo que hizo regresar a la alegre joven de hacía unos minutos— Así es la vida, amigo. Hoy estamos acá, y mañana estamos allá. Y puesto que mi hermano Mauricio murió como un mártir, cumpliendo con su deber de reportero y dando a conocer al mundo las atrocidades perpetradas por el enemigo sionista, tengo el consuelo de saber que tiene asegurada una eternidad perfecta, envuelto en el infinito amor de Alá.

Mientras observaba a través de la ventana del avión, Luciano recordó la escena y supo que ese fue el preciso instante en que la decisión de viajar de inmediato, sin siquiera esperar hasta el verano, había echado raíces en su cerebro. El instante en que comprendió que no podía sino vengar fieramente el dolor de esa mujer que, en tan poco tiempo, había logrado enamorarlo como ninguna otra.

CAPÍTULO 4

Tel Aviv, Israel, miércoles 24 de abril de 2019

Omer colgó el teléfono apesadumbrado. No había sido su intención discutir con su madre, menos ahora que estaba tan apenada por la muerte de la abuela Sara, pero era casi inevitable. Ambos veían la situación en Israel de manera totalmente opuesta. Omer sabía que su misión como parte del aparato de seguridad del país era defender a los buenos de los malos. Para él, todo estaba perfectamente claro: los buenos eran los civiles israelíes y todo el mecanismo de seguridad que trataba de defenderlos, mientras que los malos eran los terroristas palestinos que buscaban todas las maneras posibles para causar daño a dichos civiles y sus defensores. Mucho daño, cuanto más mejor. Y no hay que confundirse, a Omer no le importaba la religión ni la pertenencia étnica de nadie. Entre los integrantes de las fuerzas de seguridad y del orden de Israel había israelíes beduinos, drusos, e incluso algunos árabes cristianos y musulmanes, si bien en cantidades menores. Todos ellos tenían una misión común: defender a los civiles inocentes de todas las religiones que vivían dentro de las fronteras de Israel.

Omer pensó, con tristeza, que la capacidad de su madre para solidarizarse con los «jóvenes palestinos que luchaban por sus derechos» (o sea, los terroristas palestinos) era mucho mayor que su capacidad de comprender que los judíos luchaban por el derecho de vivir en su propia tierra con paz y tranquilidad. Según él, ello se debía a que su madre nunca los había visto cara a cara, con ese terrible odio en los ojos. Ella deseaba conseguir la paz por medios pacíficos, sin comprender que lo único que deseaban los palestinos era borrar a Israel de la faz de la tierra, tal como ellos mismos no se cansaban de decir y repetir. Su madre no captaba que los palestinos nunca aceptarían la existencia de un país judío en Oriente Medio, por lo que esa estúpida idea de «dos países para dos pueblos» no era más que una utopía carente de toda viabilidad.

Haciendo un ademán de frustración, se levantó de la mesa de la cafetería donde había tomado un café bien negro y un pequeño bocado, y regresó a su oficina.

Omer se sentó frente a su escritorio y comenzó a leer los últimos informes que lo esperaban en la bandeja de entrada. Lo primero que leyó fue que se estaba vigilando a un grupo de jóvenes de Jerusalén oriental que mantenía contactos frecuentes con cierto individuo de Gaza sospechoso de instar a la violencia. Tomó nota de que sería necesario interceptar sus llamadas y mensajes para ver qué rumbo tomaban. Se había detenido a una joven que intentó ingresar a Israel desde la Autoridad Palestina con un cuchillo oculto entre la ropa. Estaba siendo interrogada, pero no parecía pertenecer a ninguna organización. Probablemente, había planeado apuñalar a algún judío o a cualquier soldado fronterizo israelí por su propia cuenta.

—¿Por qué no? —pensó Omer para sí con amargura, mientras seguía dando lectura a los informes— Si lograba matar a cualquier judío, sin que importara quién fuera (joven o viejo, bueno o malo, bélico o pacifista), ella se convertiría en la heroína de su vecindad y su familia estaría muy orgullosa de ella. Además, viviría bien durante su estadía en la cárcel israelí: podría cursar estudios universitarios a distancia como lo hacían muchos de los presos palestinos y, para postre, su familia recibiría una buena subvención mensual de la Autoridad Palestina. Los líderes palestinos habían logrado convertir al terrorismo en un negocio lucrativo. Además, como parte del lavado de cerebro perpetuo al que estaban sometidos, cualquier perpetrador potencial estaba convencido de que, si moría en su intento de atacar a un judío —o preferentemente varios, cuanto más mejor—, se convertiría inmediatamente en un mártir, o *shahid*, lo que le aseguraría una larga y placentera eternidad en el más allá, sumada a la certeza de que el liderazgo palestino se encargaría de que a su familia nunca le faltara nada.

El próximo informe relataba que un palestino había sido detenido ocultando dos bombas de tubo en la entrada de la Tumba de los Patriarcas de Hebrón.

Omer suspiró. No lograba entenderlos. ¿Por qué invertían todos sus recursos y energías en matar y destruir, en lugar de conversar, aceptar la realidad de la existencia de Israel, y construir una vida pacífica y placentera en un país propio, vecino de Israel? Generación tras generación, desde el siglo XIX, los palestinos se obstinaron en no admitir la presencia de judíos en esta tierra. Las masacres que perpetraron contra su pueblo fueron frecuentes y espeluznantes. Sin embargo, el pueblo judío no se amedrentó: estaba ya decidido a volver a asentarse en su tierra, la tierra de Israel, que les había sido arrebatada dos mil años atrás, pero que, pese a ello, nunca dejó de tener una presencia judía en distintos lugares, como Jerusalén, Safed y Tiberíades.

Si los líderes árabes palestinos hubiesen estado dispuestos a aceptar la existencia de un hogar judío en la tierra de Israel, hoy podrían haber estado celebrando setenta años de independencia nacional. Podría haber existido un estado palestino viviendo pacíficamente en buena vecindad con Israel. En cambio, debido a su filosofía de «o todo o nada», preferían condenar a su pueblo a una existencia miserable como refugiados, sin un país propio y sin derechos.

Pero, en fin, eso es cosa de ellos —concluyó Omer su pensamiento—. Nosotros estamos aquí para vivir y construir, y defenderemos nuestro derecho a hacerlo a toda costa.

Omer siguió leyendo y tomando notas, hasta que un informe en particular captó su atención por desviarse un poco de lo habitual y rutinario en esa situación tan fuera de lo común que era casi norma en Israel desde su establecimiento. Informaba sobre un turista español que se encontraba en Israel desde hacía poco menos de un mes.

En la entrada al país había declarado que su visita era para fines turísticos, y que deseaba conocer, entre otras cosas, los lugares santos para las diferentes religiones. No había mencionado que tuviera conocidos o familiares en Israel.

Durante la primera semana, se hospedó en un modesto hotel de Jerusalén y realizó desde allí varias excursiones guiadas en los sitios de interés turístico más populares de la ciudad y sus alrededores. Luego permaneció casi una semana en Tiberíades y se unió a varias visitas guiadas en Cafarnaúm y otros lugares de interés turístico y religioso de Galilea. De allí viajó a Tel Aviv, donde volvió a elegir un alojamiento bastante modesto y se dedicó a visitar las playas y disfrutar de la vida nocturna de la ciudad. Tras pasar algunos días en el sur del país, especialmente la localidad turística de Eilat, había regresado a Jerusalén, donde se encontraba actualmente.

A primera vista, parecía un turista común y corriente. No obstante, varios detalles despertaron las sospechas de los informantes que habían elaborado el informe. El primero era que estaba solo, y era un poco extraño que una persona realizara semejante viaje de turismo sin compañía. No era imposible, pero sí extraño. El segundo era que, a diferencia de los modestos hospedajes que había elegido hasta el momento, los cuales no pasaban las tres o cuatro estrellas, actualmente se encontraba en un hotel de cinco estrellas catalogado como uno de los más lujosos de Jerusalén. ¿Se habría vuelto más rico durante su estadía en Israel? Y si así fuese, ¿de qué manera? ¿Contrabando? ¿Espionaje? ¿Terrorismo?

Por otra parte, también encontraron inusual el hecho de que la visita se estuviese alargando por un periodo tan extendido.

Había pospuesto su vuelo de regreso a Barcelona para el 9 de mayo, originalmente reservado para el 25 de abril. Omer trató de imaginar qué podría causar que un turista español pasara tanto tiempo en Israel, y qué lo habría impulsado a alargar su estadía de cuatro semanas originales a siete. El tercero y más importante era que, según fuentes fidedignas, se lo había visto repetidas veces en compañía de árabes de Jerusalén Oriental.

Su nombre era Luciano Moreno, un nombre nada fuera de lo común en España. Su apariencia, según se apreciaba en las fotos del informe, tampoco tenía nada de raro ni sospechoso. En realidad, lo que tenía ante sí era la ficha de un joven español bastante bien parecido, de más o menos su misma edad, que estaba haciendo turismo en un país para él exótico y con un gran y profundo fondo cultural, histórico y religioso.

Sin embargo, Omer presintió que, de todos los informes que le habían presentado esa mañana, este sería el que más necesitaría de su atención. En el bloc de hojas con espiral que tenía sobre el escritorio anotó que debía ordenar la investigación de los antecedentes de ese hombre. Un rato más tarde, cuando terminó de leer los informes, repartió órdenes a sus subordinados. A Eitan, el que más se había ganado su confianza, encomendó que consiguiera información, con carácter urgente y confidencial, sobre los antecedentes de Luciano Moreno.

Omer se echó atrás en su mullida silla de trabajo y comenzó a hamacarse. Era lo que hacía cada vez que deseaba profundizar en algún tema. Varias cosas requerían una reflexión más profunda en lo referente al turista español. La primera era que el individuo se encontrara de vacaciones en esta época del año, en especial teniendo en cuenta que hacía ya casi un mes que se encontraba en el país: a todas luces, se trataba de un prolongadísimo periodo de vacaciones, y aún tenía planeado permanecer otras tres semanas más. ¿No debería estar trabajando? ¿O estudiando? En su ficha de entrada, había declarado que su ocupación actual era «estudiante». Que él supiera, el año académico en España no finalizaba en marzo ni en abril.

Los encuentros del turista con ciudadanos árabes de por sí no eran nada tan raro. En ocasiones, también se lo había visto conversando con judíos. Además, una de las personas con las que se había reunido era un guía de turismo y otro era el dueño de una tienda de souvenirs de una de las callejuelas de la Ciudad Vieja de Jerusalén. Según las fuentes de información, Luciano había frecuentado una misma tienda en repetidas ocasiones y se lo había visto conversando con su dueño en un café e incluso visitando su casa. El dueño de la tienda se llamaba Abid al-Hassan, quien, de acuerdo con el informe, no registraba antecedentes de ningún tipo.

Omer acercó la silla al ordenador y tecleó el nombre del dueño de la tienda en la página de personas vigiladas o con antecedentes terroristas. Quería asegurarse. No encontró nada. Era un hombre de alrededor de cincuenta años, sin ningún tipo de antecedentes penales. Oriundo de Jerusalén Oriental, donde vivió toda su vida. Su única fuente de ingresos era la tienda que heredó de sus padres, donde vendía souvenirs para todas las religiones. Trató de imaginar qué relación podría existir entre el turista español y el dueño de la tienda. ¿Simpatía? ¿Lazos familiares? ¿Conocidos comunes? ¿Intereses comerciales? Valía la pena averiguarlo.

En ese momento, sintió en el bolsillo la vibración de su móvil, que tenía siempre silenciado. Miró la pantalla, a pesar de que estaba decidido a no contestar para no perder el hilo de su divagación... a menos que se tratase de algo demasiado importante. Pero, apenas vio el nombre que parpadeaba en su móvil, supo que era la llamada que más deseaba recibir en ese momento. Decidió contestar y se alegró de que no hubiera nadie en la oficina en ese momento, porque cualquier observador habría notado fácilmente su rubor y excitación. Trató de calmarse, recordándose que ya tenía veintinueve años. El reloj de la pared le informó que eran las doce del mediodía. Se preguntó a qué podría deberse la llamada.

◆ ◆ ◆

—Hola, Rotem. ¡Qué linda sorpresa! —dijo, con un tono alegre y despreocupado que pretendía ocultar su emoción.

La noche anterior habían salido juntos por primera vez tras intercambiar bastantes charlas por WhatsApp. Fueron al concierto de un cantante admirado por ambos y, tras dar un corto paseo por la playa, se acomodaron en un banco para charlar, admirar el oscuro mar surcado por el reflejo de la luna, y oír el murmullo de las olas del mar.

Se habían conocido en una reunión de amigos en común. Tenían la misma edad y ambos deseaban conocer a esa persona con la que, tal vez, compartirían sus vidas. Ambos habían sufrido de amores frustrados, pero no se daban por vencidos. Apenas la vio, Omer pensó que ella podría ser esa persona, y estaba más convencido aún tras el encuentro de ayer. Deseó con todo su corazón que la llamada de Rotem le confirmara que ella sentía lo mismo.

—Es que tengo una entrevista con un cliente cerca de Hakiryá, donde me has dicho que se encuentra tu oficina. No creo que me lleve más de una hora. Pensé que quizás puedas tomarte un rato libre para almorzar juntos en algún lugar, digamos alrededor de la una y media… Si te parece bien, claro…

—¡Seguro, Rotem! ¡Será un gran placer! —Dijo Omer inmediatamente y sin dudarlo ni por un segundo, a pesar del mucho trabajo que le esperaría en la oficina cuando regresara. «El trabajo podrá esperar», pensó y, a modo de excusa, se dijo que no había nada verdaderamente urgente en ese momento que necesitara su atención inmediata.

—Perfecto, —contestó Rotem, sin ocultar su alegría— en cuanto termine con el cliente te mandaré un mensaje. Escoge tú el restaurante, porque yo no conozco muy bien esta zona.

—Me parece bien. Reservaré una mesa en un buen restaurante kosher. Por cierto, ¿observas la *kashrut*? —quiso saber Omer, un poco temeroso de entrar en una fase tan temprana de su relación en preguntas engorrosas, pero deseando que le contestara que sí.

—No, ¡qué va! Tuve una época en la que comencé a acercarme a la religión, pero al poco tiempo volví a alejarme de ella, incluso más que antes. Entiendo que tú sí eres bastante religioso porque, obviamente, he notado la *kipá* que llevas en la cabeza. Pero, por supuesto, no me molesta que el restaurante sea kosher. Nos vemos, entonces.

Omer ya estaba leyendo el menú cuando Rotem entró en el restaurante. Levantó la mano lo más que pudo para que ella lo viese entre la multitud. Eso le dio el resultado esperado porque Rotem logró localizarlo y se acercó a la mesa a grandes zancadas. Era de baja estatura, Omer calculó que apenas llegaría a metro sesenta, y llevaba el pelo marrón oscuro corto, con un estilo algo juguetón y travieso. Sus facciones no tenían nada sofisticado ni fuera de lo común. Podría decirse que tenía, en realidad, una apariencia bastante común y corriente. Y, sin embargo, algo en ella lograba encandilar a Omer, sin que pudiera precisar qué.

Tras encargar rápidamente sus platos para no perder el tiempo, puesto que ambos estaban en el medio de sus jornadas laborales, se dedicaron a mirarse entre sí y a charlar.

—No te imaginas qué alegría me has dado al llamar —le dijo Omer con transparente sinceridad—. En realidad, estaba deseando que me llamaras.

—Pues, qué pena que no hayas deseado que un tío lejano y desconocido te hubiese legado varios millones de euros, porque ya ves que te he llamado, —dijo Rotem, divertida.

—No, me quedo con tu llamada, —afirmó Omer sin pensarlo dos veces, lo que fue respondido del otro lado de la mesa con silencio y rubor.

Los dos jóvenes retomaron la conversación del día anterior informándose mutuamente sobre sus trabajos, familias, viajes realizados y por realizar, sueños… y así, casi sin darse cuenta, se vieron ante platos ya vacíos de alimentos. Una camarera vino a preguntar si podía recoger los platos y limpiar la mesa, a lo que ambos respondieron que sí, pidiendo al mismo tiempo dos cafés y la cuenta.

Mientras esperaban el café, Rotem dirigió a Omer la pregunta que quería hacerle desde su primer encuentro pero que había pospuesto una y otra vez, cada vez por otra razón.

—¿Hace mucho que llevas la kipá?

—¿Te molesta? —Omer respondió con otra pregunta, como suelen hacer los judíos según sus propias bromas internas.

—No… O quizá sí… De hecho, no lo sé con seguridad. Una kipá puede significar bastantes cosas diferentes, y aún no sé a ciencia cierta qué significa para ti. Me llamó la atención verla en tu cabeza, porque eras el único que la llevaba en la reunión donde nos conocimos.

—Sí. Es que mi familia no es religiosa en absoluto. Nunca he visto a mis padres observar el Yom Kipur, nunca van a la sinagoga, no prenden velas de Shabat ni hacen ninguna diferenciación entre los días laborales comunes y el Shabat. Mis padres aún viven en la misma casa donde nací y crecí desde que tengo uso de razón. Está en una localidad completamente laica, en Galilea, al norte del país. Crecí con los amigos que viste en la reunión, en una atmósfera vacía de credo y tradición, pero repleta de compañerismo. Yo soy el único del grupo que decidió acercarse a la religión. Por suerte, eso no afecta nuestra amistad, ya que los lazos que nos unen son muy fuertes.

—¡Qué curioso! —dijo Rotem— Y… ¿qué fue lo que hizo que, a diferencia de toda tu familia y amigos, te sintieras tan atraído por la religión?

—No sé precisarlo con seguridad. Quizá un poco por la influencia de mi tío Daniel, quien decidió acercarse a la religión durante su servicio militar y hoy vive en una localidad religiosa cercana a la frontera de Gaza, con su mujer y cinco hijos. Además, mi abuela materna me contó un poco sobre lo que le tocó vivir a mi abuelo durante el holocausto por el simple hecho de haber nacido judío. Por desgracia, él falleció cuando yo era prácticamente un bebé, y solo lo conozco por las fotos y relatos de la familia. Sé que, a raíz de lo que sufrió y presenció en aquellos años, él se alejó de la religión, reflexionando que, si Dios permitía que su pueblo padeciera tanto sufrimiento, prefería no saber más nada ni de Él ni de su «bendito pueblo elegido». ¿Elegido para qué? ¿Para sufrir? Esas dudas lo alejaron totalmente de la religión.

Mi abuelo interpretó lo sucedido a su manera, decidiendo que probablemente Dios no existe o, si existe, no es el Dios bondadoso y misericordioso cuya fe él desearía profesar. Yo, en cambio, decidí interpretarlo de otra manera: comprendiendo que Dios nos pone a prueba precisamente porque le importamos, y para hacernos entender que debemos elegir la senda del bien y hacer lo recto y correcto a Sus ojos.

—Ya veo —dijo Rotem, pensativa, mientras intentaba formular su próxima pregunta con un sincero deseo de saber más, pero con temor a parecer demasiado entrometida.

Tras unos segundos de silencio, preguntó:

—¿Qué significa para ti «acercarse a la religión»?

Esta vez, fue el turno de Omer de mantenerse un rato callado, tratando de elegir las palabras más adecuadas e indagando en su interior para dar la respuesta que más se acercara a la verdad. Finalmente, decidió dar rienda suelta a sus sentimientos, sin pararse a comprobar si estaban bien formulados o no.

—Pues… creo que, para empezar… al acercarme a la religión me acerco a *Elokim*, el Dios todopoderoso del pueblo de Israel. Siento que cuanto más hago lo correcto a Sus ojos, observo Sus mandamientos y cumplo Sus preceptos, más me acerco a Él y más siento fluir un diálogo abierto e íntimo con Él. Aún estoy muy lejos de hacer todo lo que es correcto a Sus ojos, y no sé hasta qué extremo llegaré a hacerlo. Pero, por el momento, hago lo que está a mi alcance y me siento más cerca de Él.

—Ya, ¿y cómo sabes qué es lo correcto a sus ojos? —preguntó Rotem con verdadero interés.

—Buena pregunta… —Omer se esforzó en encontrar la respuesta más acertada— creo que confiando en las escrituras y en discursos que oigo de rabinos. También aprendo mucho de mi tío Daniel, que se volvió religioso muchos años atrás y convenció a su novia a que se uniera a él. Ella aceptó y, juntos, crearon un hermoso hogar judío, fueron bendecidos con tres hijos y dos hijas, mis primos del sur. Son personas leales a Dios y a la Tierra que Él ha prometido a su pueblo, los hijos de Israel.

De pronto, Omer notó una pequeña mueca de preocupación y escepticismo en la expresión de Rotem. Paró su monólogo de inmediato y, tras largar una sonora y despreocupada carcajada, apuró el resto de su café que, por cierto, ya estaba frío. Le dijo a su adorable compañera de mesa que le encantaría seguir desarrollando el tema, pero que sus obligaciones le exigían volver cuanto antes a la oficina para seguir lo que había dejado sin terminar. Rotem estuvo de acuerdo, ya que también para ella era mejor que regresara rápidamente a la oficina inmobiliaria que compartía con su socia Patricia, quien ya se estaría preguntando qué tal le había ido en la entrevista con el posible cliente. Pagaron la cuenta a medias y se despidieron cortésmente, sin citarse para un nuevo encuentro.

CAPÍTULO 5

De regreso en su casa, Tamara no podía creer que realmente hubiese hecho todo tal cual como se lo había «dictado» su madre en esa aparición tan inconcebible que había experimentado. Como si ella fuese una niña pequeña y su madre estuviera aún con vida. Estaba feliz de haberse despertado nuevamente en su propia cama. Era viernes, día en que le gustaba dedicarse a la casa y la cocina, lo que solía llevarle casi todas las horas de la mañana.

Mientras pasaba la aspiradora recordó cómo, apenas finalizado el monólogo de Sara después de la ducha, se había obligado a salir del estado de shock en el que había caído y a ponerse manos a la obra sin perder más tiempo. Una vez vestida y con un café negro bien cargado en la mano, se había sentado en la vieja mecedora de la que su madre nunca se había separado desde el nacimiento de su hermano Daniel y, abriendo su ordenador portátil, había buscado en Google empresas benefactoras dedicadas a recoger efectos que personas ya no necesitaban para distribuirlos entre aquellas que sí.

Encontró una que contaba con bastantes opiniones positivas y, tras una corta charla telefónica con una chica muy amable, habían acordado que un camión llegaría al apartamento a las nueve de la mañana del día siguiente con varios voluntarios y todo lo necesario para empacar y llevarse el contenido del apartamento. Su interlocutora, cuya voz revelaba su alegría por la transacción, le había dado las gracias efusivamente e informado que, si bien muchas personas donaban cosas que ya no necesitaban, no era tan común que se desprendieran de todos los efectos de una casa. La joven, que resultó llamarse Revital, le había asegurado que todas las pertenencias de su madre llegarían a buenas manos y serían muy bien acogidas. Tamara le creyó y, tras agradecer y felicitar a la empresa por su importante obra, colgó el teléfono. La siguiente tarea había sido arrinconar cerca de la puerta todo lo que pensaba llevarse consigo.

En una de las cajas de cartón había guardado los jabones y frascos de agua de colonia de Sara, tal como ella «se lo había cometido». Había necesitado varias cajas más para los álbumes de fotos que resumían la historia de su familia en imágenes. En el mismo armario donde había encontrado los álbumes había encontrado también un cofre que contenía una infinidad de fotos sueltas. A pesar de su febril deseo de terminar todo rápidamente, no había podido resistir la tentación de mirar algunas. El cofre estaba atiborrado de fotos de los nietos de Sara a lo largo de todas las edades. También contenía otras pocas, en amarillentos tonos de blanco y negro, del compromiso y la boda de sus padres. En algunas vio a Samir, el amigo de sus padres que recordaba de su niñez, a veces posando con ambos, otras solo con su madre y, en algunas, con ella misma de chiquilla.

Comprendiendo que si seguía deteniéndose a cada momento no terminaría de clasificar todo hasta la llegada del camión, había cerrado el cofre, depositándolo junto con el resto de las cajas que se llevaría consigo. Decidió, por si acaso, llevarse también las carpetas de contabilidad casera de su madre, el cofre de costura y tejido y, por supuesto, algunas reliquias familiares, como el salero y pimentero de plata y cristal, el libro de rezos del abuelo y algunas cositas más.

El bolso de su madre con la billetera, los documentos y el teléfono móvil, que le había sido entregado en el hospital después del accidente, se encontraba ya en su propia casa.

Tras llevar todo al coche, se había dedicado a la tarea de buscar un agente inmobiliario de la zona para encomendarle la venta del apartamento. Algunas llamadas después, había elegido uno que le pareció profesional y honesto, y que podía llegar ese mismo día a ver la casa para firmar el acuerdo de contratación de agente.

Al día siguiente, tras dormir por última vez en la habitación de su adolescencia, había esperado a los voluntarios, quienes habían hecho un excelente trabajo al embalar todo con rapidez y cuidado.

Dos horas después, una vez que Tamara se convenció de que la casa estaba lo suficientemente limpia y ordenada, y antes de comenzar a hornear y cocinar, se dispuso a llamar a su hermano Daniel.

Llevaba posponiendo esa llamada desde que decidió acatar las instrucciones de su madre con respecto al contenido de su apartamento, dos días atrás.

Pensó que él no aceptaría con agrado lo que iba a escuchar, y temió que se enfadara con ella —como ocurría a menudo—, pero decidió que no podía evadirse por más tiempo de esa llamada.

Daniel contestó a los pocos segundos. Se interesó por su bienestar y luego volvió a expresar que sentía mucho no haberla ayudado con el apartamento de mamá. Le contó que entendía lo duro que era y que le hubiera gustado mucho estar allí con ella, pero que, como Tamara bien sabía, no podía dejar a Rebeca y a los chicos solos con todo el lío que había en el sur. En cualquier momento podría originarse otra escalada con misiles lanzados desde Gaza que les obligaran a pasar la mayoría del día en los refugios. Debían mantenerse alertas, al mismo tiempo, con el asunto de los incendios que se producían cada dos por tres a causa de los cometas incendiarios, los cuales echaban por la borda cultivos enteros y años de trabajo y, además, cobraran la vida de grandes cantidades de animales salvajes protegidos y bosques.

A la conocida sugerencia de Tamara de que podrían mudarse más al norte, Daniel le contestó, como siempre, que a Rebeca le encantaría, pero que era necesario pensar también en el bien de la nación: si todos los israelíes se escaparan del sur del país, luego los palestinos los intimidarían en otra región hasta que huyeran de allí también, y así sucesivamente hasta quedar nuevamente expulsados de su propia tierra y obligados a un nuevo exilio.

Cuando Daniel le preguntó cómo había adelantado con el apartamento de Kfar Saba, Tamara tragó saliva. Trató de ir sin rodeos y lo puso al tanto de que había donado todas las pertenencias de mamá, a excepción de pocas cosas, como fotos, chucherías y recuerdos que se había traído consigo y que podrían revisar juntos cuando se encontraran.

Tras un incómodo silencio al otro lado de la línea, Daniel reaccionó.

—Pero, Tamara, no te entiendo... ¿Por qué no me consultaste? ¿Ya está hecho? ¿Ya se llevaron todo? —preguntó, con un dejo de esperanza de que quizá podría aún salvar algo.

—Sí —respondió Tamara sin inmutarse—, ya está hecho. El apartamento de mamá está vacío y en venta.

—Pero, ¡¿cómo?! —Daniel no cabía en sí de indignación—. ¿Ni siquiera me diste unos días para pensarlo, para intentar hacer las cosas de otra manera? ¿Y si había cosas que hubiera querido quedarme para mí? Además —agregó, levantando la voz—, ¿no eran nuevos la nevera y el lavavajillas? ¿Por qué no venderlos? ¿Por qué lo hiciste?

«No solo nos encontramos en extremos opuestos geográficamente, yo en el norte y él en el sur» —pensó Tamara antes de contestar—, «sino también en todo aspecto posible.»

—Pues... simplemente hice exactamente lo que me instruyó mamá.

Al terminar de pronunciar esa frase, se produjo un nuevo silencio. Esta vez, fue incluso más prolongado que el anterior.

—Tamara... —dijo Daniel, bajando el volumen de la voz hasta casi un susurro— ¿estás bien? ¿Cómo que lo que te instruyó mamá? ¿Cuándo te dijo eso?

—Antes de morir —mintió Tamara, agradecida por el hecho de que estuviesen manteniendo una conversación de audio y no de video. De lo contrario, la hubiera puesto en evidencia su rubor de mentirosa inexperta.

—¿Cómo que antes de morir —siguió insistiendo Daniel—, si murió atropellada en el acto?

—Mucho antes, es decir... me lo dijo muchas veces, en diferentes oportunidades, —dijo Tamara, continuando la línea de la anterior mentira sin parpadear. Siempre me dijo que el día que se fuera a un mundo mejor, quería que donáramos todas sus pertenencias a personas necesitadas. Así que estoy haciendo simplemente lo que me pidió. No te enojes. Decime qué querés que te guarde de recuerdo, aunque estoy segura de que la podrás recordar sin necesidad de efectos materiales. Te guardaré lo que me digas en una caja. Cuando nos encontremos en el cementerio, a los treinta días de su muerte, te la traeré.

Fue entonces cuando Daniel entendió, con impotencia, que nada ya podría cambiar el rumbo de las cosas, y decidió cambiar el tono de voz.

—Como te parezca, Tamara. No puedo culparte, porque tampoco estuve allí para ayudarte. Además, reconozco que siempre fuiste vos quien se mantenía más en contacto con mamá. Sé que la llamabas a diario y te interesabas por su bienestar, conocías sus actividades y escuchabas sus historias. Así que, si ese era el deseo de mamá, que así sea. Un abrazo.

Tamara quedó sorprendida por la amable conclusión de la llamada y la relativamente rápida capitulación de su terco y sabelotodo hermano. Ahora, sentada en su sillón preferido del jardín reflexionó que, por más testaruda que sea una persona, tal vez todo lo que uno necesita para cambiar su opinión sea mantenerse firme y seguro por dentro.

Tamara se tomó unos minutos para masticar y degustar esa

conversación con Daniel de la que había salido vencedora. Luego, comenzó a planear la cena de esa noche.

Su hija Hagar le había confirmado el día anterior que vendría a la cena de Shabat con Ezequiel y el bebé, y aún no perdía las esperanzas de que Omer decidiera a último momento llegar de sorpresa, como ocurría de vez en cuando. Tenía un presentimiento de madre que así sería.

Comenzó a planear la cena, lo cual no era nada sencillo últimamente, como sucedía en muchos otros hogares de Israel. Hagar y su esposo Ezequiel eran veganos, mientras que Omer solo comía alimentos kosher. Ese era otro aspecto de Omer que la tenía preocupada: estaba temerosa de que se volviera más y más religioso con el paso del tiempo. Por el momento, se contentaba con que no se le mezclara en su plato lácteos con carnes, y que no se le sirvieran alimentos que no fueran kosher por definición. Pero, por lo demás, era bastante complaciente. No le supervisaba la cocina ni se traía su propia comida y vajilla, como hacían otros que se volvían religiosos.

Pensó en hacer una cena totalmente vegana, en cuyo caso no habría ningún riesgo de caer en alguna falta de la kashrut, pero entonces Omer diría que, como siempre, era Hagar quien llevaba las riendas de la familia. Además, el carnívoro de David quedaría desilusionado si su cena de Shabat no contara con algún trozo de pollo o, mejor, de carne vacuna. Tampoco podría organizar una barbacoa en el jardín como le encantaría a David, porque prender fuego en Shabat era una falta demasiado grave como para que Omer pudiera consentir con ella. Pensó en qué habría errado en su vida para que uno de sus hijos se volviera religioso y la otra vegana. Trató de imaginar si aún quedaban familias laicas en Israel en las que todos compartieran la misma idiosincrasia y el mismo menú en los encuentros familiares.

Finalmente, decidió hacer lo que hacía la mayoría de las veces. Prepararía bastantes ensaladas, platos veganos a base de verduras y legumbres que todos podían comer, pollo al horno y ensalada de atún para los carnívoros y, de postre, flan de coco, que servía tanto para los veganos como para los observantes de la kashrut. Tras revisar en los armarios de la cocina y la nevera, constatando que nada le faltaba, se puso manos a la obra de inmediato. A la una del mediodía, ya tenía la cena casi lista.

Satisfecha con su avance, fue a darse una ducha. Fue entonces cuando recordó que aún no había desempacado la caja con los jabones y los perfumes que había traído del apartamento de Kfar Saba. Decidió hacerlo antes de ducharse y usarlos en su aseo, recordando lo que le había dicho mamá al respecto. ¿Lo que le había dicho mamá? Pero, ¿qué tonterías estaba diciendo? ¿Cómo podía ser eso posible? Su madre había fallecido el diez de abril, exactamente dos semanas antes de «decirle» todo lo que creía recordar.

Tamara se obligó a recobrar la cordura y entender que todo eso no era más que el fruto de su imaginación, lo cual podía tener una perfecta explicación: tras pasar días viendo recuerdos y fotos, con la tristeza de haber perdido a su madre y el deseo de retenerla un poco más, se bañó con su jabón y se perfumó con su agua de colonia. Era lógico que su imagen se le apareciera en la imaginación. Además, lo que le había dicho que hiciera podía ser muy plausiblemente lo que Tamara deseaba oír. Ella no creía necesitar de objetos materiales para recordarla, y le parecía una excelente idea donarlas a quienes las necesitaran. Conociendo a su madre, estaba totalmente segura de que eso es exactamente lo que hubiese querido.

Convencida por sus lógicas reflexiones, decidió abrir uno de los jabones de aceite de oliva, asearse con él y, luego, perfumarse con el agua de colonia de su madre. De esa manera, tendría la prueba rotunda de que la «aparición de Sara» era producto de su imaginación, ya que esta vez se mantendría bien instalada en la realidad, sin dejarse llevar por sus fantasías. Al fin y al cabo, ella nunca había creído en los fantasmas y no comenzaría a hacerlo ahora, a más de la mitad de su trayecto en la vida.

Casi olvidándose o, mejor dicho, obligándose a olvidarse del asunto, Tamara terminó de bañarse y secarse, tomó el mismo frasco de agua de colonia que había usado en la oportunidad anterior, dos días atrás, y se aplicó una generosa cantidad de la aromática sustancia en la piel de los brazos y el cuello, restregándose las manos para olerla mejor.

Por suerte, tenía una silla a mano, porque cuando volvió a ver a su madre parada cerca de la ventana del cuarto de baño, casi se desmaya.

Tamara se desplomó en la silla, envuelta en la toalla. Tal como había sucedido la vez anterior, se quedó congelada en el lugar y sin posibilidad de articular palabra. Desde su posición en la silla, erguida como si alguien le hubiese introducido un poste a lo largo de la columna vertebral, la vio tan radiante como siempre, bien arreglada y acicalada. Bella, como la recordaba de toda la vida. Sin embargo, a diferencia de la imagen que guardaba de ella, casi siempre optimista, sonriente y energética, esta vez se la veía preocupada. Doliente, como si tuviese una gran carga sobre los hombros.

Impulsivamente, Tamara cerró los ojos. Quería verla, acercarse a observarla, pero no se atrevía a hacerlo y tampoco estaba convencida de que ello fuera posible. Comenzó a oír el monólogo de su madre, sin poder precisar a ciencia cierta si la voz que le llegaba a la conciencia provenía del exterior o del interior de su mente. Lo más desconcertante para Tamara era que todo lo que le estaba relatando su madre era completamente desconocido para ella. No solo desconocido, sino también totalmente inconcebible. Impensable. Imposible. Al cabo de un rato (no podría decir si fueron segundos o minutos), la voz se silenció.

Tamara volvió a abrir los ojos, deseando que su madre estuviera aún allí. Pero su *verdadera* madre, aquella que recordaba, no la que acababa de contarle cuentos inverosímiles a los que no podía ni quería dar crédito. No obstante, allí no había ya nadie. Ni rastro de la imagen que había visto. Se quedó con el aroma a jabón y a Heno de Pravia impregnado en su piel, y con el deseo insoportable de abrazar a su madre y apoyar la cabeza en su pecho. Volver atrás en el tiempo y abrazarla como cuando ella era niña y su madre era ese personaje sábelo y puédelo todo que siempre la sacaría de todo apuro, la consolaría de sus pesares y le daría respuestas para todo lo que le resultara incomprensible en este extraño mundo.

Sin embargo, eso no fue lo que ocurrió. De vuelta en la realidad, Tamara no supo dónde encontrar consuelo ni a quién acudir con esa nueva carga que tenía en el alma. Se levantó de la silla, se peinó y vistió lo mejor que pudo, y fue a prepararse un mate, con la esperanza de que la familiar infusión consiguiera disipar los oscuros nubarrones que acababan de depositársele en el corazón.

Ya sentada en su sillón predilecto junto al ventanal que daba al jardín, depositó el mate, la yerbera y el termo en la mesita situada entre su sillón y el de su esposo David para ese fin. Así, trató de ordenar las ideas y los mensajes que acababa de transmitirle su madre.

No cabía duda de que nada de eso tenía ningún sentido. Trató de resumir mentalmente los principales puntos que había sacado en claro del monólogo de su madre, sin estar dispuesta a dar crédito a ninguno de ellos.

Uno: lo que le había causado no prestar atención al vehículo que se acercaba a gran velocidad y que, al no conseguir frenar a tiempo, la atropelló mortalmente, fue un mensaje de WhatsApp que acababa de enviarle Sami, el gran amor de la vida de su madre. Su verdadero amor. Tamara cerró los ojos con fuerza en su intento de lidiar con el dolor que le causaba la remota posibilidad de que su propio padre pudiera no haber sido el gran amor de su madre. Dos: Sami era de descendencia árabe-palestina. Tres: Salvo algunas interrupciones, la relación entre ese tal Sami y Sara habría durado toda la vida, e incluso habría procreado un hijo (hermano de Tamara y Daniel) y una hija. Ese hijo, supuestamente su hermano, fue adoptado y creció como musulmán, a pesar de ser judío según la ley judía por tener madre judía (¡¡Su propia madre!!). Cuatro: ese hermano musulmán tenía un hijo, también criado como musulmán, que desde hacía años simpatizaba mucho con la causa palestina. Cinco: durante varios meses antes de su muerte, Sara había recibido alarmantes noticias de Sami acerca de que aquel nieto acudía con mucha frecuencia a una mezquita donde se predicaba en contra de Israel y del sionismo. Seis: le había parecido entender, entre líneas, que ella misma, Tamara, podría ser fruto de ese amor prohibido..., lo que consideró una prueba contundente de que nada de todo lo que había creído captar del «monólogo de Sara» podía tener ningún fundamento en la realidad.

Sin embargo, al llegar a este punto, el mate se le había vuelto tan amargo que se vio obligada a agregarle un poquitín de azúcar, cosa que habitualmente no hacía.

CAPÍTULO 6

Buenos Aires, Argentina, diciembre de 1954

Aquel día que habría de marcar las vidas de tantas personas en diferentes épocas, países y continentes amaneció muy caluroso. No era de extrañar, ya que era la época del año que coincidía con la fiesta de Janucá. Miriam abrió las ventanas con la esperanza de que entrara un poco de brisa, pero afuera no se movía ni una hoja. Sara, su hija menor, la única que aún vivía en la casa paterna, dormía envuelta en una fina capa de sudor. Una exuberante cabellera rojiza enmarcaba su rostro pálido salpicado de pecas y cubría, en desorden, gran parte de la almohada y de sus hombros desnudos. Justo en el momento en que Miriam comenzaba a presentir que ese aire pesado y caluroso podría ser señal de mal agüero, una ráfaga inesperada introdujo en la habitación un embriagante aroma de jazmines y rosas que sorprendió y tranquilizó a la madre y despertó a la hija.

Miriam no dejaba de maravillarse de la belleza de esa niña suya, y siempre temía por ella. Estaba en edad de casarse, y Miriam se sentía desvelada por el hecho de que, a pesar de los muchos pretendientes que habían demostrado interés —algunos de ellos hijos de excelentes familias judías y en buena posición económica—, esa moza testaruda descartaba a todos y seguía aferrada a su soltería. Ni siquiera la inquietaba que la mayoría de sus primas y amigas ya estuvieran casadas y gestando o meciendo en sus brazos a sus primeros bebés.

Por suerte, mientras tanto había aprendido Mecanografía y consiguió un trabajo de oficina bien remunerado. El sueldo se lo daba a Miriam, quien ahorraba la mayor parte para financiar un ajuar para cuando llegara el momento y se guardaba cierto porcentaje para contribuir con los gastos de la casa. Lo poco que quedaba, se lo devolvía a Sara para que se diera los gustos. Con sus veinte años ya cumplidos, y si no se apresuraba a encontrar marido, pronto empezaría a ser vista como una solterona, disminuyendo sus posibilidades de encontrar pareja, sin importar su gran belleza, inteligencia y bondad.

Sintiéndose observada, Sara terminó de despertarse. Estiró los brazos, se sacudió la cabellera y se frotó vigorosamente los ojos. Luego, se sentó erguida y miró un poco perpleja a su mamá.

—Buen día, mamá. ¿Qué día es hoy? ¿Qué hora es? ¿Por qué hace tanto calor? ¡Estoy empapada de sudor! Tengo que apresurarme y darme un baño antes de salir. Pero... ¿No será que estoy de vacaciones, por Janucá?

A su adormilada conciencia acababa de hacer aparición el recuerdo de su patrón, el bueno de Saúl, un hombre que había perdido a toda su familia en el holocausto de Europa y trataba a sus empleados como si fuesen sus propios hijos. Cuando la miraba a ella se le humedecían los ojos más de lo habitual, lo que cierta vez le había explicado con una mezcla de timidez y congoja, relatándole que una de sus hijas asesinadas por la máquina de exterminio nazi era también pelirroja como ella, y que hoy debería haber tenido más o menos su misma edad. El viernes anterior al fin de semana había anunciado a todos los empleados que, con razón del festejo de la fiesta de Janucá, daba a todos una semana de vacaciones pagadas para que encendieran sus velas en la *januquiá*, el candelabro de ocho brazos, y difundieran la luz de la paz, la bondad y el amor a todo el mundo.

La voz de su madre la hizo volver al momento presente.

—Si, mi amor. ¡Claro que estás de vacaciones, mi cabeza de chorlito!

—¡Ah! ¡Qué bueno! Entonces, puedo dormir un ratito más. Pero... ¡¿Por qué viniste a despertarme tan temprano si hoy no trabajo?!

—¿No te acordás?

—No, ¿de qué me debo acordar?

—De que hoy viene a cenar tu tía Ruth con Mario y los chicos, para encender la segunda vela de Janucá, y necesito que me ayudes. Hay que limpiar la casa, hacer algunas compras y preparar la comida. Yo sola no puedo hacerlo todo.

—Pero, mamá, ¡no es justo! Estoy de vacaciones, ¿no me merezco un descanso?

—Vamos, que las chicas de tu edad no necesitan descansar. Ya tendrás tiempo para eso cuando llegues a mi edad. Levantate y vestite. Mientras tanto, prepararé el desayuno y haré la lista de las compras. Cuando regreses con ellas, tendré los baldes listos y los muebles corridos para comenzar a fregar.

—Bueno, ¡que así sea! ¡A sus órdenes, mi capitán! —dijo Sara, un poco en broma pero sin ocultar un dejo de sarcasmo.

Amaba a su madre, pero presentía que no estaba satisfecha con ella como lo estaba con sus hermanos: todos buenos judíos, casados y padres o madres de familia. Además, le molestaba que siempre la mandara a hacer recados y a limpiar la casa, a pesar de lo mucho que trabajaba. Y, como si eso fuera poco, también se adueñaba de su sueldo y solo le dejaba migajas. Sara guardaba esos pocos pesos como un tesoro, con la esperanza de que, con el tiempo, le alcanzaran para comprar un bonito collar o algún vestido de moda.

Decidió deshacerse de esos pensamientos deprimentes y dar al mal tiempo, buena cara. Sabía que no tendría más remedio que hacer todo lo que le mandara. A fin de cuentas, era su madre y, a pesar de todo, una buena madre. Solo quería lo mejor para ella. El problema residía en que no coincidían en qué era lo mejor para ella. Según Miriam, lo bueno para ella era casarse a toda costa, y cuanto antes, mejor. Sara no estaba en contra de casarse, pero quería enamorarse de verdad, y todos esos jóvenes que le habían presentado le parecían insípidos y aburridos. Con un movimiento de la mano espantó los pensamientos que le bajaban el ánimo y decidió ponerse en acción. Debía bañarse, vestirse y bajar a desayunar.

Abrió el grifo de la ducha y sucumbió al placer del agua fresca que le rozaba la piel, mientras imaginaba que estaba siendo acariciada por las manos de un hombre en lugar del agua. Sus primas casadas le habían contado con muchos detalles —demasiados a su gusto— todo lo que le aguardaría cuando se casase, tanto lo bueno como lo malo, pero le costaba imaginarlo. Sentía una mezcla de deseo y rechazo al pensar en ello. «El tiempo dirá» pensó, y cerró bruscamente el grifo. Ahora, se sentía bien despierta y lista para comenzar el día. Eligió uno de los vestidos veraniegos que le había cosido su madre, con mangas cortas y un corte bien ceñido al cuerpo, tal como Sara le había exigido que lo hiciera. La tela la había elegido ella misma en el mercado, y le había costado la mitad de sus ahorros. Preparada para oír las quejas de su madre acerca de que ese vestido era más propicio para cuando se encontrara con un pretendiente que para salir de compras, se trenzó el cabello, se calzó un par de sandalias y se dirigió al comedor.

Sus padres la estaban esperando, sentados a la mesa. El menú del desayuno era el de siempre: tostadas con manteca y dulce, café con leche y, como era un día festivo, sus medialunas predilectas rellenas de dulce de leche y las *sufganiot* tradicionales de Janucá.

—¡No me mires así, mamá!

—¿Cómo que no te mire así? ¡No podés vestirte así para ir al almacén! ¿Qué van a decir las vecinas? Ese vestido es demasiado llamativo. Andá a buscarte algo más humilde para ponerte.

—No, mamá, voy así o no voy. Punto. Siento que hoy es un día especial, me siento alegre y es lo que quiero ponerme.

—¡Dejala ya, Miriam! ¡No es un bebé! —Antonio se introdujo en la conversación, lanzando una mirada furiosa a su esposa y mirando embelesado a su hija— Vení, pimpollo, sentate a comer. Tu mamá te cuida demasiado, es verdad. Pero es solo por amor, ya lo sabés.

—Sí, papá, ya lo sé —dijo Sara, alzando la vista hacia el cielorraso y levantando ambas manos en señal de resignación.

Acto seguido, agarró una medialuna y, tras sumergirla por un segundo en su humeante taza, tomó un bocado crujiente y al mismo tiempo empapado de café con leche, el cual le produjo tanto placer en el paladar que olvidó inmediatamente la pequeña querella de la mañana. Además, se sentía energética y alegre, sin ninguna razón visible.

—Bueno, será mejor que me vaya. Dame la lista, mamá —dijo Sara mientras se limpiaba la boca con una servilleta y se retocaba los labios con un lápiz labial de color neutral.

Una vez en la calle, Sara se calzó los anteojos de sol, retocó su sombrero veraniego y hurgó un buen rato en el fondo de su cartera hasta encontrar lo que buscaba: un lápiz labial de color carmesí con el que se pintó los labios. Siempre tenía cuidado de no usarlo antes de salir de casa, porque su madre solo le permitía usar el lápiz labial de color neutral.

Dio un vistazo a la lista de compras. Necesitaba ir a tres tiendas: el almacén, la verdulería y la fiambrería kosher. Dejaría la fiambrería para el final, aunque era la primera por la que pasaba su trayecto, porque era un día tan caluroso que no quería dar vueltas con los fiambres mientras compraba en los otros dos locales.

Decidió empezar por el almacén, que era el más lejano. No entendía por qué se sentía tan alegre y optimista. Durante la caminata de casi quince minutos al almacén saludó sonriente a todos los que se cruzaban en su camino, tanto conocidos como desconocidos. Algunos, especialmente del sexo opuesto, le sonreían levantando levemente el sombrero y mirándola a los ojos con un asomo de picardía.

Casi una hora después, se encaminaba con dos bolsas llenas en sendas manos hacia la fiambrería *kosher* de Samuel. Al llegar, vio con preocupación que había una larga cola esperando frente al mostrador. Depositó las canastas en el suelo y se dispuso a esperar con paciencia.

Inmediatamente detrás de ella, entró al local con evidente prisa un joven que, a primera vista, parecía tener más o menos su misma edad y ser de origen judío, a juzgar por su pelo negro, corto y rizado, y sus ojos verdes tirando a marrón. Además, el hecho de que estuviera haciendo cola en la fiambrería *kosher* era otro claro indicio de su judaísmo. Su complexión era alta y fuerte. Le pareció que hacía algún tipo de deporte o trabajo físico, a diferencia de todos los «candidatos» que le traía su mamá, que de tanto sentarse a estudiar la Torá, tenían forma de silla y anteojos de lentes gruesos, pese a su relativa juventud.

Este chico le hizo acordar a los que se veían en las fotos del joven Estado de Israel, a quienes solían llamar «*sabras*» o «*tzabar*», aludiendo al fruto del cactus que, a pesar de su apariencia dura y espinosa, guarda en su interior una pulpa tierna y dulce. Los sabras eran fuertes y tenaces, trabajaban al sol y eran el polo opuesto del prototipo del judío de la diáspora estudiante de la Torá. Pensó que quizá era un israelí que se encontraba de visita, ya que nunca lo había visto antes en el barrio. Incluso era posible que se encontrara en alguna de las casas vecinas y que su madre le viniera pronto con algún chismerío al respecto. Quiso darle una mirada más, pero estaba parado detrás de ella y sería demasiado descarado volverse hacia atrás.

De pronto, el desconocido se dirigió a la primera persona de la cola, un chico de unos 12 años con una *kipá* en la cabeza.

—Perdoname, ¿serías tan amable como para permitirme que me adelante en la fila? Solo necesito un pancito y un poco de fiambre para prepararme un sándwich para el mediodía. Si espero en la cola, llegaré tarde. En la casa donde estoy trabajando no se me permite entrar con comida que no sea cien por ciento kosher. Desde hace unos días, vengo todos los días a comprar mi almuerzo, pero nunca hubo cola —dijo, un poco avergonzado, pero claramente decidido a explicar lo desesperado de su situación.

Detrás del mostrador, Moishe atendía a los clientes. Era un judío que vestía como si aún estuviera viviendo en Europa, con largas patillas enrolladas y una *kipá* grande y negra. Vestía ese atuendo especial de los judíos ortodoxos, con camisa blanca y traje negro, sobre el cual tenía colgado un gran delantal que en sus buenos tiempos debía haber sido blanco, pero que hoy dejaba ver manchas rojizas y amarronadas. Algunas viejas, visibles a pesar de los lavados, y otras nuevas, de colores más vivos.

Antes de que el chico tuviera oportunidad de responder, Moishe intervino en ayuda del desesperado joven. Con movimientos rápidos, cortó unos 100 gramos de pastrami. Luego, tomó una flautita, la cortó por la mitad, untó sus dos mitades con un poco de mayonesa y mostaza, agregó el fiambre recién cortado y unas rodajas de pepino en vinagre y, en menos de un minuto, extendió la mano con el nutritivo almuerzo ya envuelto en papel. —Tomá, Sami. Andá, no te preocupes, me lo pagás mañana o la próxima vez que vengas.

Acto seguido, se dirigió a atender al resto de los clientes. Agradecido, el joven sacó del bolsillo un billete que le pareció adecuado y lo dejó sobre el mostrador.

—Mañana arreglamos las cuentas. Tomaré en cuenta la posibilidad de que haya cola, y vendré más temprano. ¡Muchas gracias!

Mientras Sara pensaba que el sobrenombre «Sami» que había usado Moishe provenía probablemente del nombre judío «Samuel», el chico pasó a su lado en dirección a la salida sin reparar en ella. De pronto, algo le hizo levantar la vista —en ocasiones ambos habrían de determinar, entre risas, que seguro se debía a alguno de esos hechizos de Sara—, justo a tiempo para que tuviera lugar ese encuentro de ojos que marcaría sus vidas hasta la eternidad. Pero, en ese momento, la timidez de Sami lo paralizó y, tras abrir la pesada puerta, salió a la calle.

Al salir a la calle, Sara hizo la cuenta de que la compra en la fiambrería le había llevado más de veinte minutos debido a la espera en la cola, y hacía mucho tiempo que había salido de su casa. Su madre ya debía estar impaciente y preocupada. Siempre la acosaban imágenes de las catástrofes más inimaginables en cuanto ella se atrasaba un poco. Al llegar a la esquina, donde debía doblar a la derecha para llegar a su casa, se topó de frente con el muchacho que había visto en la fiambrería. El chico tenía la confusión reflejada en los ojos, y sostenía aún el sándwich en la mano.

—¡Hola! ¿Te perdiste? —Sara trató, sin mucho éxito, de ocultar la alegría que sintió al volver a verlo.

—No, es que me había olvidado de que, en la casa donde estoy trabajando, me habían avisado que tendrían visitas y celebraciones por la festividad durante esta semana, por lo que debería postergar el trabajo hasta después de Janucá. Cuando llegué a la casa, me miraron extrañados y me mandaron a pasear.

—¿Trabajando de qué? ¿En qué casa?

—Soy electricista. En la casa de los Weinstein. Mucho gusto, me llamo Sami —dijo, tendiéndole la mano. Sara, que estaba sosteniendo tres bolsas de compras, no pudo devolverle el gesto.

—¡Perdón! ¡Qué tonto soy! Venga, deme las bolsas. La acompañaré a su casa, así podremos charlar un poco en el camino. Total, no tengo nada planeado para hacer hoy, ahora que el día de trabajo se convirtió de súbito en un día libre.

Sara no cabía en sí de la emoción. Ahora entendía por qué se había sentido tan alegre y optimista desde la mañana. Este hombre era distinto de todos los que había visto en su vida. Nunca había sentido lo que estaba sintiendo en las piernas, en los latidos del corazón, en la parte superior del vientre. Además, esa voz que le estaba hablando le sonaba conocida, como si la conociera de toda la eternidad.

—¿Qué? —Preguntó Sara. A pesar de oír la voz de Sami, no tenía idea de lo que le estaba diciendo. En ese momento, lo único que conseguía escuchar era el estruendo de las voces de su cerebro y los latidos en la caja torácica.

—Le estaba preguntando dónde queda su casa.

—¡Ah! Acá cerca —dijo Sara, volviendo en sí—. A unos cinco minutos a pie. Pero no te preocupés, puedo seguir sola. Siempre lo hago. ¿No te molesta que te tutee, espero?

—¡No! Al contrario —Sami pensó que la habría tuteado desde el principio, si no fuera por su timidez. Se sentía curiosamente cómodo con ella.

—Pero, decime... —quiso saber Sara— ¿Cómo te olvidaste de que estamos en Janucá? ¿Tu familia no lo festeja? ¿No está tu casa llena de ese olor a velas y platos típicos de la festividad? ¿O es que vivís solo?

—Primero: sí, vivo solo, por el momento. Segundo, no sé nada de Janucá, fuera de lo que oí por ahí, porque no soy judío. En realidad, soy musulmán, de origen palestino.

Sara se quedó petrificada. «¡Por Dios todopoderoso! ¿Qué jugarreta es esta? De todas las posibilidades en la tierra, ¡¿tenía que sentirme así encandilada precisamente por un musulmán palestino?!» pensó Sara, al borde de la desesperación.

Entendiendo que debía cortar las cosas ahí mismo, antes de que fuera demasiado tarde para ella, y atisbando con alivio que ya estaban llegando a su casa, Sara hizo un ademán para que su nuevo conocido le devolviese las bolsas.

—Ya llegamos. Desde acá seguiré sola. Fue un gusto. Gracias por acompañarme y cargar las bolsas. Que pases un lindo día —Sara miró a su alrededor con temor, o más bien pánico, de que alguna vecina la hubiese observado y corriera a contarle a sus padres que la habían visto charlando animadamente con el electricista musulmán contratado por la familia Weinstein, mientras que éste le llevaba las bolsas de las compras.

El joven, que comprendió de inmediato a qué se debía ese súbito cambio de actitud por parte de ella y esa urgencia por poner fin a la charla para que cada uno prosiguiese su camino, la saludó de manera cortés y se alejó visiblemente molesto.

Sara lo miró con tristeza. Pensó que, en otro mundo, en ese mundo perfecto cuya existencia solo se reflejaba en las nubes de su imaginación, ella dejaría las bolsas de las compras allí donde estaban, correría tras ese hombre que la había encandilado sin que le importase su credo ni origen, y seguiría paseando con él, oyendo su voz y conociéndole a fondo hasta que el cansancio los hiciera sentarse en el banco de algún parque, donde se quedarían en silencio observando las plantas, los pájaros y los insectos, hasta quedarse dormidos en un abrazo cálido y tierno. «Sí, en otro mundo, pero no en este» se dijo decidida mientras tomaba las bolsas y acortaba a grandes pasos la distancia que la separaba de su casa.

La semana de Janucá había transcurrido sin grandes novedades ni trastornos. Siguiendo la tradición, cada día habían encendido un número ascendente de velas, de una a ocho, en el festivo candelabro de ocho brazos (*Januquiá*), mientras cantaban las canciones tradicionales en un hebreo que no entendían (pero cuyo significado sí conocían). Además, como era de esperar, se habían atiborrado de los típicos platos de la festividad, en especial los deliciosos buñuelos de patata rallada (*latkes*) y las rosquillas dulces (*sufganiot*) rellenos de mermelada.

Durante los días de Janucá, la casa se había llenado de familiares y amigos: a su madre le encantaba celebrar esa alegre y luminosa festividad con sus seres más queridos.

Todo ello supuso para Sara mucho trabajo. Cada día, había que cocinar, ordenar y limpiar; pero eso no le molestó por varias razones. Una, porque de todos modos estaba de vacaciones y tenía toneladas de tiempo libre. Dos, porque Janucá era su festividad favorita de todas las del calendario hebreo y disfrutaba de encontrarse con tíos, primos y viejos amigos con quienes no siempre tenía la oportunidad de coincidir.

Pero la principal razón era que estar ocupada la ayudaba a distraerse por momentos del recuerdo de ese apuesto electricista con el que se había encontrado por casualidad en la fiambrería *kosher* de Moishe, a quien no conseguía quitarse de la cabeza.

Su imagen se le había quedado prendada en el alma y en el corazón. La sonrisa tímida del muchacho y la evidente confusión que demostró, tanto en el local de Moishe como en la calle, le producían un fuerte deseo de protegerlo, mientras que su altura y sus fuertes brazos le daban la impresión opuesta, de que podría sentirse protegida por él, como si nada malo pudiera ocurrirle en este mundo mientras estuviese a su lado.

Pero, ¿cómo era posible que fuera un árabe musulmán y, para colmo, palestino? ¿No se trataba acaso de aquellas personas desalmadas, capaces de acuchillar a judíos inocentes por la espalda y sin pestañar? ¿Aquellos que perpetraban masacres contra su pueblo en la tierra de Israel?

Sami tenía un semblante que irradiaba bondad y una mirada dulce, sincera y honesta. Nada que se pareciera a las imágenes de los palestinos con caras malvadas que, de alguna manera, tenía grabadas en la mente.

No lo entendía. Hasta donde ella supiera, el nombre Sami no tenía nada de musulmán. En la charla que sostuvieron, no había notado que tuviera ningún acento extranjero. Probablemente había nacido en la Argentina, al igual que ella.

«¿Habrá muchos musulmanes en Argentina?» pensó. Era la primera vez que se topaba con uno, y ya tenía veinte años cumplidos.

Sara estaba completamente sumergida en esos pensamientos mientras lavaba la vajilla. Hacía un rato que se habían retirado sus tres hermanos y once sobrinos. El barullo había sido ensordecedor, pero sus padres estaban radiantes de felicidad por haber tenido a toda su familia reunida para el octavo y último día de Janucá, la noche en la que se encienden todas las candelas del tradicional candelabro.

Tuvo que reconocer que ella también había disfrutado de la reunión. Cuando sus padres regresaron a casa tras acompañar a los últimos convidados a la calle y abrazar a todos con amor, Sara los mandó con determinación a su dormitorio para que tuvieran un buen descanso después de esos días tan agitados y antes de comenzar una nueva semana de labor y tareas diarias. Al fin y al cabo, ambos rondaban ya los cincuenta. Una vez que obtuvieron las garantías de Sara de que encontrarían la casa tan limpia y ordenada como siempre cuando se levantaran, aceptaron la propuesta con amor y agradecimiento. Después del barullo producido por la tribu de su familia, Sara prefirió llevar a cabo las tareas domésticas en silencio. Lo que más le gustaba de aquella casa, que sus padres habían conseguido adquirir con tanto esfuerzo antes de que ella naciera, era el ventanal frente al fregadero de la cocina: orientado como estaba hacia el jardín trasero, le permitía ver y oler el florido jardín con sus mariposas y pájaros cantarines.

A pesar de que era de noche y era muy poco lo que podía entreverse, se oía el cantar de los grillos y se olía el aroma de las gardenias. Sara sonrió. Pensaba que, en Israel, ubicado en el hemisferio norte, Janucá caía en invierno, por lo que las imágenes que generalmente ilustraban esta festividad se basaban en paisajes invernales, a veces incluso nevados. No como aquí, en su amada Argentina, donde la festividad caía en verano, cuando la naturaleza obsequiaba, en su opinión, lo mejor de sí.

La sola mención de Israel la devolvió al tema que estaba deseando olvidar y dejar de lado. Sami. Ese chico que ella imaginó como un tzabar israelí y resultó ser un musulmán de origen palestino. Sabía que no podría volver a encontrarse con él y, sin embargo, no había en ese momento nada en el mundo que deseara más. La tristeza se apoderó de ella. No podía concebir la idea de no volver a verlo. Se obligó a pensar en otras cosas, como su trabajo, por ejemplo. Al día siguiente, regresaría a la oficina y volvería a ver al bueno de su patrón y a su amiga Matilde, quien trabajaba a su par en la oficina. Terminó con rapidez lo que le faltaba aún hacer y, tras dar un vistazo a la cocina, la sala de estar y el comedor para asegurarse de que no se había olvidado de nada, se dispuso a dormir. Cansada como estaba, logró conciliar el sueño con toda rapidez.

CAPÍTULO 7

Buenos Aires, Argentina, enero de 1955

Sara estaba fregando los platos después de la cena. Sus padres estaban aún sentados de sobremesa, bebiendo un mate cocido y charlando animadamente.

Sara los oía como si se tratase del sonido de los grillos o un arroyo que fluyera constantemente cerca de la casa, sin prestar atención a sus palabras y sin que su conversación interfiriese en sus pensamientos, que eran muchos y ocupaban la mayor parte de su atención.

Sin embargo, un comentario de su madre despertó su interés, por lo que se dispuso a prestar atención, abriendo las cortinas de su mente de par en par.

Miriam y Antonio hablaban animadamente sobre la posibilidad de mejorar la infraestructura eléctrica de la casa. Parecía que habían logrado reservar ciertos fondos para ese fin. El edificio era antiguo y su infraestructura eléctrica se fue instalando en parches, a saltos, a medida que la tecnología eléctrica iba avanzando. Era hora de modernizarla para poder responder mejor a las necesidades del mundo avanzado, práctica frecuente en el vecindario.

Sara escuchó a su madre decir que los Weinstein acababan de llevar a cabo aquel proyecto con ayuda de un electricista, quien había hecho un excelente trabajo por un precio muy razonable. Gloria Weinstein le había asegurado que su electricista era, además de buen profesional, una magnífica persona; un muchacho honesto, educado y agradable, muy de confiar.

A Sara le flaquearon las piernas. No tenía duda de que se trataba de Sami, aquel chico que había conocido en la fiambrería de Moishe hacía menos de dos meses, en el segundo día de Janucá. Le parecía muy curiosa su incapacidad de desprenderse de su recuerdo, considerando que habían intercambiado solo algunas palabras en pocos minutos.

Se sentía terriblemente mal por la brusca manera en que había interrumpido aquella conversación, ni bien Sami le había comentado que era musulmán. No tenía sentido. Desde entonces, había reproducido esa escena en su mente miles de veces, incapaz de aliviar la perplejidad que le provocaba.

No lograba entender qué le había inducido a comportarse de esa manera, tan inusual en ella. Por lo general, no le importaba el origen, la raza, ni la religión de las personas. Opinaba que el valor de cada persona estaba en sus actos y sentimientos, no en su origen.

Lo único que podría explicar «qué bicho le había picado» en aquel momento inoportuno fue su temor a los chismes, los cuales siempre llegaban a oídos de su madre y le causaban problemas.

Varias veces tuvo la tentación de encontrar cualquier pretexto para ir a la casa de los Weinstein con la esperanza de verlo y entablar una conversación con él. Aunque nunca tuvo el coraje de hacerlo, claro está.

Más que nada, deseaba disculparse por su conducta y asegurarle que ella no era como aquellos que juzgaban a sus semejantes por su origen, pero temía que su gesto fuera malinterpretado. Ahora, si tenía la suerte de que sus padres llevaran a cabo sus planes y lo contrataran, tendría la oportunidad de disculparse sinceramente. Sara acabó de secar el último plato y, tras colocarlo en su lugar en el armario, se preparó una infusión con hojas de luisa y menta del jardín y se unió a la sobremesa con sus padres.

Sara siempre disfrutaba de su caminata diaria, la cual duraba aproximadamente veinte minutos desde su casa a la oficina, y viceversa. Por más calor, frío, o viento que hiciera, y aunque lloviera a cántaros, nunca se perdía la oportunidad de estirar un poco las piernas después de pasar todo el santo día trabajando, sentada en una silla frente a una máquina de escribir, tecleando sin parar. También le hacía bien dejar que sus oídos descansen del incesante ruido de las teclas golpeando el papel y el cilindro, producido por la veintena de máquinas en la oficina de Saúl.

Ese día, volvía del trabajo tras una jornada particularmente agobiante. Entre los contratos asignados para mecanografiar, había habido uno particularmente extenso, el cual estaba escrito con una letra menuda y tupida, llena de tachaduras y muy difícil de descifrar. Además, estaba repleto de manchas de tinta que tapaban buena parte de las palabras escritas a mano, hasta el punto de perder el sentido de las frases, en ocasiones. De tanto agacharse para tratar de descifrar el texto, y debido al esfuerzo por terminar el encargo antes de concluir la jornada de trabajo, había terminado con dolor de espalda, hombros, y manos. Estirar las piernas le hacía bien.

Al llegar a la esquina, donde debería girar a la derecha para llegar a su casa, se paró por un momento, indecisa. Le asaltó la idea de visitar a Matilde, su compañera de trabajo y amiga del alma desde la niñez, quien no había asistido ese día al trabajo por no encontrarse bien. Pensó que valdría la pena averiguar cómo se encontraba y si necesitaba algo. Podría comprarle unas facturas o algo por el estilo en el camino. Si lo hacía, debía girar a la izquierda en lugar de a la derecha. Sintió deseos de hacerlo, pero, como de costumbre, también sopesó la posibilidad de preocupar a su madre si no iba primero a casa.

Su madre siempre se preocupaba. Aunque nunca lo expresaba abiertamente, Sara sabía que su madre veía en el hecho de que ella y su familia se hubieran salvado del holocausto, una especie de privilegio exagerado que, en algún momento, habría de expirar, probablemente de alguna manera espeluznante. De nada ayudaban los intentos de Sara de asegurarle que esos tiempos oscuros pertenecían al pasado, y que en el presente se vivía una nueva era de paz y convivencia. Solía explicarle con paciencia que el antisemitismo —lo que más aterraba a Miriam— era cosa del pasado, y que ya nadie se atrevía a discriminar o prejuzgar a ninguna persona por su origen étnico o de cualquier otro tipo.

Calculó que serían alrededor de las cinco y media de la tarde. Tenía suficiente tiempo para ir primero a su casa y poner al tanto a su madre de sus planes. Inmediatamente después —pensó— iría tranquilamente a comprar las facturas y visitar a su amiga. Todo eso le permitiría aún llegar a casa a tiempo para la cena. Ya decidida, giró a la derecha y reemprendió el camino a su casa.

Al abrir el portón del porche fue acogida por el penetrante aroma de los rosales y jazmineros que tanto amaba. Respiró hondo para no perderse ni una pizca de ese embriagante placer. Fue entonces cuando escuchó las voces que llegaban de la cocina, entre las que creyó identificar, para su sorpresa, la del chico del encuentro en la fiambrería.

Hilando pensamientos con rapidez comprendió que, probablemente, sus padres estarían negociando con él el trabajo de electricidad que deseaban encargarle. No supo qué hacer. ¿Debía entrar por la puerta de la cocina y saludarlos, o usar la entrada principal y dirigirse directamente a su habitación?

Si entraba por la cocina, ¿cómo debía actuar? ¿Como si no hubiese existido el encuentro anterior? ¿Como si no lo recordara? ¿Cómo reaccionaría él? ¿La recordaría?

No le cabía duda de que, tras una jornada de trabajo tan exigente como la que había tenido ese día, su aspecto difería mucho del de aquella mañana, cuando había salido de su casa recién bañada, maquillada y con un vestido floreado y llamativo.

Antes de que alcanzara a tomar una decisión al respecto, escuchó la voz de su madre llamándola por la ventana de la cocina.

—¡Sara! ¡Sara! ¿Por qué te quedaste parada como una estatua en el porche? Vení, recién empezamos el mate y las facturas están calentitas.

Agradecida hacia su madre por haber puesto punto final a su indecisión, Sara entró por la puerta de la cocina y se dirigió directamente a la mesa donde sus padres y el electricista tomaban mate y hablaban de negocios.

Apenas lo vio, tomó la espontánea decisión de no mentir ni actuar como si no lo conociese o recordase.

—¡Hola! Me alegro de volver a verte —dijo Sara extendiendo su mano a Sami y dejando a sus padres perplejos.

—¿Se conocen? —preguntó Miriam, frunciendo el cejo y observando a ambos, mientras comprendía que su pregunta era prácticamente retórica— ¿se han visto antes?

—Bueno, sería exagerado decir que nos conocemos —afirmaron ambos casi al unísono, lo que provocó una risa simultánea, medio traviesa, medio tímida—, pero nos hemos visto antes.

Los dos jóvenes se volcaron hacia atrás en sus sillas, aliviados de haber pasado ese momento que habían previsto como angustiante, y mirándose mutuamente por el rabillo del ojo.

—Y, ¿se puede saber dónde se han cruzado antes? —preguntó Antonio, más curioso que preocupado.

Los jóvenes relataron detalladamente los pormenores del encuentro que había tenido lugar en la fiambrería de Moishe hacía casi dos meses, incluyendo el desconcierto de Sami al comprender que había llegado a la casa de los Weinstein en vano. La historia —que era, a todas luces, completamente inocente y bastante cómica— hizo que todos rieran de buena gana en una atmósfera que cada vez se volvía más tranquila y fraternal.

Mientras Miriam cebaba el mate, los participantes de la reunión discutieron los detalles del trabajo que debería hacerse, acordaron los costos y tiempos de entrega y, finalmente, se estrecharon las manos para sellar el trato.

La agradable reunión transcurrió sin que nadie notara el paso del tiempo hasta que Sami se puso de pie, dijo que había sido un placer conocerlos y que, si bien disfrutaba mucho de la tertulia, debía marcharse para cumplir con su promesa de ayudar a su padre con algunas cosillas. Eran ya pasadas las siete cuando el visitante se fue, por lo que ya no tenía sentido que Sara visitara a Matilde. De todos modos, ya era hora de comenzar a ayudar a su madre con los preparativos para la cena.

Al día siguiente, salió temprano para alcanzar a pasar por la casa de su amiga. Pensó que podrían caminar juntas al trabajo si ya se sentía mejor y, si no, le prometería visitarla después de la jornada laboral. Por si acaso, había informado a su madre de la posibilidad de no regresar directamente a casa del trabajo, poniéndola al tanto sobre las circunstancias.

Justo cuando estaba llegando a la casa de su amiga, la vio salir. La sorpresa dibujó dos esferas redondas en los ojos de Matilde. —¿Qué hacés por acá a estas horas, che? —le preguntó, al tiempo que le daba un codazo y le guiñaba con picardía— ¿Quién desveló tu sueño esta noche?

—¡Ja, vos siempre con tus salidas! —le espetó Sara, reflexionando cómo dos personas tan distintas podían ser tan buenas amigas. Matilde tenía todo lo que ella desearía tener, al menos en cierta proporción: desfachatez, atrevimiento, picardía, esa manera de tomarse las cosas despreocupadamente, como si todo siempre estuviera perfecto y nada pudiera salir mal.

—Es solo que me preocupé por vos cuando vi que ayer no llegaste al trabajo, y escuché que no estabas sintiéndote bien.

—Bueno, por suerte me sentía lo más bien, porque si hubiese tenido que esperar a que mi mejor amiga me viniera a salvar la vida, ¡ya podrías haber olido el hedor de putrefacción de mi cadáver desde la esquina de casa! Ja, ja, ja —respondió Matilde desternillándose de risa.

—¡Pícara! —le soltó Sara, codeándola en las costillas. Matilde respondió, entre risas, con un grito de dolor.

—¿Por qué no viniste, entonces? —inquirió Sara—. Tuvimos muchísimo trabajo y ciertamente sentimos la falta de tus ágiles manos.

—Bueno, la verdad es que al amanecer tuve un poco de malestar, por eso le pedí a Fabián que pasara por la oficina para avisar a Saúl que no llegaría al trabajo. Pero se me pasó al rato, y estuve el resto del día fantaseando y pensando en nombres para bebés.

Sara abrió la boca de par en par hasta dejar a la vista la campanilla de su garganta, como si estuvieran por extirparle las amígdalas. La sorpresa no le permitió cerrar la boca ni articular palabra por varios segundos. De pronto, se paró, dejó caer la cartera al suelo y, de un golpe, abrazó a su amiga hasta casi sofocarla. Matilde reaccionó con una fuerte tos y un chillido de socorro.

—¡Vas a tener un bebé! ¡Matilde, mi amiga de la infancia, va a tener un bebé! —bramó Sara mientras daba brincos sin soltar a su amiga, quien brincaba con ella en círculos al compás de sus saltos.

—¡Sí! ¡Voy a tener un bebé! —Respondió Matilde, feliz, aún entre los brazos de su amiga— Pero, para eso, necesitaré que dejes de sofocarme y me permitas seguir con vida unos cuantos meses más.

Sara consiguió calmarse un poco. La soltó por un momento, recogió su cartera del suelo y volvió a abrazarla, ahora con más delicadeza. Depositó la mano sobre el vientre de su amiga con suavidad.

—No se te nota nada —le espetó, midiéndola con la mirada—, no me estarás tomando el pelo, ¿no?

—Ja, ja, ¡nunca sabés si estoy bromeando o digo la verdad! Y eso que nos conocemos de toda la vida… pero sí, es la verdad. No se me nota porque estoy de pocos meses. Es la etapa en la que una tiene náuseas y malestar por las mañanas. Es lo que me pasó ayer. Me sentí horrible durante un rato, pero después se me pasó.

Sara le creyó y, apoyando la cabeza en el hombro de su mejor amiga, la abrazó por la cintura y, así, enlazadas como una pareja enamorada, caminaron por casi diez minutos hasta la oficina sin dejar de parlotear como dos chiquillas. Sara se sentía feliz, como si fuera ella misma quien estuviera engendrando el bebé. Estaba claro para ambas que sería casi un proyecto mutuo, así que hablaron sobre todo lo que necesitarían preparar, desde los calcetines, los gorritos y la ropita abrigada —debido a que el bebé nacería hacia agosto, en pleno invierno— hasta la cuna, el empapelado de las paredes, el nombre, etc.

Algunos transeúntes que se cruzaban en su camino las miraban con simpatía, otros con admiración lasciva. Las muchachas no podían pasar desapercibidas.

Ambas eran sumamente llamativas. Sara poseía una cabellera pelirroja, el bello rostro surtido de pecas traviesas, labios gruesos, y ojos verde-azulados, casi de color turquesa; era de porte alto y orgulloso, pero con una delicadeza que la envolvía de pies a cabeza.

Matilde era casi media cabeza más baja, tenía el pelo negro y lacio atado en una cola descuidada, mientras que lo que más iluminaba su rostro era un par de ojos despiertos e inteligentes de color negro azulado. Sus labios finos estaban casi continuamente curvados hacia arriba, en una sonrisa que podía convertirse en una sincera carcajada con facilidad. Siempre se la veía enérgica, vivaracha, atrevida: todo en la vida le causaba gracia. Cuando reía, mostraba una dentadura blanca de dientes pequeños y rectos, a excepción de uno, que sobresalía de la perfecta fila para añadir otro toque rebelde y pícaro a su aspecto, como si faltara.

Un rato después, Sara estaba tecleando a ritmo fijo, sin apenas mirar las teclas y concentrada en el texto plasmado en su pila de hojas tupidamente escritas a mano para mecanografiar. Fue entonces cuando pensó, con sorpresa, que era la primera vez desde que sus primas y amigas habían comenzado a estar embarazadas y tener a sus bebés, que se sintió invadida por el ardiente deseo de pasar también por esa experiencia.

Trató de imaginar cómo se sentiría que una nueva vida tomase forma en el vientre de una. No pudo evitar pensar en Sami. Verlo nuevamente la tarde anterior le había confirmado que ese hombre poseía algo diferente de todo lo que había conocido hasta ese momento. ¿Genuinidad? ¿Sería esa la palabra que lo definiría mejor? Parecía no tener ninguna intención de parecer otra cosa que no fuera él mismo, que no surgiera de su verdadero ser. No temía mostrar su timidez ni su confusión, y tampoco parecía sentirse amedrentado al decir lo que creía, aun si no era del agrado de los oyentes; no obstante, siempre lo hacía de una manera educada y cortés y con un tono de voz suave y sereno. Así ocurrió cuando rechazó los intentos de sus padres de rebajar el precio de su trabajo, al cual accedieron finalmente sin chistar, convencidos por la retórica de Sami que el precio ofrecido era el justo y correcto para el tipo de trabajo que iba a realizar.

Sonrió para sus adentros al recordar la escena. Luego, mientras sus manos y ojos no dejaban de estar cien por ciento concentrados en su trabajo, su mente pasó a admirar la belleza del rostro de ese hombre, la fortaleza de sus brazos y la agilidad de su esbelto cuerpo que, sumados a la timidez, genuinidad y honestidad que irradiaba, lo volvían irresistible a sus ojos.

De pronto, desde el fondo del alma le surgió un largo suspiro, tan audible que varias cabezas a su alrededor se voltearon para mirarla, escrutándola con curiosidad y tratando de adivinar si la flecha de Cupido se habría incrustado finalmente en el terco corazón de Sara. Entre esas cabezas estaba también la de Matilde, quien se asignó en una nota mental la tarea de sonsacar a su amiga el significado de ese suspiro.

Sara notó lo que había ocurrido y se obligó a cambiar el rumbo de sus pensamientos. Para ello, recurrió a la imagen de sus enérgicos sobrinos corriendo, brincando, y chillando por toda la casa, con la esperanza de liberarse de la idealización exagerada de la maternidad que la había atacado esa mañana.

CAPÍTULO 8

Córdoba, Argentina, diciembre de 1955

Sara se movió en el sillón con dificultad. Le dolía terriblemente la espalda y no encontraba ninguna posición que le aliviara el sufrimiento. Pero ese era el sufrimiento más leve. Lo que más le dolía era el alma. Estaba a punto de hacer algo que, como bien sabía, nunca contaría con su propia aprobación ni perdón. Estaba por hacer lo contrario a lo que daría felicidad a su vida, sentenciándose voluntariamente a una vida de arrepentimiento y dolor eterno.

Sin embargo, no era capaz de obrar de otro modo. En el mundo de sus sueños, lo haría. En ese mundo carente de religiones y naciones, en ese planeta en el que nadie diera importancia a la pertenencia étnica de las personas, sino solo al amor, la convivencia pacífica y el entendimiento mutuo de las personas. Allí donde existiera la piedad y la solidaridad, no solo hacia los seres humanos, sino también hacia toda la creación de Dios. En un mundo así, ni se le ocurriría hacer lo que estaba a punto de hacer, porque no tendría ninguna necesidad de hacerlo. No debería para ello hacer uso de una valentía de la que carecía. Pero, por desgracia, ese mundo solo existía en su imaginación.

En la realidad, se encontraba en una situación de la que solo podría salir adelante haciendo todo aquello que estaba en contra de su voluntad y era contrario a sus creencias porque, si obrara de acuerdo con su propia conciencia, destrozaría los corazones de sus padres, y eso era algo que no se sentía capaz de hacer. El único consuelo con el que contaba era que le habían prometido que su bebé sería entregado en adopción a una buena pareja que no lograba tener hijos y que sería inmensamente amado. No le faltaría nada, porque la pareja adoptante estaba en buena posición económica. En cuanto al padre del bebé, le destrozaba el alma que no pudieran seguir viéndose. Esperaba que él volviera a enamorarse algún día, como lo deseaba también para sí misma. Sin embargo, en la profundidad de su ser, sabía que nunca amaría a nadie como había amado a su Sami. Los momentos que habían pasado juntos quedarían atesorados en su corazón por siempre.

En ese momento, escuchó tres golpecitos en la puerta e, inmediatamente después, entró en su habitación Marta, su generosa anfitriona y antigua amiga de su madre.

Unos meses atrás, Miriam se había dirigido a Marta, quien se había mudado a Córdoba años atrás por razones de trabajo, para tratar de solucionar el problema surgido por el embarazo de Sara. Miriam consideró que se encontraba lo suficientemente lejos como para que nadie en Buenos Aires se enterara del «percance» de Sara. Marta había sido lo bastante generosa como para ofrecer una habitación en su casa a la hija de su amiga hasta que llegara el momento del parto. Y no solo eso, también la mimaba como si fuera su propia hija.

Era una buena mujer. En ningún momento había mirado a Sara con reprobación ni nada parecido. No la juzgaba. Había vivido lo suficiente como para saber que cada persona surcaba su camino, y que nadie lograba recorrer una vida entera sin cometer algún error o hacer algo de lo que arrepentirse luego. Tener que desprenderse de un hijo era quizá lo más difícil que podía ocurrir a una mujer, pero Sara no era la primera ni la última que se veía obligada a hacerlo. La presión social era capaz de obligarnos a hacer cosas que nunca haríamos por nuestra propia y libre voluntad.

Marta depositó con cuidado la pequeña bandeja con el almuerzo en la mesita situada junto al sillón donde estaba sentada Sara, al lado de una gran ventana por la que se podía atisbar la arboleada calle.

—El churrasco está recién hecho, no te lo pierdas porque es de lo mejor. Lleno de proteínas para tu bebé. Y la ensalada es de lechugas y cebolla, como a vos te gusta.

Sara miró el plato con desgana. No quería desairar a su anfitriona que tan bien la trataba, pero no sentía apetito.

—Lo siento Marta, pero no tengo hambre —dijo al fin, sintiéndose incapaz de probar bocado.

—Tenés que comer para tu bebé, aunque te parezca que no tenés apetito.

—No es mi bebé, Marta. Nunca lo será. Será el bebé de otra. Otra mujer lo verá crecer, le oirá decir sus primeras palabras, lo ayudará a dar los primeros pasos... —Nuevamente las lágrimas asomaron a sus ojos, y un enorme sollozo la sacudió sin que pudiera evitarlo.

—Estás equivocada, Sarita. Siempre será tu bebé. Ya lo verás. Aunque no lo veas y no estés con él, siempre lo tendrás en tu corazón. Siempre será tu hijo. Y, con las vueltas que da la vida, puede que algún día vuestros senderos vuelvan a encontrarse. Lo has engendrado con amor, y el amor que guardas por él en el corazón nunca desaparecerá. Creéme. Sé de lo que te estoy hablando.

—¿Cómo lo sabés? ¿Cómo podrías saberlo? —le saltó Sara, aun congestionada por el llanto—. Nadie puede saber lo que siente una madre que debe desprenderse de su hijo o hija hasta que no lo experimenta en carne propia.

—Lo sé. Creéme, lo sé. Hasta hoy, no hay día en que no piense en mi bebé. Me separé de él al ponerlo en manos de una desconocida antes de que nos hicieran subir al tren con rumbo desconocido. No sabíamos exactamente qué nos esperaba, pero pude presentir que no iba a ser nada fácil ni adecuado para un bebé. Nunca más supe nada más de él, pero sé que hice lo correcto. Al llegar a ese maldito lugar donde nos mandaron, y durante las penurias que allí pasé, me felicité por no haber perdido la oportunidad de dar a mi hijo un futuro mejor que ese. Es probable que haya crecido como cristiano, pero sé en mis entrañas que está vivo y que ahora debe ser un apuesto adolescente con un brillante futuro por vivir. Ni siquiera debe conocer sus raíces judías. Quizá sea mejor así. Menos discriminación y sufrimiento para él.

Al terminar su coloquio, Marta se secó las lágrimas mientras parecía observar un punto fijo a través del cristal de la ventana.

Luego, tras espantar su nostalgia sacudiendo la cabeza con un movimiento semejante al de un perro que se escurre el agua del pelo al salir del mar, volvió a tomar su voz autoritaria de matrona sabelotodo. Sacudiendo su dedo índice a la altura de los ojos de Sara, dijo:

—Ahora, quiero que comas tu almuerzo y que te pongas fuerte para el parto. Ya falta poco, tu vientre está bajando. Seguro que es un varón. La partera está lista para llegar rápidamente cuando la llamemos, y la pareja que se llevará el bebé está desde hace unos días en una pensión no muy lejos de acá. Por supuesto que no los he visto, solo he hablado con su abogado. Cuando nazca, podrás abrazar al bebé por unos minutos, si lo deseas. Luego, yo misma iré a entregar el bebé al abogado de la pareja. Todo irá bien, ya verás. Tenés que tener fe en Dios. Siempre hará lo mejor para vos, aunque en un primer momento no puedas verlo o entenderlo.

—¡¡No creo en Dios!! —vociferó Sara en un arrebato de frustración y desdicha— y si hay un Dios, pues lo odio, lo odio por haber creado un mundo en el que una mujer deba renunciar a su amor y al fruto de su amor por razones relacionadas precisamente con la religión. Lo odio por haber creado una raza humana cruel, siempre dispuesta a discriminar, matar y maltratar a otros seres humanos si no son de su misma clase, raza, religión o lo que sea. Si ese Dios es tan todopoderoso, ¿por qué no puede crear un mundo en el que reine el amor y la piedad? ¿Cómo pudo hacer la vista gorda mientras te obligaban entregar lo que más amabas en el mundo a una desconocida? ¿Cómo pudo permitir que los nazis alemanes hicieran lo que hicieron hasta hace apenas diez años? ¿O que personas blancas cazaran —sí, literalmente cazaran— a personas de color en África para luego venderlas como esclavos en América? ¿O que los europeos llegaran a las Américas y aniquilaran civilizaciones enteras de personas que habían llevado sus vidas tranquilamente hasta su llegada? ¿O que mujeres fueran quemadas en hogueras en nombre de la fe, acusadas de brujería por el solo hecho de ser diferentes? Y más. Más y más atrocidades realizadas por personas contra otras personas, contra animales, y contra el mundo en general.

Marta controló la indignación que comenzaba a sentir. Trató de comprender que Sara estaba hablando desde el dolor y la frustración que se estaban apoderando de ella cada día más.

—Me voy a arreglar un poco la cocina y a preparar una infusión de manzanilla para las dos, —dijo con calma. —Regresaré en unos quince minutos. Cuando vuelva, quiero ver tu plato vacío. Quiero que sepas que si te he permitido blasfemar contra Dios en mi propia casa es porque comprendo tu situación. Pero te pido que no vuelvas a hacerlo.

Sara bajó los ojos avergonzada y, sin decir palabra, se acercó al plato y comenzó a masticar los alimentos lenta y desganadamente.

CAPÍTULO 9

Galilea, Israel, domingo 28 de abril de 2019

Tamara era de las personas que creían que a quien madruga, Dios lo ayuda. Por lo general, iniciaba su jornada de trabajo alrededor de las seis para aprovechar las primeras horas de la mañana, que era cuando más concentrada y creativa se sentía. Y ese domingo, el primer día de una semana que se le antojaba más fructífera de lo normal, no cambiaría sus costumbres.

Tras realizar su rutina matinal, que comprendía casi una hora de caminata y ejercicios físicos, una ducha rápida y la ceremonia de preparar el mate, Tamara se sentó frente al escritorio de su oficina, el cual ocupaba una de las habitaciones de la casa. Notó que, a pesar del doloroso vacío que se le había asentado en el corazón a causa de la pérdida de su madre, se sentía feliz.

El fin de semana había sido espléndido. La cena del viernes había resultado exitosa, todos estuvieron más que satisfechos con los platos servidos. Más les valía, ya que había necesitado hacer malabarismos para asegurarse de que hubiese un buen surtido de todo para los distintos gustos y regímenes alimenticios.

La cocina no se le daba con facilidad, así que se sentía muy orgullosa de su triunfo. Incluso había obtenido sinceras felicitaciones de todos los comensales. Pensó, sonriendo, que tal vez su fallecida madre le habría pasado su talento de cocinera justo antes de morir.

Tal como lo había presentido, Omer hizo su aparición a último momento sin dar explicaciones acerca de la razón del súbito cambio de planes. Lo cual, por lo demás, no hizo falta: todos estaban felices de verlo y, conociendo su ocupación, nunca le pedían información ni explicaciones. Hagar, Ezequiel y el pequeño Yair se volvieron a su casa de Haifa después de la cena, y Omer se quedó hasta el sábado por la tarde, circunstancia que aprovecharon para charlar largo y tendido. Tamara no sabía cómo, pero habían logrado pasar todo el fin de semana sin que surgieran temas delicados, como la situación de seguridad del país, el conflicto palestino-israelí o la religión.

Omer le había comentado sobre una chica que había conocido en una reunión de amigos comunes; le dijo que se sentía atraído por ella, pero temía haberla asustado un poco con sus creencias religiosas. Solo se habían visto pocas veces, pero esa chica realmente le había caído muy bien. Tamara le aconsejó dejar pasar unos días antes de volver a contactarse con ella. Eso facilitaría tiempo a ambos para aclarar sus sentimientos, en caso de que sean mutuos.

Luego, habían conversado sobre temas comunes y corrientes. Libros leídos, películas vistas, el dulce de Yair, lo bien que se llevaban Hagar y Ezequiel, y más y más.

También había surgido el doloroso tema de la muerte de la abuela Sara. Omer le dijo que guardaba hermosos recuerdos de ella y que le costaba aceptar que hubiese muerto así, tan repentinamente, cuando a pesar de su elevada edad, se la veía tan bien y con toda probabilidad podría haber vivido muchos años más, de no haber sido por ese tonto descuido que había sido causa del atropello.

Justo cuando hablaban de ello, David se había unido a ellos, portando la infaltable bandejita con su yerbera-azucarera y el termo haciendo juego, regalo de Sara al volver de uno de sus viajes a la Argentina incontables años atrás. Cebó un espumoso mate y se lo tendió a Tamara, quien inmediatamente lo sorbió, agradecida.

Algo en ese íntimo y afable ambiente había hecho que Tamara soltara la lengua y comentara, con una entonación divertida y casual, como si hablara de algo natural, que Sara se le había aparecido dos veces desde su muerte.

Mientras se instalaba en su oficina para iniciar su jornada de trabajo, recordó vívidamente ese momento ocurrido el día anterior como si volviese a experimentarlo. Volvió a sentirse envuelta en la ternura que la había invadido cuando padre e hijo, tras intercambiar una mirada significativa entre ellos, se habían levantado de sus respectivos asientos para acomodarse en el sofá a ambos lados de ella y abrazarla en silencio.

Tamara comprendió que lo que se desprendía de ese amoroso y conmovedor gesto de David y Omer era que ambos por igual daban por sentado que las apariciones de Sara solo existían en su imaginación, como consecuencia del dolor de haber perdido a su madre de una manera tan repentina. En circunstancias normales, Tamara tampoco dudaría de que de ello precisamente se trataba.

Sin embargo, no podía desentenderse del hecho de que, por lo menos en su percepción, había visto a su madre dos veces desde su muerte y se había enterado por medio de ella de cosas que nunca había sabido ni imaginado antes.

Por otro lado, nunca había creído en la vida después de la muerte y aún no lo creía. No sabía cómo lidiar con estos dos hechos tan contradictorios entre sí. Pensó que lo menos que podía hacer era tratar de averiguar qué había de verdad en lo que la había oído afirmar en su segunda aparición. Si bien el recuerdo de esa segunda «visita» de su madre era algo borroso, recordaba con mucha claridad ciertos elementos de su discurso que, por más vueltas que les daba, no tenían ningún sentido para ella.

Tomó un lápiz y un bloc de hojas del cajón del escritorio a su izquierda y se dispuso a elaborar una lista de los puntos principales que recordaba haber oído o entendido de boca de su madre.

Cuando terminó de hacerlo, leyó la lista y reprimió una

carcajada. Cuanto más se alejaba del episodio, más entendía lo ridículamente increíbles que eran todos esos «trozos de información». Con toda seguridad, era todo fruto de su loca imaginación. Pero, aun así, decidió dedicar esa mañana a averiguar qué podía haber de cierto en esa ridícula lista. Consideró que lo más lógico sería comenzar con el móvil de su madre y, sin perder más tiempo, fue a buscarlo.

Tamara hurgó en la cartera de Sara hasta encontrar el móvil. Tuvo que luchar con su aprensión a escudriñar en sus cosas, sintiendo como si fuera a profanar un recinto íntimo y privado de su madre.

Trató de imaginar cómo se sentiría ella misma si sus hijos o su esposo buscaran entre sus pertenencias tras su partida. Pensó si sería conveniente deshacerse de ciertas cartas y diarios personales que no quisiera que sus hijos vieran tras su muerte. No le cabía duda de que uno podía abandonar esta vida en cualquier momento. La muerte no siempre mandaba un aviso de antemano o una invitación. Había leído a menudo sobre la importancia de vivir cada día como si fuese el último. Pero, ¿quería eso decir también que uno no debería guardar efectos íntimos, del tipo que no quisiera que alguien viera en el caso de que la muerte la sorprendiera de manera repentina en el medio de su quehacer?

Decidió dejar esa incertidumbre para otro momento y, mientras tanto, cuidarse mucho para que no le ocurriera nada imprevisto. Tenía una tarea por hacer y era mejor acabar con ella de una vez. Probablemente, descubriría que nada de lo que «le había comentado su madre tras su muerte» tenía ninguna base sólida en la realidad y que, como no era de extrañar —a juzgar por las circunstancias y por su mente tan propensa a inventar historias —, su propia imaginación se había encargado de tramar un escenario en el que pudiese aún mantenerse en contacto con su madre. Averiguaría lo que pudiera y, por el momento, no volvería a usar su jabón de aceite de oliva ni su agua de colonia, que tanto le traían el recuerdo de su madre y le hacían percibir de una manera tan real su presencia.

Miró el Smartphone que tenía en la mano. Era el que su hija Hagar le había ayudado a elegir y luego a configurar. Por suerte, había salido casi ileso del accidente, con solo un poco de daño en el protector de la pantalla. Sin embargo, el hecho de que exhibiera daños demostraba que lo había estado sosteniendo en la mano en el momento del accidente, pues de haber estado dentro de la cartera, lo más lógico era que no se hubiese dañado en absoluto.

El teléfono tenía un estuche de cuero duro, lo que podría explicar el hecho de que solo hubiese resultado levemente dañado.

Recordó que el personal del hospital al que había sido evacuada su madre tras el accidente le había entregado la cartera con el móvil dentro. Le explicaron que los paramédicos habían encontrado la cartera aún asida a la mano de la víctima del atropello, mientras que el teléfono se encontraba unos metros más allá. Ellos mismos habían puesto el móvil en la cartera.

Abrió el estuche y observó el teléfono; estaba apagado. Presionó el botón de encendido durante varios segundos sin que diera señales de vida. Golpeándose la frente con la palma de la mano, se reprendió por no haber previsto que el móvil estaría descargado después de más de dos semanas sin uso.

Tras constatar que su propio cargador no servía, buscó en diferentes cajones un cargador adecuado, sin éxito. David tenía el mismo tipo de móvil que el de ella, y un tiempo atrás habían desechado todos los cargadores junto con toneladas de otros residuos informáticos y electrónicos en el centro de reciclaje.

También constató que en las cajas que había traído del departamento de su madre no había ningún cargador. Este, con toda seguridad, habría ido a parar al camión de Beneficencia que se había llevado sus pertenencias. No tendría más remedio que ir a una tienda de accesorios para Smartphones con el móvil de su madre para encontrar el cargador adecuado, y luego vería qué podría contarle ese aparato de apariencia inocente sobre los secretos más ocultos de su madre.

A Tamara le encantaba el estilo de vida pastoral de la pequeña localidad de Galilea, donde ella y David se habían asentado poco después de casarse. A pesar de estar bastante alejada de las ciudades grandes, el pequeño centro de la comunidad contaba con un pequeño supermercado, una tienda de accesorios para el jardín que vendía también lo más indispensable en papelería, herrería y más, una sucursal de correo y, entre otras pocas tiendas útiles, una de accesorios de fotografía y telefonía. Estaba segura de que allí podría encontrar el cargador adecuado para el móvil de Sara.

Sin embargo, aún no le apetecía salir de la comodidad de su despacho casero solo para comprar un cargador, más aun estando prácticamente convencida de que no encontraría nada revolucionario en el WhatsApp del móvil de su mamá, fuera de las conversaciones normales con sus hijos, nietos y amigas. Decidió postergar la compra del cargador para más tarde.

Mientras tanto, pensó que Matilde, la amiga de Sara de toda la vida, era la persona más adecuada para comenzar cualquier pesquisa sobre la historia de su madre. Miró la hora en la pantalla del ordenador: eran casi las diez de la mañana y aún no había hecho nada fuera de seguir sin rumbo y al azar los pensamientos de su indisciplinada mente. Decidió no perder más tiempo y llamar a Matilde.

Tamara llamó al teléfono fijo de Matilde. Las personas de su edad seguían aún prefiriendo el antiguo aparato para sus conversaciones estando en casa, reservando el móvil solo para cuando salían o para chatear en WhatsApp. Esperó varios segundos sin obtener respuesta y, cuando estaba por cortar suponiendo que habría salido, escuchó la conocida voz, aunque esta vez sin la alegría y la energía que tanto la caracterizaba.

—Hola —contestó Matilde. Se la escuchaba aturdida, como si acabara de levantarse, lo que Tamara consideró impensable en la mujer a esa hora.

—Hola, Matilde, ¿no te habré despertado? —Preguntó Tamara con preocupación en la voz. —¿Te sentís bien?

—Pero, ¿qué pregunta es esa? ¿Tan vieja soy que lo primero que se te ocurre preguntarme es si me siento bien? —Matilde intentó, sin mucho éxito, inyectar humor y vitalidad en su voz. Luego, comprendiendo que no servía para engañar a nadie, dijo — Bueno, pues la verdad es que no he conseguido reponerme desde que escuché la noticia de la muerte de tu mamá. Es como si hubiese perdido un trozo de corazón, siento un vacío en el alma que no sé si podré rellenar alguna vez. Como si me hubiese quedado sola en el mundo. No tengo con quién hablar, con quién compartir lo que me sucede, ni siquiera tengo a quién sacar de quicio con mis bromas —Matilde soltó una risita que no era ni la remota sombra de aquella risa franca y saltarina natural en ella.

—¿Y tus hijos? —inquirió Tamara, arrepintiéndose inmediatamente de haberle preguntado precisamente eso.

Recordó que su hijo mayor vivía en la Argentina y el menor en Estados Unidos. Solo se encontraba en Israel una nieta que había decidido emigrar de Estados Unidos a Israel algunos años atrás. Mientras que la nieta hablaba a duras penas el español, Matilde se defendía muy pobremente con el hebreo y no hablaba inglés en absoluto. Además, la relación entre ellas fue siempre a larga distancia, sin que se hubiese entablado una fuerte conexión entre ambas. Matilde estaba feliz de tener a su nieta cerca, pero las barreras del idioma, así como las brechas de la edad y la cultura, no permitían una relación verdaderamente profunda e íntima.

Los hijos se turnaban para visitarla cada año y, cuando no lo lograban, le enviaban pasajes a Argentina o a Estados Unidos. Fue en una de esas ocasiones cuando ocurrió la desgracia del accidente de Sara; ella se encontraba en la Argentina, y solo se enteró de su muerte al regresar.

Tamara se sintió inmediatamente culpable, sin entender cómo, sabiendo todo lo que sabía, no se había interesado más por el estado de ánimo de la mejor amiga de su madre.

—Ya sabés que no he conseguido mantener cerca de mí a ninguno de ellos —dijo Matilde con tristeza—. Sus estudios y carreras los llevaron a allende los mares y ya no regresaron más. Amo fervientemente a cada uno de ellos, pero ya sabés... cada uno tiene su vida, sus parejas, carreras, hijos... Tras la muerte de Fabián y con el vacío que dejó en casa, solo me quedaba tu mamá para sincerarme, para hacerme la loca sin que me juzgaran y para sentirme de verdad yo misma.

Tuve y sigo manteniendo bastantes amistades con otras personas, pero con ninguna tengo el lazo que me unía a tu mamá. Nos conocíamos desde el jardín de infantes. No existía ningún tipo de secretos entre nosotras... pero, por cierto, ¿a qué se debe tu agradable llamada? —quiso saber de pronto, comprendiendo que Tamara la habría llamado por alguna razón en especial, y no precisamente para escuchar sus lamentos.

Al llegar a esta pregunta, Matilde había recobrado algo de su habitual tono pícaro. Su voz había recobrado algo de su eterna energía. Tamara comprendió que lo que más necesitaba esa encantadora mujer era conversar con alguien. Sopesó si era conveniente consultar con ella lo que había tenido planeado al hacerle la llamada, pero decidió al instante que esa no era una conversación para mantener por teléfono. Se escuchó a sí misma diciendo, en un impulso repentino, que la había llamado para averiguar si le parecía bien que la fuese a visitar al día siguiente.

—Podríamos almorzar juntas en algún restaurante —sugirió Tamara—. Yo te invito, por supuesto.

—¡Claro! ¡Un restaurante! ¿Qué hay? ¿Tenés miedo de probar mi comida? ¿Tu mamá te dijo que soy un desastre en la cocina? Pues mirá, muchachita, almorzarás en mi casa y comprobarás por cuenta propia que no tengo menos talento para la cocina que ella, la doña perfecta. ¡Ya verás!

Riendo francamente, Tamara notó cómo se había transformado la voz de Matilde, como por arte de magia, de ese sonido endeble y apenas audible al comienzo de la conversación, en algo muy parecido a la enérgica voz habitual de esa mujer que, en gran parte, había ocupado un lugar considerable en los sonidos de fondo de su infancia.

Feliz por haber sido capaz de producir ese pequeño milagro, se despidió de Matilde tras prometerle que tocaría el timbre de su casa al día siguiente a las doce en punto del mediodía.

Ni bien cortó la comunicación con Matilde, Tamara decidió no perder más tiempo e ir al centro comercial para comprar el cargador del teléfono. Quería averiguar en qué había estado ocupada la conciencia de su madre justo antes del accidente y en qué había consistido esa distracción que le había costado la vida. Tomó las llaves del coche y, tras propiciar una rápida caricia de despedida a Lobo, su viejo perro labrador, y Tigre, su gato naranja atigrado, se dirigió al coche.

Una hora y media más tarde, sentada en el sillón de su oficina, Tamara leía y releía una y otra vez el último chat de WhatsApp de la vida de su madre, sin poder dar crédito a sus ojos y deseando con todo su corazón que el móvil de Sara se hubiese hecho añicos en el accidente antes de llegar a sus manos.

CAPÍTULO 10

Mar del Plata, Argentina, septiembre de 1965

Sara se mecía suave y rítmicamente en la mecedora que José había comprado y colocado frente a la ventana en el amplio dormitorio de ambos, tal como ella se lo había pedido. Por lo general, le gustaba observar la calle por la ventana y ver a los coches que pasaban, a las personas que se apresuraban para llegar a sus puestos de trabajo o para hacer sus diligencias, o que solo paseaban a sus perros. Mientras lo hacía, trataba de adivinar las circunstancias de sus vidas, sus estados de ánimo, qué amaban y qué odiaban, qué destinos tendrían, quién los esperaría en sus casas, o qué habrían comprado en el almacén de la esquina y para quién cocinarían. Era uno de sus pasatiempos favoritos.

Sin embargo, esta vez estaba sentada de espaldas a la ventana y solo tenía ojos para aquel pedacito de carne y alma que tenía depositado en su regazo, plácidamente dormido tras haberse alimentado de su pecho. A pocas semanas del parto, aún no conseguía acostumbrarse a ese milagro. Cuando el bebé mamaba, ella sentía ese flujo de vida manar de ella a borbotones para ser depositado directamente en esa boquita perfecta. A los treinta y un años, era la primera vez que experimentaba esa maravilla.

Trató con todas sus fuerzas de ahuyentar el recuerdo de su parto anterior, casi diez años atrás. Después de largos meses de un embarazo triste y desesperanzado, seguido de doce horas de los dolores más inimaginables, no había abrazado a ningún bebé en sus brazos. Ella misma había pedido que se llevaran al bebé de inmediato, sabiendo con certeza que el abrazarlo una sola vez no le permitiría desprenderse de él nunca más.

Ese bebé anterior no había tenido la suerte de alimentarse con la leche de su propia mamá y ni siquiera había disfrutado del privilegio mínimo de obtener un primer abrazo materno que le diera la bienvenida al mundo.

Pensó que hoy ya estaba por cumplir los diez años. Recordó largos años en que la torturaban las dudas, el no saber quién sería, qué apariencia tendría... si sería de tez blanca, pelo rojizo y ojos verdes como ella, o de piel aceitunada, pelo oscuro y ojos almendrados como su padre; apasionado y testarudo como ella, o apacible y tímido como su padre; si estaba enterado de que era adoptado; si era un niño feliz o no.

Sin embargo, algunos años atrás, había tenido la suerte de obtener fortuitamente las respuestas a todas aquellas preguntas que no le habían dado descanso. Si bien el destino le había cobrado por ello un precio muy doloroso, Sara le estaba agradecida. Su alma estaba mucho más apaciguada desde que logró conocer a su hijo y pudo observarlo de lejos, sin que él lo supiera. Ahora, tenía la certeza de que era un chico feliz que crecía en un excelente hogar. Eso conseguía apaciguar en cierto modo los terribles remordimientos que la habían carcomido sin piedad desde su nacimiento.

Mientras observaba a esa perfecta creación de la vida durmiendo plácidamente, volvió a sentirse invadida por la añoranza hacia aquel primer amor, el cual dio vida a su primer hijo y había desencadenado los sucesos que tanto habían marcado su vida. Volvió a verse abrazada por esos brazos fuertes que la hacían sentir amada y deseada, que le daban la sensación de que estaría por siempre protegida de todos los males que pudieran acecharla en la vida. Hacía unos dos años que no lo veía ni sabía nada de él. Aunque la decisión de cortar el resucitado vínculo había sido suya, y por más injusto e ilógico que sonara, se había sentido decepcionada y traicionada cuando él no luchó por retenerla.

En ese momento, oyó un gemido de su bebé, el cual interpretó como un recordatorio de que debía dejar atrás el pasado y concentrarse de lleno en el presente, en el que solo existían su marido José y su bebé Daniel. Daniel, su segundo y primer hijo. Este hijo a quien nunca abandonaría, a quien colmaría de amor y no permitiría que nada, absolutamente nada, le faltase. Ese hijo que debería recordarle por siempre que había obrado mal y que los errores no siempre tienen remedio, pero que es imperativo no volver a cometerlos. Por ello, para no olvidarlo nunca, y a pesar de su tendencia al ateísmo, había escogido para su nuevo bebé el nombre de «Daniel», que significa «Dios es mi juez» en hebreo.

Sara depositó al bebé en su cuna con mucho cuidado de no despertarlo y se dirigió a la cocina a prepararse un bocado y un té. Con ansiedad de madre primeriza, hizo todo en pocos minutos y volvió a su habitación, donde estaba situada por el momento la cuna. No podía ni imaginar la posibilidad de que su bebé durmiera en un dormitorio separado. Volvió a sentarse en su nueva mecedora, que la acompañaría desde entonces hasta el último de sus días. Sin quitar la vista del recién nacido, profunda y angelicalmente dormido, apuró su bocadillo y, mientras sorbía con lentitud la humeante infusión de hierbas frescas, vio ante sí como en una película todos los acontecimientos de los últimos diez años.

Lo primero que recordó fueron los duros primeros meses después del parto. Tras algunas semanas en las que había permanecido en casa de la buena de Marta esperando que su figura volviera a la normalidad, volvió a Buenos Aires, donde aún la esperaba su puesto en la oficina de Saúl.

Fuera de sus padres y Matilde, Saúl era el único que conocía su secreto, y le había prometido que su puesto en la empresa la esperaría fielmente hasta que regresara. Los demás creían que Saúl había necesitado una mecanógrafa en la provincia de Córdoba por varios meses para otro negocio que tenía en ese lugar con un socio y, puesto que Sara era la única de los veintitantos empleados de la sucursal de Buenos Aires que no estaba casada y no tenía hijos ni obligaciones especiales, había sido la elegida para la misión.

Esta historia elaborada para explicar su desaparición de varios meses no fue completamente falsa: hasta el noveno mes del embarazo, Sara había mecanografiado un manuscrito que Saúl había redactado, en el que relataba sus duras experiencias durante el holocausto.

Al regresar a Buenos Aires, Sara le había entregado el manuscrito mecanografiado y Saúl le había pagado el sueldo por todos esos meses.

Esta vez, Sara se negó a entregar su salario a su madre. En cambio, decidió que ya tenía edad para independizarse. Alquiló una habitación en una pensión que ofrecía hospedaje y comida a una distancia no tan lejana de su casa y del trabajo, y abrió una cuenta corriente y otra de ahorros en una sucursal de banco cercana, donde depositó lo que había ganado durante los meses que había pasado en Córdoba.

De nada sirvieron las súplicas de su padre ni las advertencias y amonestaciones de su madre. Sara creía que jamás querría casarse con nadie que no fuera Sami y, visto que eso no era una posibilidad, no tenía sentido, a su edad, seguir viviendo con sus padres como una chiquilla.

Sabía que no era nada fácil para ellos el hecho de que ella siguiera soltera y, para colmo, que se fuera a vivir sola, con todas las habladurías que eso despertaría. Sin embargo, por mucho que los quería, sentía cierto resentimiento hacia sus padres por haberla obligado —así lo juzgaba entonces, si bien ahora lo entendía mejor— a hacer lo impensable para una mujer enamorada y una madre: renunciar a su gran amor y depositar el fruto de ese amor en los brazos de otra mujer.

Lo siguiente que Sara reprodujo en su memoria fue cómo, una

vez acomodada en su habitación alquilada y ya algo recuperada de la traumática experiencia vivida, había comenzado una nueva rutina diaria que la acompañaría, casi sin ningún cambio, durante poco menos de cinco años. Una rutina que cumplió sin falta como si se tratase de un salvavidas que la mantenía a flote en las aguas turbulentas de su espíritu.

Comenzaba cada día con la caminata al trabajo que, desde su nuevo hogar, le llevaba poco más de media hora. Seguía con una total dedicación al trabajo durante las horas laborales y, por las tardes, antes de volver a su habitación, concluía el primer ciclo del día con una puntual visita a sus padres, que se prolongaba por lo general alrededor de una hora y lograba apaciguarles, aunque solo sea un poco, el dolor que les causaba su decisión de no vivir en su casa materna hasta el momento de su matrimonio.

Ya en su propia habitación, comenzaba el segundo ciclo de la rutina diaria, el cual consistía en la preparación de una cena liviana, pero nutritiva y la asidua lectura de los libros que, de a poco, iban llenando la estantería de una de las paredes.

Durante esas horas solitarias transcurridas en su habitación alquilada también trataba de planear su vida, sin mucho éxito.

En aquellos años, su vida social consistía principalmente en sus frecuentes visitas a la casa de Matilde, la única persona del mundo que conocía todos sus secretos, y con la que pasaba agradables horas admirando la hermosa familia que había construido con Fabián, y, de vez en cuando, un encuentro con alguno de los «excelentes pretendientes» que su madre intentaba engancharle y que, con el paso del tiempo, se hacían más viejos e insípidos.

Además, una vez al mes iba al cine, y otra a un concierto o al teatro, donde ya la conocían y le habían dado el apodo de «la pelirroja solitaria», porque casi siempre asistía sin compañía. Por las noches, antes de conciliar el sueño, pensaba en el bebé que no estaba criando y en el verdadero amor de su vida que no estaba consumando. Y, por más vueltas que le diera, no lograba comprender a fondo por qué había renunciado a todo ello.

◆ ◆ ◆

El tiempo había transcurrido de prisa. Cinco años después, ya estaba acostumbrada a vivir sola, e incluso le gustaba. Gracias a la gran dedicación invertida, había progresado mucho en su trabajo y se había convertido en gerenta administrativa de la sucursal. Como tal, disponía de su propia oficina, a diferencia de su antigua mesa con máquina de escribir en medio de una gran sala repleta de mesas iguales. Además, su sueldo había mejorado significativamente, lo que le había permitido ahorrar una considerable suma de dinero, considerando sus gastos mínimos. Comenzaba a visualizar la posibilidad de que esa fuera su vida, sin pareja ni hijos — «quedándose para vestir santos», como no paraba de recordarle su madre—, pero con muchas otras cosas que colmaban su espíritu: su dedicación al trabajo, la lectura de infinidad de libros y sus esporádicas visitas a eventos culturales.

Además —pensaba— podría utilizar una parte de los ahorros con los que contaba para viajar a algún lugar exótico, o ir a conocer a Israel, la nueva-vieja patria del pueblo judío. Incluso consideró la posibilidad de participar activamente en alguna de las entidades de caridad a las que solía donar fondos de vez en cuando, o unirse a alguna expedición de ayuda en África.

Fue entonces cuando ocurrió lo que Sara no había imaginado ni considerado entre las diferentes posibilidades tomadas en cuenta. Estaba recorriendo su camino de vuelta tras la visita diaria en lo de sus padres cuando, de súbito, vio a Sami saliendo de una de las casas en su trayecto.

A pesar de que estaba algo alejado, lo reconoció de inmediato. Lo vio tal como lo recordaba de cinco años atrás, un poquitín encorvado a causa de su elevada altura y complexión delgada, algo perdido en el espacio, quizá por distracción, quizá por su eterna timidez. Fuerte como un dios pagano y frágil como un cachorrito indefenso. Al verlo, Sara sintió que se le derretía el corazón. Ese gran muro que había erigido entre ella y él durante esos cinco largos años se derrumbó estrepitosamente.

Él no la había visto y, dándole la espalda, dio pocos pasos hacia un coche que estaba estacionado en la calle. Sara había pensado que, si lo dejaba subirse al vehículo y alejarse, podría perderse la oportunidad de volver a verlo. En todos esos años, no se había topado con él ni una sola vez. En un instinto incontrolable, había corrido torpemente sobre sus zapatos de tacones en dirección a él, acortando con rapidez la distancia entre ellos.

Meciéndose continuamente en su cómodo sillón y sin apartar la mirada ni por un segundo de su pequeño Daniel, Sara recordó cómo Sami, con la llave en el cerrojo de la puerta de su Fiat 600 — el cual se volvería familiar para ella en los años seguideros—, se había vuelto en su dirección para averiguar de dónde procedía el ruido de taconeos a sus espaldas y, entonces, la vio.

La expresión extrañada de su rostro se había ido intercambiando con otras de sorpresa y sincera alegría. Cuando ella llegó y, sin pensarlo dos veces, se puso de puntas para abrazarlo, él le devolvió el abrazo y luego la alejó de sí, sin desconectar las palmas de las manos de los hombros de ella para observarla mejor.

—¡Sara! ¡Qué fantástica te ves!

—¡Quién habla! —respondió ella sin caber en sí de emoción y alegría— Estás igualito a hace cinco años, no ha pasado el tiempo para vos.

—¿A dónde estabas yendo? —preguntó Sami, esperanzado y al mismo tiempo temeroso de enterarse de que estaba en camino a su esposo y sus hijos.

—A mi pequeño refugio, lo que llamo mi casa, no lejos de acá. ¿Y vos?

—Acababa de firmar un contrato para renovar la infraestructura eléctrica de esta casa —dijo, señalando con el dedo el edificio de donde ella lo había visto salir pocos minutos antes—. Hacía ya mucho que no trabajaba en este barrio. Al llegar, me vi rodeado de muchos recuerdos. Comenzaré el jueves de la semana próxima, después de Janucá. Es una familia judía, hay bastantes por esta zona. Y, ciertamente, ya conozco lo suficientemente bien las fechas del calendario judío como para no confundirme en ese sentido, como me había ocurrido aquella vez cuando nos conocimos... —dijo Sami, divertido y melancólico—. Ahora no tenía nada planeado —prosiguió—. Si te parece, podríamos ir a ver alguna película o sentarnos en algún café...

Desde su casa de Mar de Plata, Sara recordó con ojos soñadores cómo se había quedado parada considerando y sopesando la oferta de Sami antes de contestar. Tras verlo nuevamente y sentir sus brazos alrededor de ella, no podía encontrar ninguna razón lógica y razonable para negarse. Era en realidad lo que más deseaba en el mundo: pasar el rato con él. Oír su voz, sentirse invadida por las suaves vibraciones que emanaban de ese hombre tan singular.

Por otro lado, no era por nada que no habían estado en contacto desde su viaje a Córdoba. Todo había ocurrido tan de prisa: el enamoramiento, las horas de pasión en el apartamento de Sami, el atraso en su regla, la preocupación de ambos, la noticia del embarazo, el fuerte deseo que habían tenido de escaparse a algún lugar donde nadie los conociera, donde pudieran tener su hijo y criarlo juntos anónimamente, olvidando para siempre sus pertenencias étnicas y religiosas, el temor de ambos a hacer daño a sus padres, a perder a sus familias, a dar la espalda a todo lo que conocían hasta entonces. «¿Y si todo eso volviera a ocurrir?», había pensado Sara con una mezcla de temor y esperanza, «¿Y si el amor entre ambos resurgiera? ¿Había alguna vez muerto en realidad?» Sara no lo creía. Con toda seguridad, no para ella.

—Entonces, ¿qué me decís? —le había preguntado Sami con su típica sonrisa tímida, mirándola un poco de soslayo como solía hacer cuando se sentía un poco intimidado o deseoso de oír una respuesta favorable para él.

—¡Vamos! —Le había contestado ella con determinación, a pesar de que no estaba completamente segura de haber sopesado bien todos los pros y contras antes de responder.

Por su parte, Sami había reaccionado de inmediato a su respuesta positiva abriendo la puerta de copiloto del coche y trazando un semicírculo con la mano de manera algo teatral y exagerada para invitarla a entrar.

Sara sintió un placentero temblor en el vientre al recordar los momentos felices que siguieron a ese encuentro. También recordó el día en que, muy a su pesar, todo se había derrumbado repentinamente. Aquel día que, si bien marcó el final de su relación con Sami, también le brindó la alegría y la paz de saber quién era su primer hijo, y la oportunidad de mantenerse al tanto de su vida, aunque fuera de lejos.

Muy poco después de aquel episodio, Saúl le había ofrecido el puesto de gerenta administrativa en la nueva sucursal que acababa de abrir en Mar del Plata con su socio José quien, a pesar de la gran diferencia de edad que había entre ellos, era actualmente su marido y el padre de su bebé.

Tras conocerse y trabajar juntos por algún tiempo en la sucursal de Mar del Plata, ambos solos y sin familia, se había tramado entre ellos una relación amistosa y cálida que, al poco tiempo, se había convertido en una boda tranquila, amena y silenciosa.

Sus padres no habían cabido en sí de dicha por la tan inesperada noticia. Incluso habían comprado un pequeño automóvil y conseguido la licencia de conducir para poder ir a visitar a la joven pareja con más comodidad. El resto ya pertenecía a la historia.

Daniel comenzó a estirarse y bostezar. Sara lo conocía ya lo suficiente como para saber que se estaba despertando. No había nada en el mundo que ella deseara más en ese preciso instante que volver a tenerlo en sus brazos, por lo que se desconectó del pasado y se dirigió directamente a la cuna para tomarlo y abrazarlo aún antes de que empezaran los pucheritos y el subsiguiente llanto.

CAPÍTULO 11

Jerusalén, Israel, sábado 27 de abril de 2019

El desorden se había apoderado por completo de la habitación en la que Luciano se alojaba desde hacía pocos días, en el lujoso hotel con vistas a la ciudad vieja de Jerusalén. Sus nuevos amigos de Jerusalén Oriental, miembros de una célula clandestina de luchadores por la independencia de Palestina, habían insistido en costearle un buen hotel en Jerusalén. Hasta el momento, se había conformado con hoteles mucho más modestos.

Colgó en el picaporte exterior de la puerta el cartel de «No molestar» para alejar a la camarera de piso y, sin que le preocupase en absoluto el caos de diarios, restos de comida y tazas de café vacías, mantas, ropa y demás que reinaba por doquier, se había recostado en el cómodo sofá de su habitación para pensar.

Al día siguiente se cumpliría un mes desde su llegada al aeropuerto de Ben Gurion. Decidió que esa mañana no iría a ningún sitio ni se encontraría con nadie. Necesitaba ordenar las ideas que se le habían ido acumulando en la cabeza y amenazaban con hacérsela saltar en pedazos.

Acababa de regresar de desayunar. Debía reconocer que los hoteles israelíes sabían cómo mimar a sus huéspedes con estupendos desayunos, desbordantes de todos los tipos imaginables de quesos y otros lácteos, huevos y pasteles, panes y montañas de verduras y frutas. Pero nada de eso les valdría a los sionistas: ese ilícito «país» —a pesar de encontrarse en él desde hacía casi un mes, no lo reconocía como tal— desaparecería pronto y de una vez por todas del mapa; en su lugar, se establecería el estado de Palestina, una entidad justa y recta en la que reinaría la abundancia, la paz, la buena educación y el camino correcto bajo las leyes de la sagrada sharía del Islam.

Allí, los justos y obedientes serían debidamente compensados, mientras que aquellos que se desviaran del camino del bien serían castigados en consecuencia.

Por unos minutos, Luciano se deleitó visualizando en su mente las calles de Tel Aviv, Haifa y Jerusalén limpias de judíos, con bellas mujeres musulmanas modestamente cubiertas con sus burkas, acompañadas de hombres decentes y temerosos de Alá.

«No como en las ciudades judías de hoy» pensó con una mueca de desagrado, «donde el alcohol se vendía por todas partes, donde pululaban por las calles mujeres vestidas de manera impúdica y homosexuales que ni siquiera intentaban ocultar su engorrosa condición, donde cada uno hacía lo que más le placía, sin una agenda ordenada como la sharía, que permite que cada persona sepa en todo momento cómo actuar y conducirse para hacer lo correcto a los ojos de Alá.»

Pensó que, cuando el estado palestino quedara establecido, debería permitirse a los judíos que desearan honestamente convertirse al Islam y abrazar sus leyes la posibilidad de quedarse y obtener la ciudadanía palestina.

Todos los demás deberían marcharse de inmediato o, de lo contrario, serían aniquilados y arrojados al mar, tal como se lo merecían.

Aunque sonaba a utopía, pensó que podría ser posible si todos los palestinos se unían y actuaban como un solo cuerpo. Pero, por desgracia, lo que había visto desde su llegada lo había dejado desilusionado. Durante el mes que había pasado en diferentes ciudades de la entidad ilícita de Israel, había visto y oído cosas que no hubiera creído posibles.

Vio a árabes, tanto musulmanes como cristianos, integrados en todos los eslabones de la sociedad israelí. Muchos se autodenominaban israelíes de origen árabe o palestino. Había doctores, enfermeros, abogados, jueces, cantantes, actores y actrices de cine, teatro y televisión, periodistas y presentadores. En la televisión israelí había visto árabes en todo tipo de programas de reality, codeándose con los judíos como si nada.

Y el colmo: no solo drusos y beduinos servían en las filas del ejército de ocupación sionista —esa traición la conocía ya desde siempre. Los drusos incluso habían luchado junto con los judíos en la guerra de 1948—, sino que, últimamente, había también más y más soldados israelíes de origen árabe palestino en las filas de ese mismo ejército que violaba los derechos de sus hermanos palestinos en Gaza y Cisjordania.

Le costaba aceptarlo, y más aún entenderlo. ¿Cómo podían hacerlo? ¿No entendían que estaban reforzando al enemigo? Abid Abu Musa, el tío de Rocío, incluso le había comentado que conocía personalmente a personas que alentaban a sus hijos a alistarse al ejército israelí debido a los privilegios que ello otorgaba.

Pero no solo los que formaban parte del ejército sionista traicionaban a la causa palestina y a la hermandad árabe. También lo hacían todos aquellos que aceptaban la ocupación y vivían sus vidas tranquilamente, en bellas casas burguesas y conduciendo coches caros, fruto de negocios en los que servían a esos mismos judíos que habían usurpado la patria de sus antepasados, o ejerciendo todo tipo de profesiones libres y estudiando en las universidades israelíes.

A pesar de lo mucho que apreciaba al tío de Rocío, no cabía duda de que incluso él era uno de ellos. Él jamás luchó por la causa palestina y, por el contrario, administraba su tienda de souvenirs que le proporcionaba buenos ingresos en Jerusalén, e incluso aportaba con impuestos a los sionistas.

Todo ello tenía, a su juicio, dos funestas consecuencias principales: la primera, que se reforzaba a la entidad sionista con el aporte árabe en todos los campos; y la segunda, que transmitía al mundo una imagen falsa de Israel como un país que trataba a todos sus ciudadanos de la misma manera, lo que no era cierto desde ningún punto de vista. Todos y cada uno de ellos eran traidores que pagarían por su traición cuando llegara el día del juicio.

◆ ◆ ◆

Cansado y asqueado de la realidad que veía y percibía en sus divagaciones, Luciano se enderezó en el sofá decidido a ver qué había de nuevo en los noticieros. Tras una corta búsqueda entre los periódicos que se hallaban esparcidos por doquier, encontró el control y comenzó a cambiar emisoras en búsqueda de noticias en español o en árabe. Encontró una de Jordania. Eran las diez de la mañana del sábado. Una presentadora con aspecto e indumentario europeos hablaba de los acontecimientos más recientes.

La Gran Marcha de Retorno de los héroes palestinos de Gaza seguía su curso, aunque con un nivel de violencia más reducido. «Solo por el momento», pensó Luciano, comprendiendo que eso se debía a que Hamás estaba intentando conseguir más logros antes de seguir adelante con la lucha que contaría con altos y bajos hasta conseguir la meta final: el desmantelamiento de la entidad sionista y el regreso de todos los palestinos a sus tierras y a sus hogares.

La presentadora estaba informando que, durante las últimas dos semanas, entre seis y siete mil palestinos habían participado en las manifestaciones, sin que se hubiera registrado actos de elevada violencia, a excepción de algunos intentos palestinos de forzar la valla fronteriza y de arrojar explosivos contra las fuerzas de las FDI. El día anterior había tenido lugar la marcha número 56, bajo el lema «por la unión nacional y el fin del cisma», refiriéndose a la separación entre Hamás y la Autoridad Palestina. Luciano opinó que, sin duda, ambas autoridades deberían unirse. Solo unidos podrían asestar el golpe de gracia al enemigo sionista.

Siguió cambiando estaciones durante un rato más, con la esperanza de oír alguna última noticia que colmara su corazón de verdadera dicha. Le hubiera gustado enterarse de que alguna base israelí importante hubiese sido atacada por una célula palestina, cuyos heroicos miembros hubieran dado muerte a una gran cantidad de soldados sionistas, mientras que mantenían a cientos de ellos como rehenes y pedían a cambio de sus vidas la liberación de todos los mártires palestinos encarcelados en sus obscenas instalaciones. Pero no encontró nada. No había demasiado lo que comentar sobre Gaza, fuera de los ya rutinarios incendios de cultivos y reservas naturales de los colonos judíos provocados por cometas incendiarias lanzadas desde Gaza, por lo que la mayoría de los noticieros habían pasado a cubrir otros temas de menor interés para él.

Algo desilusionado, como siempre que las noticias le informaban que nada de gran envergadura había golpeado de verdad a esa maldita entidad sionista, apagó la televisión y volvió a recostarse en el sofá. Tenía mucho que reflexionar y una crucial decisión que tomar.

Cuando había decidido hacer el viaje a Israel, pensó en la posibilidad de formar una célula de combatientes con palestinos residentes de Israel que sean leales a su pueblo para llevar a cabo una acción que fuese de verdad impactante.

Lo que más hubiera deseado sería tomar por sorpresa una base militar israelí: entrar, matar, y tomar rehenes. Lo imaginaba como una acción similar a la del grupo de la serie «La casa de papel», solo que con menos condescendencia hacia los rehenes que, al fin y al cabo, no serían civiles funcionarios de un banco sino militares israelíes. Una vez que los rehenes sionistas estuvieran de rodillas, atados de pies y manos y con los ojos vendados, llegaría el momento de exigir y conseguir la liberación de grandes cantidades de presos palestinos.

Solo después de que todos ellos estuviesen seguros en la Franja de Gaza o Cisjordania, el resto de los combatientes y él mismo se subirían a helicópteros proporcionados por el ejército de la ocupación a cambio de las vidas de sus soldados.

A bordo de una de esas aeronaves llegaría a algún punto cercano y neutral, desde donde viajaría victoriosamente de vuelta a su país.

Una vez en España, Lucía —que estaría ya enterada por los medios de su heroica acción— le estaría agradecida de por vida por haber vengado la muerte de su hermano y conseguido que el ejército del mal se arrodillara en rendición ante la firme determinación de él y sus compañeros. De esa manera, marcaría un cambio en las relaciones de fuerza entre ambos bandos.

Sin embargo, Luciano no había conseguido que los miembros de la célula revolucionaria que había conocido en Jerusalén Oriental se unieran a su entusiasmo en torno a su plan. Todos le decían que solo una persona que nunca había vivido en el lugar podía elaborar un plan tan rotundamente imposible de realizar.

Entre risas, le habían explicado que si una acción como esa fuera posible de alguna manera, ya lo habrían hecho y repetido decenas de veces hasta vaciar las cárceles de palestinos y las bases militares de soldados. Según ellos, las posibilidades de llevar a cabo cualquier tipo de ataque sin resultar muertos o atrapados eran casi inexistentes. La única manera de atestar un buen golpe a los sionistas, uno que de verdad les doliera, era por medio de los ataques suicidas. Lo que tampoco era tan sencillo últimamente, ya que las fuerzas israelíes lograban frustrar incluso ese tipo de atentados. De alguna manera, siempre conseguían enterarse y frustrarlos, quizá ayudados por traidores árabes.

Pero, en su caso —le habían explicado—, al ser una persona de aspecto, pasaporte y nombre europeos, las probabilidades de éxito estarían más a su favor. Según ellos, no cabía duda de que Alá en persona lo había elegido y enviado para hacerlo.

«¿Podría ser eso verdad?» pensó. «¿Habría sido elegido por Alá para dar un verdadero escarmiento a los judíos?».

Recostado en el sofá de su habitación de hotel en Jerusalén, Luciano constató con tristeza que, en oposición a lo que le habían asegurado los miembros del grupo, Alá no había contestado ninguna de sus imploraciones de recibir alguna señal que le mostrara con claridad qué camino debía tomar.

Le costaba creer que, a pesar de haber rezado e implorado desde lo más hondo de su alma y de su ser, no había captado nada que pudiera ayudarlo a salvar su indecisión. ¿Debería dar ese paso fatal y definitivo, o seguir con su plan anterior de graduarse en Derecho Internacional y consagrar su vida a ayudar a los palestinos privados de sus derechos? ¿Le estaría insinuando Alá que debía tomar esa decisión sin esperar ninguna señal divina? ¿Era acaso eso lo que Alá pretendía de él? ¿Que supiera por sí solo cuál era el camino correcto a seguir? ¿Y si se equivocaba en su elección? ¿Y si de eso dependiera el que Alá le concediera un lugar privilegiado en el paraíso o que, por el contrario, por haber errado en su misión, se ganara la eternidad en el infierno?

No era una decisión fácil. Necesitaba tomarse el tiempo para ello. A falta de una señal divina, deseaba que su decisión se basara en su propia e independiente voluntad, que se inspirara en su verdadero yo y no en la influencia de elementos externos, por más importantes que fueran para él: sus padres, su tío Samir, el Imán de la mezquita a la que asistía desde hacía varios años, Lucía y su tío Abu Musa, o los miembros de la célula de militantes por la liberación de Palestina que había conocido durante su estadía en Jerusalén.

Estos últimos lo habían estado alentando a perpetrar un atentado suicida. Le habían explicado que solo así sería posible asestar un verdadero golpe a la ocupación y vengar la muerte de Mauricio, hermano de Lucía y sobrino de Abid Abu Musa.

Ellos le habían afirmado y asegurado una y otra vez que él había sido enviado directamente por Alá para perpetrar un acto de verdadero valor.

Solo él, a pesar de haber nacido y crecido en Europa, era un fiel musulmán a quien de verdad importaba el Islam, la sagrada mezquita de Al-Aqsa y la causa palestina. Además, contaba con el pasaporte, el nombre y el aspecto de cualquier español, sin que nada delatara su origen palestino y musulmán. Según ellos, aquello le permitía desplazarse por todo el país sin despertar ningún tipo de sospechas. Era algo de lo que pocos disponían. Su sacrificio pasaría a la historia. Importantes calles y escuelas del futuro estado de Palestina llevarían su nombre.

Luciano imaginó los títulos de los medios palestinos y de todo el mundo árabe, ponderando y alabando al valiente *shahid* que había sacrificado su vida en un ataque heroico que había dejado una veintena de sionistas muertos y gran cantidad de heridos. El pecho se le colmó de dicha, orgullo y satisfacción. Pensó en Lucía, triste por haber perdido a quien hubiera podido convertirse en su esposo y el padre de sus hijos, pero agradecida y orgullosa de él por haber vengado la muerte de su hermano. Deseó creer que lo recordaría con amor toda su vida.

Al pensar en Lucía, recordó que el móvil estaba en modo avión y que tal vez lo estuviese buscando. No quería que se preocupara ni que sospechara nada, todavía.

Tomó el móvil y, al desactivar el modo avión, comprobó que había recibido doce mensajes desde la última vez que lo había consultado la noche anterior, antes de ponerlo en modo avión para dormir sin distracciones.

Siete de ellos eran de Lucía. Los demás eran de su madre, su tío Samir, su buen amigo Ibrahim, un colega del Bufete de Abogados y un compañero de la universidad. Todos deseaban saber cómo estaba y cuándo pensaba regresar, puesto que ya se estaba cumpliendo un mes desde su partida. El último mensaje de Lucía era una grabación de voz que expresaba cierta preocupación por el hecho de que no le hubiese respondido desde la noche anterior, siendo ya casi las once de la mañana.

Con el corazón hecho un nudo por la confrontación de sus anteriores pensamientos con la preocupación de todos, en especial de Lucía, trató de decidir cómo formular una respuesta que no despertara sospechas o preocupaciones innecesarias y, al mismo tiempo, recurrir lo menos posible a las mentiras.

Con movimientos rápidos de sus esbeltos dedos, e intentando sonar lo más espontáneo y franco posible, escribió:

«¡Hola Lucía! Te pido perdón. Ayer estaba muy cansado y me fui a dormir temprano poniendo el móvil en modo de avión. Esta mañana se me olvidó cancelarlo y solo hace un momento vi que me habías estado buscando», escribió.

«Bueno, no te aflijas. Me imaginé que algo así habría ocurrido. ¿Qué haces hoy? Nunca pensé que harías tanto turismo por Israel. Pensé que lo odiabas. De hecho, no me creo que solo estés haciendo turismo. Por cierto, mi tío quedó muy bien impresionado de ti. ¿Es que estás haciendo cosas de las que prefieres no hablar por el momento? Si es así, no te preocupes. Me cuentas todo cuando vuelvas», le respondió Lucía.

«Claro que te lo contaré todo,» escribió, sin saber si estaba mintiendo o no, «siempre que nos quede tiempo para ello después de la cena» agregó, añadiendo dos emojis de sonrisa y guiño.

«Eso ya lo veremos... depende de cuán rico sea el postre» respondió Lucía poniendo, a su vez, un emoji de cara de santo sonriente.

«El postre será sabrosísimo, estoy seguro» contestó rápidamente, con un emoji de cara lamiéndose los labios.

«Mi amor, te tengo que dejar. Tengo que entrar a clase. Ya estoy retrasada. Te mando un beso. ¡Cuídate mucho!»

«No seré yo quien interrumpa tu educación. Vete tranquila. La seguimos después.»

Luciano miró el reloj y comprobó que le quedaban unos quince minutos hasta el próximo rezo. Los aprovechó para tranquilizar a todos con mensajes casuales y alegres. Luego, decidió intentar por última vez recibir una señal divina. Si esta no llegara, entendería que su destino era encontrar las respuestas por sí mismo en su interior. Sin embargo, presintió que esta vez sería la vencida y que durante el rezo recibiría con toda seguridad la señal tan ansiada que le indicaría lo que hacer.

En lo más profundo de su alma, Luciano deseó que se le indicara seguir con vida. Deseaba volver a abrazar a su madre y a Lucía. Quizá incluso formar una familia con ella. Pasar un rato con su tío Samir o su padre, y seguir siendo un buen musulmán por el resto de sus días. Sin embargo, no le cabía duda de que haría lo que Alá le encomendara con completa dedicación y felicidad.

Luciano se dispuso a rezar la oración *Salat Al-Duhr*. No siempre podía cumplir con la obligación de rezar cinco veces al día: en España, porque no todos sabían lo mucho que se había acercado al Islam; en Israel, porque no quería quebrar su apariencia de turista europeo neutral. Ese día lo había consagrado también para eso, sin haberse saltado ninguno de los rezos desde la tarde anterior.

Antes de comenzar, se lavó la cara, los brazos, la cabeza y los pies, como era mandatorio. Luego, se paró en un espacio limpio de la habitación mirando hacia la *quibla* (la dirección que marca la sagrada mezquita Kaaba en La Meca). Cerró los ojos y se impregnó del propósito sincero y puro de rezar. Alzó las manos hasta la altura de los hombros, posicionando las palmas abiertas en dirección a la *quibla*. Miró al suelo en el lugar donde pondría la cabeza durante la *sayda* (postración). Juntó las manos de la manera tradicional justo debajo del ombligo y comenzó a recitar «Glorificado y alabado sea nuestro Señor; Oh Alá, perdónanos». Luego, ya inclinado, siguió con «Todas las glorias sean para Ti...». Acto seguido, ya postrado y con la frente y la nariz tocando el suelo, recitó desde lo más hondo de su alma la primera de las tres repeticiones de la oración: «Todas las glorias sean para Ti, Señor mío, el Altísimo». Mientras lo hacía, suplicaba sin cesar por una señal, una indicación, una orientación.

Estaba en la mitad de la tercera repetición cuando ocurrió: la habitación quedó a oscuras por unos segundos. La oscuridad fue tal que la pudo percibir claramente, a pesar de tener los ojos cerrados y estar postrado con la frente en el suelo. Era una oscuridad densa y pesada que lo cubría todo. En ese mismo momento, se vio desintegrado y esparcido en millones de pequeñas partículas brillantes, avanzando con lentitud hacia el cielo, que se abría ante él como una gran nube en forma de brazos. Sintió una paz interior completamente nueva para él. La luz volvió. Luciano terminó de recitar la oración que había quedado truncada por el apagón y, arrodillado con el dorso recto, procedió a dar fin al rezo con la plegaria de despedida. Por fin. Por fin había ocurrido. Alá había oído su plegaria y le había indicado claramente qué debía hacer, y cuán correcto y bello sería hacerlo.

CAPÍTULO 12

Buenos Aires, lunes 12 de diciembre de 1960

Aquel día marcó el comienzo de lo que serían tres de los años más dichosos de la vida de Sara, solo comparable en intensidad, si bien no en esencia, con la felicidad que experimentó años después durante la crianza de Daniel y, más tarde, de Tamara.

Sentada en el asiento de copiloto del Fiat de Sami, Sara intentaba calmar los latidos de su corazón al tiempo que, esporádicamente, miraba a Sami de reojo mientras este conducía el vehículo. Se fijó en sus brazos fuertes y sus manos delicadas, de dedos largos y uñas perfectas. En un momento de mayor atrevimiento levantó un poco más la vista para ver su rostro de perfil. ¡Cuánto amaba a ese hombre! No había manera de expresar lo que sentía por él. ¿Qué clase de jugarreta le estaba jugando ese Dios en el que no creía? ¿Por qué, de todos los hombres que había conocido y que le habían tratado de «enganchar» tenía que sentir tanto amor y pasión precisamente por esa persona que le estaba prohibida? ¿Sería eso lo que había sentido la primera mujer según la Biblia frente al fruto prohibido? Era indudable que, de acuerdo con el relato bíblico en el que no creía, fue la irresistibilidad de ese fruto y la imposibilidad de Eva de sobreponerse a ella las causantes de que ella y Adán fueran expulsados del Jardín de Edén, y de que todos sus descendientes hasta hoy no tuvieran más remedio que sudar para alimentarse y sufrir de todas las maneras conocidas en este mundo que, indudablemente, poco tenía de paraíso.

¿Sucumbiría ella también a la tentación, arriesgando así su futuro y, tal vez, el de su descendencia? A juzgar por la pasión renovada que sentía en ese momento hacia el conductor del vehículo, parecería que sí. ¿Tendría aún alguna posibilidad de retractarse? ¿Podría volver al momento exacto en que lo había visto salir de aquella casa y dirigirse a su coche, pero esta vez mirar para otro lado, hacer como si no lo viese y volver a esa rutina que había conseguido darle cierta paz durante todos esos años?

No lo creía. No solo era imposible volver el tiempo atrás, sino que tampoco se sentía capaz, una vez que el destino se lo había traído otra vez de una manera tan casual, de no querer saber más sobre su vida actual y todo lo que pudiera enterarse sobre ese hombre que, inexorablemente, la incautaba y hechizaba.

Mientras esos pensamientos le hacían bullir el cerebro, transcurrieron más de diez minutos sin que ninguno de ellos hiciera oír su voz.

«¿Qué estaría pensando él?» se preguntó Sara. «¿Estaría tan excitado y emocionado por el encuentro como ella? ¿Cómo era posible que, en tantos años, ninguno de ambos hubiese hecho ningún intento de renovar la relación o, al menos, de saber algo el uno del otro?»

Fue Sami quien rompió el incómodo silencio.

—¿Qué me contás? —le preguntó de pronto, con esa sonrisa tímida y al mismo tiempo pícara que le derretía el corazón, y esa mirada de soslayo tan típica de él— ¿Qué es de tu vida?

Antes de contestar, Sara se tomó unos segundos para bosquejar en la mente un rápido recuento cronológico de su vida durante los últimos cinco años, que le permitiera resumir lo mejor posible «qué era de su vida». Decidió omitir los duros tiempos que pasó después de entregar al bebé de ambos en adopción, y concentrarse en el presente.

—Estoy muy bien —respondió, bastante convencida de que no estaba mintiendo—. Sigo en el mismo lugar de trabajo que antes, pero Saúl me ha ascendido a gerenta administrativa. Tengo mi propia oficina, con mis fotos personales colocadas en marcos sobre la mesa —agregó, sin ocultar su orgullo.

—¿Y quiénes son los personajes de esas fotos? —quiso saber Sami, no sin cierto recelo.

—Obviamente, no está la foto de mi hijo, *nuestro* hijo, porque no sé nada de él. Tengo algunas fotos de mis sobrinos y otra de mis padres —dijo, consciente del hecho de que, a pesar de su deseo de eludir el tema, este había surgido sin remedio.

Sami la miró con tristeza. Abrió la boca para decir algo, pero la volvió a cerrar de inmediato y siguió conduciendo pensativo, mirándola de a ratos de soslayo, sin pronunciar palabra. Unos minutos después, tras hacer un ademán con la cabeza para ahuyentar la nube negra que se había depositado en la cabina del vehículo, retomó la conversación.

—¿Y de nadie más? —volvió a preguntar, ya más esperanzado.

—Si querés saber si me casé, podés preguntármelo directamente. No, no me he casado. Ni tengo ninguna relación amorosa. Vivo sola, en una habitación de pensión. Pero estoy feliz a mi manera. Me gusta mi soledad y mi independencia. Me dedico mucho al trabajo. Fuera de ello, casi todos los días voy a tomar mate con mis padres después de la jornada laboral. Además, paso muchas tardes con mi amiga Matilde, ayudándola con la casa y los chicos. Leo mucho. A veces, voy a ver una película o una obra de teatro. Muy de vez en cuando voy a un concierto. Por lo general voy sola, porque todas mis amigas y primas están casadas y criando a sus hijos. De vez en cuando, me encuentro con alguno de los pretendientes que trata de hacerme conocer mi mamá, siempre desvelada a causa de mi soltería. Pero estos son cada vez más viejos y menos interesantes —Tras una pausa, Sara le espetó—. ¡Ahora es tu turno!

Esta vez fue Sami quien se tomó el tiempo para pensar y hacer orden en su respuesta.

—Yo tampoco estoy casado —dijo con un dejo de tristeza. Tuve algunas relaciones, pero ninguna duró más de algunos meses.

Tras un renovado y largo silencio en el que ninguno de los dos se animó a expresar lo que estaba reflexionando y sintiendo, Sami dijo: —Estamos ya viajando más de quince minutos sin saber a dónde vamos. ¿Qué me decís? ¿Qué te gustaría hacer? Son las siete de la tarde, un poco temprano para cenar. Podríamos ir a dar una vuelta por Palermo y luego cenar juntos en algún lugar.

—Me parece perfecto, con tal de que no nos vea nadie conocido. Si alguien le viene a mi mamá con el cuento de que nos vieron juntos, después de todo lo que pasó, estoy segura de que le dará un infarto.

—Está bien, comencemos por el rosedal de Palermo, entonces. Después veremos. Por cierto, ¿tenés que levantarte muy temprano mañana para ir al trabajo?

—¡No! —contestó Sara, alegre y divertida por la casualidad de que se hubieran reencontrado justo en la misma estación del año que la vez anterior— A igual que cuando nos encontramos por primera vez, estoy de vacaciones por Janucá desde mañana hasta el miércoles de la semana próxima.

—¡Qué bueno! —exclamó Sami, feliz— Yo estoy prácticamente libre hasta que comience mi nuevo proyecto, el jueves de la semana próxima. Puede que tenga que hacer algunos encargos de mantenimiento, pero nada que me lleve demasiado tiempo.

Al poco rato llegaron a Palermo. Sami aparcó el coche y, antes de que Sara alcanzara a apearse, él ya le había abierto la puertecilla, invitándola a unirse a él con un ademán exagerado de galán de cine.

Algunos meses después, los encuentros entre Sara y Sami se habían vuelto cada vez más frecuentes e imprescindibles para ambos. Cada vez que se veían, se citaban para el fin de semana siguiente. Luego, durante la semana, contaban los días que faltaban para volver a estar juntos y perderse cada uno en los ojos del otro, palparse, abrazarse y sumergirse en esa lenta y suave unión de cuerpo y alma a la que se estaban volviendo perdidamente adictos.

Para que no los descubrieran, solían encontrarse en lugares alejados y poco frecuentados o en el apartamento de Sami. Nunca en la pensión de Sara. Rosa, la dueña de la pensión, una cincuentona de rasgos duros y mirada severa, era capaz de ir con el cuento a Saúl, a quien conocía y con quien simpatizaba, o incluso a alguno de sus padres o hermanos. Pero, a pesar del mucho cuidado que tenían, Sara presentía que Rosa estaba al tanto de su relación con Sami, de alguna manera. Enterada como estaba del anterior amorío entre ellos, era posible que hubiese atado cabos y lo sospechara. Sami nunca se acercaba a la pensión, y cuando Sara salía a su encuentro, le comentaba a Rosa que iba a casa de alguna amiga. Sin embargo, cada vez que la pillaba regresando tarde por la noche, Rosa le mandaba una de esas miradas desaprobadoras y escalofriantes que le calaban los huesos.

Cuando Sara la mencionaba en sus charlas con Sami o con sus amigas, se refería a ella, entre risas, como la «vieja bruja». En el fondo, no obstante, sabía que Rosa no era mala persona. Decían que, en su juventud, había encandilado a todos con su dulce bondad y belleza, lo que era difícil de entrever ahora detrás de su rostro severo, numerosas capas de grasa, el pelo entrecano y descuidado, y una indumentaria desalineada, siempre cubierta por un delantal que había visto tiempos mejores.

Por otro lado, a diferencia de su aspecto personal, su pensión brillaba de limpieza y armonía, y las comidas que servía en el acogedor comedor eran de lo mejor. Sus habitaciones estaban siempre ocupadas y muchos esperaban que alguna se desocupara para que pudieran disfrutar de los servicios de ese excelente hospedaje.

Poco antes, Sara se había enterado de la triste historia de Rosa y había comenzado a tenerle más consideración.

Rosa nunca hablaba de sí misma ni relataba nada de su pasado, pero muchos sabían —sin tener seguridad de cuál habría sido la primera fuente de ese relato, ni de cuán fidedigna era — que, cuando tenía alrededor de veinte años, había estado perdidamente enamorada y a punto de casarse.

Su novio habría muerto atropellado justo cuando estaba en camino a la casa de sus padres para pedir su mano. Quienes conocían la historia afirmaban, sin que Rosa se tomara el trabajo de confirmarlo o denegarlo, que al devolver su alma al Creador aún había tenido asido en la mano derecha un ramo de rosas rojas. También aseguraban que, tras el accidente, el corazón de Rosa había quedado tan irreparablemente destrozado, que su dueña nunca más quiso saber de noviazgos. Unos años más tarde, habría muerto su madre y, al poco tiempo, también su padre, quien, según afirmaban, no consiguió concebir cómo continuar su vida sin su esposa.

Rosa, que era hija única, heredó la casa donde había vivido toda su vida y todas las pertenencias de sus padres, incluyendo una suculenta cuenta bancaria.

Como la casa era demasiado grande para ella, remodeló el tercer piso para que, además de su habitación, contara con una pequeña sala de estar, una cocina y un baño. El resto de la casona lo convirtió en la pensión que dirigía exitosamente desde entonces.

A Sara le gustaba vivir allí. Por eso, cuando comenzaron esas malas miradas, decidió desentenderse de ellas. Una que otra vez le largaba alguna explicación; pero, por lo general, sus miradas la tenían sin cuidado.

Sin embargo, cuando ese día por la mañana Rosa le largó una indirecta bastante audaz, aclarándole, como quien no quiere la cosa, que la reputación de su pensión era muy importante para ella, Sara comenzó a hacer cuentas para ver si podía alquilarse o incluso comprar algún apartamento, y llegó a la conclusión de que sí podía. Tenía bastante dinero ahorrado y ganaba lo suficientemente bien como para permitírselo. Decidió que lo comentaría con Sami la próxima vez que charlasen.

En su último encuentro se habían citado para el sábado en una de sus pizzerías preferidas de Villa Crespo. Sara contó los días que faltaban, fantaseando con la posibilidad de abandonar su habitación de pensión. Decidió que, durante los días restantes hasta que lo hablara con Sami, comenzaría a averiguar sobre posibles apartamentos para ella.

Sami llegó a la pizzería antes que Sara. Eligió una mesa arrinconada, pidió el menú y encargó vino y soda. Estaba decidido a hacer algo para normalizar la situación de ambos. No era cosa de él esconderse, mentir, buscar excusas. Estaba enamorado de la mujer más bella y espléndida del mundo, y no veía por qué debería ocultarlo. Las familias, claro... y el qué dirán. Pero no estaba dispuesto a dejar que aquello dirigiera su vida. No era ningún chiquilín: con sus veintiocho años, podía ya tomar sus propias decisiones, aunque no sean del agrado de su familia. Al verla entrar en el recinto, se sintió más seguro de su decisión que nunca.

Como era habitual, Sara miró hacia todos los rincones del restaurante para asegurarse de que no había ningún conocido, teniendo preparada una excusa lógica para el caso de que se topara de improviso con alguien que la conociera o, peor aún, que fuera un conocido de sus padres.

Cuando se hubo cerciorado de que todos los comensales de la pizzería le eran totalmente desconocidos, se sentó frente a Sami, quien la miró con una tristeza que fue incapaz de ocultar.

—¿Qué te pasa? Se te ve triste, o preocupado. ¿Pasó algo? ¡No me asustes!

—No, no pasó nada. Tranquila. Pero sí, estoy triste. Me da pena ver cómo, en lugar de venir, abrazarme y darme un beso apasionado, lo primero que hacés al llegar es mirar por todos lados, como si estuvieses cometiendo algún tipo de pecado.

—Para muchos, eso es exactamente lo que estoy haciendo.

En algunas épocas de la historia, e incluso hoy en día en ciertos lugares, este pecado podría costarme la vida. Podría morir apedreada, ahorcada, incendiada o de cualquiera de esas maneras tan atroces e impensables que a la humanidad le encanta inventar.

—Bueno... por suerte, no vivimos en ninguna de esas épocas ni en ninguno de esos países. En nuestro caso, lo único que nos podría pasar es que nuestras familias no aprueben nuestra unión.

—O que a nuestras madres les agarre un infarto y que tengamos que vivir con esa culpa toda la vida.

—Nadie tendrá ningún infarto.

—¿Qué estás tratando de decir? ¡Andá al grano, por favor!

—Que quiero que nos casemos.

Sara lo miró, incrédula. Luego se vio sacudida por una carcajada que se fue transformando en un llanto saltado de hipos. Sami le sirvió vino con soda y le acercó el vaso para que bebiera. Mientras lo bebía a sorbitos, Sara pensó que, en un mundo normal y justo, nada la haría más feliz que aceptar una propuesta de matrimonio de ese hombre que tanto amaba.

Sin embargo, cuando hubo dominado los espasmos mezclados de risa y llanto, Sara lo miró a los ojos y respondió de una manera pausada y pensativa, pero determinante: —Ojalá fuera posible. Pero, por desgracia, no lo es.

—Entonces, hagámoslo posible. Tenemos muchas posibilidades. Podríamos ir a vivir a algún lugar donde nadie nos conozca, y no contar a nadie de dónde llegamos o cuáles son nuestras raíces étnicas. Podríamos tratar de convencer a nuestros padres de que queremos ser ateos con una única creencia: nuestro amor mutuo y nuestro amor por toda la creación. Podríamos convertirnos ambos al cristianismo o al budismo para que en nuestro hogar no haya desequilibrio. Vos podrías convertirte al islam, o yo al judaísmo. A ver... ¿qué más? —se preguntó, mientras se miraba los dedos con los que había ido enumerando cada una de las diferentes posibilidades. Sara lo miraba embelesada, en una especie de ensueño, tratando de creer que algo de todo ello tuviera alguna probabilidad de éxito. Pero no. Ella sabía muy bien que no. Esa relación debería seguir siendo oculta, solo para ellos dos.

—Nada de eso es realmente posible. Lo sabés tan bien como yo. Y, ¿sabés qué? Quizá sea mejor así. Yo veo lo que pasa con las parejas después de algún tiempo juntas. Lo veo en mis hermanos, mis primos y mis amigas. Al poco tiempo de casados, se empiezan a ver los defectos y la magia muere. Nosotros seguiremos enamorados toda la vida porque la rutina de convivir, criar hijos y llevar la economía de la casa no nos atrapará en su red. No perderemos ni un céntimo de nuestra pasión. ¿Qué me decís?

—Digo que quiero levantarme a tu lado todas las mañanas. Quiero tener hijos con vos, y criarlos. Quiero que lleguemos a envejecer juntos.

En ese momento, llegó la camarera para tomar su pedido. Eso le dio a Sara justo el tiempo que necesitaba para masticar su respuesta. Una vez hecho el pedido de pizza margarita, macarrones a la napolitana y ensalada de lechuga, Sami miró a Sara a los ojos con expectación.

—Bueno, yo también quiero eso —dijo Sara, pensativa—. Pero sé lo que es posible y lo que no lo es. Me consta que, con el tiempo, no seremos capaces de perseverar con esa postura de valentía desafiante. Además, nuestros hijos también sufrirían. Tendrían problemas de identidad. Con todo el dolor que me causa haber tenido que dar en adopción a nuestro hijo, tengo la esperanza de que esté viviendo en un buen hogar. No me importa que sea cristiano, ateo, judío, musulmán o lo que sea, con tal de que tenga una identidad clara. Y ahora —dijo, irguiéndose en su silla con determinación—, dejemos los sueños de lado y concentrémonos en la realidad.

—Siempre tan realista —dijo Sami mirándola con amor, pero sin ocultar su amargura—, siempre con los pies bien asidos al suelo y la cabeza en las nubes. Pienso que poseés suficiente brujería como para transformar el mundo y que, si no lo hacés, es solo porque no tenés suficiente confianza en vos misma.

—¡Ja! ¡Ojalá! —dijo Sara, divertida— Si así fuera, lo primero que haría sería chasquear los dedos para hacer que toda la humanidad olvidara por completo sus raíces. Nadie sabría de qué descendencia es, de qué país vinieron sus padres, o a qué clase social pertenecían. Entonces, cada vez que las personas se vieran por primera vez, lo único que podrían juzgar mutuamente sería el alma, la mente, el corazón. No habría ninguna posibilidad de prejuzgar por ninguna causa relacionada con la raza o descendencia, porque nadie recordaría nada de esas cosas. ¿Qué te parece? Imaginate... Vos llegás a mi casa a pedir mi mano. Mis padres ven a un muchacho bien parecido, trabajador independiente, electricista talentoso, buena persona, decente y de buen talante. Seguro que estarían felices de concederte mi mano. Lo mismo ocurriría si tus padres me conocieran, sin recordar que tu familia es musulmana y la mía judía. Ni siquiera tendrían el menor recuerdo de que su familia era árabe-palestina y la mía judía-sionista. ¿Te imaginás? ¡Pienso que mi idea de chasquear los dedos para que todo el mundo se olvide de su pasado podría solucionar no solo nuestro problema, sino también todas las desdichas del mundo! ¿Qué te parece a vos?

—Me parece estupendo. ¿Qué esperás, entonces? ¡Manos a la obra! Dale. ¡Chasqueá, chasqueá los dedos!

Mientras se desternillaban de risa, y para alivio de ambos porque ya estaban hambrientos, llegó la cena encargada.

Devoraron todo rápidamente y lo hicieron bajar con un poco más de vino con soda.

—¿Qué empezaste a decir antes, cuando dijiste que nos concentráramos en la realidad?

—¡Ah! ¡Claro, casi me olvidaba! Te quería comentar que la patrona de mi pensión me está mandando miradas e indirectas últimamente. Ya no me siento allí tan a mis anchas como antes. Encontré un departamento decente en Villa del Parque. Está vacante de inmediato. El alquiler es casi el doble de lo que pago en la pensión, pero gano lo suficiente como para permitírmelo. Y está más cerca del centro, pero no demasiado alejado de mi trabajo ni de la casa de mis padres. Aún no firmé el contrato, puede que lo haga la semana próxima. Está completamente vacío. Necesitaré amueblarlo, comprar utensilios de cocina y acostumbrarme a cocinar. Pero me pareció que el edificio tiene una buena atmósfera, y que muchos de los inquilinos son gente joven, bastantes de ellos estudiantes. No creo que a alguno de ellos le importe demasiado a qué hora vuelvo ni con quién. Al fin y al cabo, ¡ya estamos en la segunda mitad del siglo veinte, por Dios!

—¡Qué buena idea, cariño! Me parece bárbaro. Obviamente, podrás contar conmigo si necesitás cualquier ayuda con la remodelación o lo que sea.

A la semana siguiente, Sara firmó el contrato de alquiler. Pagó un año por adelantado y se instaló en su nuevo hogar. Aunque solo viviría allí unos tres años, siempre lo recordaría con amor, nostalgia y añoranza, pues sus paredes presenciarían innumerables momentos de dicha, verdadero amor y compañerismo. Pero, como todas las cosas buenas de la vida, esta también habría de terminar prematuramente.

CAPÍTULO 13

Buenos Aires, domingo 22 de diciembre de 1963

Hakim no cabía en sí de emoción y felicidad. Ese día cumplía ocho años, lo que lo convertía a sus ojos en una persona bastante adulta, sin dejar de ser aún un niño, claro. Le hubiera gustado tener hermanos más pequeños para poder alardear de su flamante nueva edad ante ellos, pero no los tenía, ni menores ni mayores. Muchas veces, se había preguntado a qué se debería aquello. De todos los niños que conocía, él era el único que no tenía hermanos ni hermanas. Aún no se había atrevido a indagar sobre el tema en su casa; sin embargo, ahora que tendría ocho años cumplidos, probablemente lo haría.

Estaba ansioso por ver qué regalos le traerían. A pesar de que los musulmanes no acostumbraban a celebrar los cumpleaños, considerados una costumbre pagana originaria de otras confesiones religiosas, su madre le había preparado sus dulces favoritos, lo había abrazado esa mañana más de lo acostumbrado, y con toda seguridad sus padres y familiares le traerían cosas especiales. Abrigaba la esperanza de que su adorado tío Samir lo sorprendiera con algo fuera de lo común, como siempre hacía. Quizá incluso la bicicleta con la que soñaba desde hacía ya bastante tiempo. Había comentado ese sueño varias veces en presencia de él, deseando que decidiera traerle una para su cumpleaños. Ya sabía montar porque se había ejercitado con las bicicletas de sus amigos, y solo le faltaba tener la suya propia.

Samir adoraba a su sobrino y lo mimaba como si fuera su propio hijo. A menudo lo llevaba a pasear en su coche o a jugar al fútbol, el deporte que ambos más amaban y en el que se desempeñaban bastante bien. En algunas ocasiones, lo invitaba a ver partidos en las verdaderas canchas. Una vez, incluso lo llevó a pasar un fin de semana juntos en Mar del Plata, los dos solos. Hakim nunca olvidaría esos días de playa con su tío Samir. Entonces se dijo que algún día viviría en un lugar muy cerca del mar, sueño que eventualmente cumpliría.

Al mediodía, sus abuelos, tíos y primos vendrían a comer asado en su casa. Su padre ya estaba preparando la parrilla en el fondo, mientras que su madre elaboraba esas empanadas tan deliciosas que de solo pensarlo se le hacía agua la boca. Para aliviar un poco su excitación, Hakim se dirigió a la cocina y preguntó si podía ayudar en algo. Ludmila lo miró con amor y lo sentó a la mesa con una tabla de madera y un cuchillo para que cortara verduras para la ensalada.

—Ahora que ya tenés ocho años, *habibi* —le dijo, con dulzura—, ya podés comenzar a usar este cuchillo, que es bastante afilado y tenés que tener mucho cuidado de no cortarte los dedos. Ludmila le mostró cómo sostener las verduras y cómo utilizar el cuchillo correctamente para evitar lesiones, y Hakim se puso manos a la obra.

Los primeros en llegar fueron sus abuelos maternos. El corazón de Hakim latía con fuerza. Su abuela sostenía una caja enorme envuelta en papel percal y decorada con un gran moño rojo. ¿Qué le habrían traído? Corrió hacia su abuelo y se colgó de las manos que este le ofrecía para mecerse como solía hacer desde que tenía uso de razón. A pesar de que languidecía de ganas de saber qué había en el interior de esa caja, no se atrevió a preguntar para no parecer interesado. Sin pronunciar las palabras «feliz cumpleaños», ambos lo abrazaron y besaron más de lo acostumbrado y le tendieron la caja para que la abriera, lo que hizo de inmediato y sin reparos, haciendo trizas el hermoso envoltorio.

Cuando vio el contenido de la gran caja, abrió los ojos y la boca hasta un límite casi imposible. ¡Un enorme globo mapamundi! ¿Cómo sabían que ese era otro de sus sueños? Nunca se los había comentado. Sin perder el tiempo se dedicó de inmediato a la tarea de reconocer sobre el enorme globo el lugar donde se encontraban en ese momento: Buenos Aires, Argentina. No le resultó difícil porque ya había tenido algunas lecciones de Geografía en la escuela. Al fin y al cabo, estaba por terminar su segundo grado de primaria y, a juzgar por sus buenas notas, pasaría con facilidad al tercero después de las vacaciones de verano. Además, como de verdad le interesaba la Geografía, ya había buscado la ubicación de varios puntos en el Atlas de su papá, como su propia ciudad, la tierra natal de sus abuelos maternos: Palestina, el polo norte y sur, y algunos más.

Al poco rato llegaron sus otros abuelos y sus tíos y primos. Los regalos se fueron acumulando en un rincón de la sala de estar. Hakim colocó una última caja sobre la pila y, a pesar de su deseo de inspeccionar mejor el contenido de todos esos envoltorios, su buena educación lo obligó a dirigirse al fondo, donde estaban todos reunidos tomando mate y comiendo empanadas, mientras el asado se iba cociendo despacito sobre las brasas calientes. Fue entonces cuando todos, y especialmente Hakim, comenzaron a preguntarse dónde se habría metido Samir, su adorado tío. Cuando decidieron de manera unánime que seguramente se habría retrasado por cualquier razón y que pronto aparecería, se cambió de tema. Su madre Ludmila y su padre Salvador, a quien todos en esa reunión llamaban Fadi, comentaron en voz alta, dirigiéndose a todos, qué buen chico era Hakim, tan bien educado e inteligente. Otros se unieron a ellos y aportaron sus propios comentarios, alabanzas y recuerdos en común.

Sobre el día de su nacimiento nadie comentó nada, porque ninguno de los presentes había acompañado a sus padres el día de su llegada al mundo. Hakim había nacido en Córdoba cuando su familia pasó allí una corta época por razones de trabajo. Su padre, que era ingeniero, había tenido que realizar un proyecto en esa ciudad. Al regresar a Buenos Aires, Hakim ya tenía casi un año.

Entre charla y charla, el tiempo avanzaba y la amada figura de Samir, con su enorme sonrisa, sus fuertes brazos y esa manera que tenía de hacer felices a quienes se encontraran a su alrededor, seguía brillando por su ausencia. La carne asada ya estaba a punto, pero nadie se atrevía a comenzar a comer hasta que Samir llegara. Para disipar la preocupación, Fadi abrió una botella de vino tinto y comenzó a ofrecer vasos de vino con soda a los invitados.

De súbito, una potente voz hizo que todas las cabezas se giraran al lugar de donde provenía. Allí, en la entrada posterior que daba directo al fondo de la casa, acababa de entrar Samir montado en una hermosa bicicleta, de lo más moderna. Un suspiro de alivio colectivo se oyó en el recinto, seguido de saludos en español y en árabe, sonrisas y bendiciones.

—Perdonen el retraso —dijo, tratando de controlar la falta de aliento por el ejercicio—, me pareció que sería una buena idea llegar montado en la bicicleta, para estar seguro de que está en perfectas condiciones antes de entregarla a la luz de mis ojos, mi sobrino Hakim. Solo que no calculé bien el tiempo que le llevaría a un viejo mal entrenado como yo hacer el viaje en bicicleta.

Sin saber cómo reaccionar, y apabullado por la corriente de emociones que lo invadieron al momento de observar la escena y comprender que esa increíble bicicleta sería suya, Hakim quedó petrificado por unos segundos. Luego, dio rienda libre a un estruendoso grito en el que apenas pudo articular las palabras: —¡Tío Samir! ¡Bicicleta! ¿¡Para mí!?

Su reacción causó una ola de risas entre los invitados y, ya todos reunidos y felices, saborearon el asado sin dejar de felicitar al parrillero, degustaron el vino mendocino y pasaron una hermosa velada hasta bien entrada la tarde.

Los ratos de comida y ocio se fueron intercalando con otros dedicados a la flamante bicicleta. Samir ajustó la altura del asiento para que se adaptara a la estatura de Hakim y, después de que el chico se pavoneara frente a su tío de sus capacidades como ciclista, todos salieron a la calle para verlo montar. Hakim notó con complacencia que varios de los vecinos, algunos de su misma edad, lo observaban y aplaudían.

Terminada la velada, uno de los hermanos de Samir se ofreció a llevarlo a su casa. Samir se duchó y afeitó, eligió con cuidado qué ponerse, y salió rumbo al apartamento de Sara en Villa del Parque.

Sara estaba terminando de preparar la mesa y retocar el condimento del estofado de cordero que había preparado, pensando en lo mucho que le gustaba a su Sami, cuando sonó el timbre de la puerta.

Aún entonces, después de tres años de verse todos los fines de semana y a veces incluso más, Sara sentía un temblor en el vientre, un enflaquecimiento de las piernas y un galope en los latidos del corazón cada vez que Sami se dejaba ver en la puerta de su apartamento.

Apenas abrió la puerta, él le rodeó la cintura con el brazo izquierdo y, mientras aspiraba con deleite ese aroma refrescante del agua de colonia que ella siempre usaba, depositó en la mano derecha de Sara una botella de vino tinto de San Juan de excelente cosecha. Sara puso el vino en la mesa y se volvió hacia él con los brazos en alto para llegar a ese cuello que, a pesar de la relativamente elevada estatura de Sara, se encontraba a casi veinte centímetros de distancia del suyo.

El estofado, la ensalada y el vino se vieron obligados a esperar pacientemente a que llegara su turno, porque Sami y Sara tenían cosas más apremiantes que hacer primero. Cuando llegó su tiempo, fueron una fuente de delicioso placer para ambos.

Ya saciado el hambre de amor y de alimentos, y tras hacer un poco de orden en la cocina, Sami y Sara se sentaron abrazados en el sofá de la sala de estar, donde retomaron la conversación que había comenzado durante la cena.

—¡Tenías que ver cómo se emocionó Hakim al ver la bicicleta! Se quedó sin habla por un rato, con los ojos abiertos y redondos como dos platos y esa expresión de incrédula felicidad en la cara. ¡Es de no creer, tiene exactamente tus mismos ojos!

Al oír eso, Sara dio un brinco, se desprendió del abrazo de Sami y, alejándose para mirarlo mejor, se volvió hacia él con la expresión de una leona hambrienta frente a su presa.

—¡¿Qué querés decir con eso de que tiene mis mismos ojos?!

Sami, que por primera vez veía ese tipo de mirada en Sara, deseó retroceder el segundero del reloj apenas unas líneas atrás, a tiempo para morderse la lengua antes de articular esas pocas palabras que podrían derrumbar su mundo. Sin saber cómo reaccionar, se quedó un rato en silencio mientras trataba de pensar cómo salir de esa metedura de pata lo menos lesionado posible. Sentía las flechas de fuego de la mirada de Sara quemándole la cara que, por cierto, se le puso de color púrpura.

—¡¿Qué querés decir con que tiene mis mismos ojos?! —repitió Sara, esta vez alzando más la voz, por si su pregunta no hubiese quedado lo suficientemente clara la primera vez.

—Calmate, Sara. ¡Por favor! —Fue lo único que consiguió decir Sami cuando logró articular palabra. Lo cual, según pudo constatar de inmediato, resultó ser la peor reacción que podía haber escogido.

—¡¡NO ME VENGAS CON QUE ME CALME!! —Esta vez, el grito de Sara fue ensordecedor y le desgarró la garganta. Sami pudo ver las venas hinchadas de enfado, ofensa e indignación aflorándole en el cuello y en la frente que, además, estaba surcada de gotas de sudor— ¡No es eso lo que te pregunté!

En un esfuerzo por controlarse, Sara respiró hondo y bajó el volumen de la voz hasta llegar a un murmullo que, a oídos de Sami, resultó más amenazante que sus gritos: —Te repetiré la pregunta una última vez, y exijo una respuesta honesta: ¿Qué quisiste decir con eso de que tiene los mismos ojos que yo?

Sin decir palabra, Sara se levantó del sofá y se dejó caer pesadamente en el sillón anaranjado situado en el lado opuesto de la sala. Acto seguido, mientras se acomodaba con los codos apoyados en la mesita que los separaba, y reposaba el mentón en sus manos entrelazadas, Sara lo miró como uno de esos inspectores de las películas miraría a su interrogado.

Sami se sintió de pronto como un niño pillado en una grave travesura, pero peor. Comprendió que no tendría más remedio que «cantar» toda la verdad. En ese momento no supo calcular cuán lejos llegarían las consecuencias de ese desliz de la lengua o, peor aún, de no haber entendido antes que no podría mantener ese secreto oculto de manera permanente.

—¿Por dónde empezar?— preguntó Sami, mirándola a los ojos.

Sara se esforzó para sobreponerse a la ternura que le causaba su pregunta y su mirada triste y avergonzada, y mantener el tono severo y exigente.

—¡Por el principio! —Le contestó Sara, con gélida frialdad y sin ningún miramiento.

—El principio, el principio... Bien... —Sami buscaba con desesperación las palabras que lograran apaciguar a Sara, aunque sea un poco, pero sin faltar a la verdad—, cuando me dijiste que estabas embarazada y no aceptaste la solución de que nos casáramos ni la de abortar, yo tuve una charla con mi mamá, al igual que vos, de la cual solo salí vivo por el poder de la providencia. Mi mamá se lo tomó como si lo hubiese hecho a propósito para causarle pesar. «Que cómo podía haberle hecho eso, que cómo de todas las mujeres del mundo, justo una judía de una familia sionista y, encima, dejarla embarazada. Que si no sabía yo que los judíos habían usurpado las tierras de los palestinos», y así sucesivamente. Hasta acá, no te estoy contando nada nuevo, lo sé, pero como me dijiste que empezara desde el principio... Después, vos me viniste con la noticia de que tu mamá, una vez calmada de su propia frustración, desesperación y pesar, en ese orden, había elaborado una solución que a vos te parecía la mejor de todas las opciones posibles: pasarías una época en Córdoba hasta que naciera el bebé y, apenas nacido, lo entregarías en adopción a una pareja bastante adinerada y de buena familia que, tras años de intentos fracasados, se moría de ganas de abrazar un hijo y había decidido adoptar. Esa pareja, te convenciste, sería capaz de otorgar a nuestro bebé una buena infancia y mucho amor. Y así quedó decidido. El corazón se me destrozó cuando entendí que nada haría que cambiaras de opinión y que, probablemente, lo nuestro no tendría ningún futuro común. En esa misma época, mi hermana Ludmila y su esposo Salvador se encontraban por casualidad en Córdoba, por un proyecto de ingeniería que estaba llevando a cabo mi cuñado. Al principio, nada de eso me pareció sospechoso. Incluso algo más tarde, cuando mi mamá me comentó que Ludmila y Salvador habían aprovechado el tiempo pasado en Córdoba para adoptar un bebé, no até cabos ni sospeché nada. Solo cuando volvieron a Buenos Aires y vi al bebé empecé a sospechar. Me dirigí a mi mamá y traté de sonsacarle algo de información, pero sin ningún éxito. Le pregunté sobre ello repetidas veces, pero ella seguía asegurándome que ninguna de mis sospechas tenía base en la realidad y que todo era pura casualidad e ideas mías. Cuando Hakim cumplió cuatro, su parecido con vos y conmigo se hizo tan evidente para mí, que eso de la casualidad ya no me convencía. Para entonces, había ganado bastante altura y pude ver que tenía tus ojos verdes con la forma almendrada de los míos, y una tez algo más oscura que la tuya y más clara que la mía. Además, había entonces y aún ahora algo más que nunca pude descifrar o definir, pero que siempre me recuerda a vos.

—¿Y? —Preguntó Sara, que ya había cambiado su posición en el sillón a una postura más relajada, apoyándose hacia atrás con los brazos cruzados. En ese punto, no sabía qué estaba más: si feliz por saber de su hijo, o frustrada e indignada por el hecho de que su Sami le hubiera ocultado esa información tan crucial para ella, hasta el extremo de que solo había llegado a sus oídos gracias a un descuido de Sami.

«¿Cuánto tiempo más me habría ocultado ese secreto, a no ser por este fortuito desliz de la lengua?» se preguntó Sara, temiendo que la respuesta fuera, y quizá era, «por siempre».

—Bueno —prosiguió Sami—, cada tanto volvía a bombardear a mi mamá con preguntas, con la esperanza de que me revelara algo, pero el resultado era siempre el mismo: una negativa rotunda y constante a mis argumentos. Un día, se me ocurrió la idea de dirigirme a mi papá, quien llegó a sorprenderme por la relativa facilidad con la que admitió que la realidad era tal y como yo sospechaba. Gracias a él, supe a ciencia cierta todo lo ocurrido: tu mamá y la mía se encontraron varias veces y tramaron todo juntas. Tu mamá habló con su amiga de Córdoba para arreglar tu estadía allí hasta después del parto, y también con tu patrón Saúl para que te diera empleo durante el tiempo que pasaras allí. Mi mamá se encargó de contratar a un abogado cordobés de confianza para arreglar todos los papeles para la adopción. A mi hermana y a mi cuñado se les dijo que mamá había encontrado un abogado que podría ayudarlos a cumplir el sueño de adoptar un bebé recién nacido, sin revelarles, hasta el día de hoy, quiénes eran sus padres. Pese a las diferencias de cultura, historia y religión, nuestras madres colaboraron en completa armonía a la hora de decidir nuestros destinos y el de nuestro hijo. Si bien no dudo de sus buenas intenciones, no puedo evitar sentir cierto rencor hacia ellas por ello.

Finalizado el monólogo de Sami, Sara negó con la cabeza cuando él la invitó con un gesto a sentarse junto a él. Sentía que un abismo se acababa de abrir entre ellos. Luego, como por inercia, siguió girando la cabeza despacio, de izquierda a derecha y viceversa, con los ojos cerrados.

Un rato después, Sara retomó la palabra.

—Estás equivocado en el tema del rencor hacia nuestras madres —dijo—. Yo también lo sentí al principio, cuando pensé que mis padres me «obligaron a hacer» lo que hice. Pero luego comprendí que, al fin y al cabo, nuestras acciones y decisiones fueron exclusivamente nuestras. No nos encerraron ni encadenaron. Solamente nos convencieron. Podíamos haber hecho cualquier otra cosa. Lo que en cierto modo más nos encadenó fue la lealtad familiar, quizá tribal, de cada uno de nosotros. Pero siempre fue nuestra decisión y nuestra responsabilidad elegir cómo proceder. En cuanto a la información que me acabas de dar, de la cual concluyo que tu adorado «sobrino» Hakim es en realidad tu…, mi… nuestro hijo, si hago bien las cuentas, entiendo que cuando nos encontramos por segunda vez, hace unos tres años, allá en la calle, vos ya lo sabías.

Sami se miró las manos, que no cesaban de jugar con una tortuga hermosamente labrada en madera que había sobre la mesa. Luego, la miró a los ojos.

—Sí, ya lo sabía.

—Y, digo yo, de todas las veces que te comenté cómo me gustaría saber de él, qué feliz me haría saber que está vivo, que tiene una buena infancia, ¿ni una sola vez se te ocurrió pensar que quizá sería bueno y justo que me lo contases? ¿Y vos, mientras tanto, ibas y te lo llevabas a pasear, lo abrazabas y mimabas «como si fuera tu propio hijo»?

—Pero, ¿no te dije miles de veces que estaba seguro de que estaba bien?

—¡Vamos! ¡No te pases de listo! ¡Sabés muy bien que lo decías como quien lo presiente, no como quien lo sabe! A no ser por ese descuido al hablar que yo, por cierto, no dejé pasar desapercibido, ¿nunca me lo hubieras contado?

—No sé, Sara… qué te puedo decir. Cuando se lo sonsaqué a mi papá, le juré que jamás revelaría el secreto. Nadie más lo sabe, ni mi hermana es consciente de que está criando a mi hijo, ni

Hakim sabe aún que es adoptado, y no estoy seguro de que se lo cuenten algún día... ¿Cómo podía decírtelo? ¿Y si hubieses querido recuperarlo? Además, cuanto más gente sabe algo, más difícil es guardar un secreto. ¿Y si se te escapaba por error, como me acaba de ocurrir a mí, y llegaba a los oídos de más personas y quizá, finalmente, a los de Hakim?

Un silencio estridente volvió a apoderarse del recinto. Como si el cráneo de Sara fuese invisible, Sami pudo ver claramente cómo giraban las ruedas del mecanismo de su cerebro al procesar las olas de información que acababa de recibir.

Sara abrió la boca para hablar y volvió a cerrarla. Pensó un rato más y, cruzándose de piernas y manos, con la mirada puesta fijamente en él, se dispuso a expresar sus conclusiones.

—O sea que, si interpreto bien tus palabras, nunca me tuviste confianza en dos ámbitos: uno, pensando que yo podría ser tan egoísta como para «querer recuperarlo»; y dos, temiendo que pudiera descuidarme, como lo acabás de hacer vos mismo, y se me escapara el secreto. Aunque no sé qué sentido puede tener esto ahora, te informo de lo siguiente: no sería capaz de hacer nada por egoísmo que pudiera dañar de alguna manera a mi hijo y, además, es muy posible que sepa guardar los secretos mejor que vos.

Sami quiso contestar, pero no supo qué. Presintió que, en ese preciso momento, nada que dijera sería bien interpretado por ella. No entendía cómo un día que había comenzado tan feliz y esplendoroso, con su viaje en bicicleta al cumpleaños de Hakim y los placenteros momentos con Sara, podía concluir de esa manera tan atroz y deprimente.

Sara parecía exhausta, como si acabara de correr un maratón. Dejó que su cuerpo se deslizara hacia abajo en el sillón, como si fuera uno de esos relojes derretidos de Dalí. Luego, dejó caer los brazos casi inertes a ambos lados. Tras sopesar mucho lo que iba a decir, pronunció despacio, como deletreando, las palabras que resonaron en la sala como si llegaran de ultramar.

—Quiero conocer a ese chico. Y, aunque sea una sola vez, lo quiero abrazar, conversar con él, olerle el cabello y verlo jugar.

Eso era exactamente lo que Sami más temía.

—No sé cómo se puede hacer eso —dijo Sami, con un evidente temblor en la voz—. Él tiene sus padres, que son excelentes. Ellos no tienen parte ni culpa en todo esto. Lo único que hacen es amarlo y educarlo. No sería justo para ellos ni para Hakim que el mundo se les pusiera así, de pronto, patas arriba.

Sara tardó en responder. Cuando lo hizo, su voz sonó a los oídos de Sami como si proviniese de otra persona.

—Me ofende que aún pienses que yo sería capaz de hacer algo que pudiera dañar a Hakim, o incluso a sus padres adoptivos. Pensé que me conocías mejor. De todos modos, no sé cómo, pero quiero que arregles lo que haga falta para que pueda verlo de vez en cuando, aunque sea de lejos, y mantenerme informada de su crecimiento.

Tras una larga pausa en la que reinó el más profundo silencio, ambos se estremecieron al escuchar el estrepitoso ruido que hizo la confianza que había existido entre ellos al caer al suelo y hacerse añicos.

CAPÍTULO 14

Kfar Saba, Israel, lunes 29 de abril de 2019

Tamara tocó el timbre del apartamento de Matilde a las doce en punto, exactamente a la hora que habían acordado el día anterior. Al hacerlo, recordó con una media sonrisa que muchos de sus amigos y conocidos israelíes le decían que su puntualidad «alemana» era exagerada en Israel, un país que, al fin y al cabo, es parte del Oriente Medio. La tachaban de «*yekke*», un apelativo bastante despreciativo basado en el enfoque de que la puntualidad y el estricto acatamiento a las reglas es una especie de estancamiento que no da rienda suelta al pensamiento creativo que otorga la espontaneidad. De todos modos, así era ella y no tenía planes de cambiar en ese sentido. Al abrir la puerta, Matilde la abrazó y le estampó un ruidoso beso en la mejilla izquierda. Su piel desprendía aromas de ajo, cebollas y diversas especias. Tamara presintió que, indudablemente, el almuerzo contendría algún tipo de salsa de tomates.

—¡Hola, Matilde! ¡Qué bien te ves! ¡Y qué aromas deliciosos salen de tu cocina! Ya se me está haciendo agua la boca…

—¡Gracias, mi amor! —respondió, mientras la alejaba un poco para observarla mejor y volvía a abrazarla— Bueno, no creo que se me vea tan bien como decís, pero sí reconozco que nuestra conversación de ayer y tu visita de hoy me reconfortaron algo el ánimo —dijo, al tiempo que se secaba las manos con un repasador con imágenes de mates que estaba enganchado a un delantal cubierto de paisajes de los Andes y la leyenda «Recuerdo de Mendoza»—. Pero, si me permitís que te sea sincera, a vos se te ve horrible —continuó, bajando la voz y mirándola a los ojos—:

parecés un fantasma, estás lívida y con ojeras. Además, seguro que bajaste de peso. Cuando te abracé, me pareció que estaba abrazando un esqueleto. Perdoname que te hable así, pero ya me conocés: no suelo tener pelos en la lengua, y menos cuando se trata de personas que realmente me importan.

—¿De veras? —preguntó Tamara, mirándose al espejo de la entrada con un gesto entre ofendido y divertido— La verdad es que no me había dado cuenta. Y, si alguien en mi entorno lo notó, no me dijo nada al respecto. De todos modos, tenés razón. La muerte repentina de mamá me dejó fuera de cancha. Además, me están ocurriendo cosas muy raras. Es mucho lo que tengo que contarte. Lo que estoy viviendo en estos momentos se parece al efecto de dominó, movés una ficha y las demás se van cayendo una tras otra. O como los castillos de naipes que erigía cuando era chica. A mi hermano Daniel le encantaba sorprenderme cuando estaba llegando a los últimos pisos, los más estrechos y que más atención requerían y, con ayuda de una ramita, movía apenas un poco uno de los naipes de la base. De ahí, por más que yo intentaba recolocarlo y salvar el edificio, era en vano. Al poco rato, estaba todo derrumbado en el suelo, y yo llorando y con ganas de matarlo.

—Mirá —dijo Matilde, que deseaba escuchar todo con calma y primero prefería quitarse de encima los trajines de la cocina —, tengo todo listo. Te preparé ñoquis con salsa napolitana y milanesa con ensalada de lechugas. Recuerdo que era lo que más te gustaba cuando eras chica. Sentémonos a comer, luego nos acomodamos en la sala con un buen café y me contás todo. Las historias se cuentan mejor y se escuchan con más atención con el estómago lleno. ¿Qué te parece?

—Me parece estupendo. No desayuné y tengo bastante apetito. Y sí, esa combinación de platos sigue siendo una de mis preferidas hasta el día de hoy.

Matilde rechazó rotundamente todo intento de Tamara de darle una mano, ordenándole con determinación que se sentara en la sala de estar hasta que sirviera el almuerzo. Obediente, Tamara hizo lo que se le había ordenado y, sin tener nada mejor que hacer, se puso a leer el diario en su móvil, el cual la dejó tan triste y desesperanzada como de costumbre.

Siempre tenía ese deseo ilusorio y utópico de que algún día declarasen que acababa de «estallar la paz» entre Israel y sus vecinos, incluyendo Palestina. En cambio, lo que le revelaban las noticias era que seguían las matanzas e injusticias por parte de todos los bandos. Entonces, como una niña esperando la llegada de un Santa Claus que brillaba por su ausencia, volvía a sentirse nueva y eternamente decepcionada. Y a eso también se sumaba todo lo que le había estado ocurriendo en los últimos días.

Mientras tanto, Matilde terminó de condimentar la ensalada y freír las milanesas, coló los ñoquis y les vertió la salsa, esparciendo sobre ella una abundante cantidad de queso parmesano. En cosa de diez minutos estaba todo listo, humeante y decorosamente ordenado sobre la mesa del comedor.

—¡Vamos, niña! —exclamó, mientras se quitaba el delantal y se lavaba y secaba las manos—, ¡Vení a comer, que no vaya a enfriarse la comida!

Con mucho menos apetito que cuando había llegado, por haber leído las noticias y recordado todo lo que había descubierto o creído descubrir el día anterior, Tamara se sentó a la mesa determinada a echarse encima el mejor humor que pudiese y disfrutar del almuerzo y de la compañía de Matilde.

Mientras comían, no abordaron en absoluto el tema que se cernía sobre las cabezas de ambas como una mosca tediosa. Tal como lo habían acordado de antemano, prefirieron tratarlo con la debida atención después de comer.

Tamara puso al tanto a Matilde de su nuevo nieto, de lo bien que le estaba yendo a David con su arte, y de lo mucho que había disfrutado toda la familia ese último fin de semana, cuando tanto Omer como Hagar y su familia habían llegado al hogar paterno para la cena de *Kabalat Shabat*. A su vez, Matilde contó a Tamara sobre su reciente visita a la Argentina, lo mucho que seguía amando a ese país a pesar de haberse mudado a Israel, y de la remota, pero existente posibilidad de volver a Buenos Aires para estar cerca de uno de sus hijos y pasar más acompañada los años que le quedaran por vivir.

Ya acomodadas en dos mullidos sillones y sosteniendo sus humeantes tazas de café, Tamara se acarició la barriga en círculos mientras se relamía y felicitaba a Matilde por el delicioso almuerzo.

—Vamos, no me adules en vano —dijo Matilde echándose hacia atrás en el sillón y mirándola de soslayo—, ambas sabemos que las milanesas estaban demasiado fritas, los ñoquis tenían una textura pésima y la salsa estaba demasiado aguada. Menos mal que rayé suficiente parmesano, así se notó menos. Nunca conseguí cocinar tan bien como tu mamá.

—No es verdad, Matilde. Admito que mi mamá era una cocinera fuera de lo común, pero tu almuerzo estuvo exquisito.

Tras algunos comentarios triviales más, dichos sobre todo para aliviar la tensión, un silencio incómodo se apoderó de la estancia; como si ninguna supiera cómo proseguir desde ese punto.

Tamara tenía mucho lo que compartir y sentía que el mundo que conocía se le estaba derrumbando trozo a trozo, pero no sabía qué revelar de lo que había averiguado, cuánto más sabría sobre ello Matilde —suponía que mucho— y si era del todo conveniente discutir el tema con ella.

A su vez, Matilde presentía que Tamara, de alguna manera, se había enterado del pasado oculto de Sara o de parte de él, pero no sabía cuánto habría descubierto ni cómo o por qué, y no quería ser ella quien le revelase retazos del pasado de su amiga sin que Sara en persona le hubiese dado permiso para ello de forma explícita.

Fue Tamara quien finalmente tomó la palabra.

—Sé con certeza que mi mamá no tenía secretos con vos.

Matilde tragó saliva.

—Es verdad —admitió.

—Como bien sabés, no creo en fantasmas. Sin embargo, sentí en dos ocasiones que mamá se me aparecía y me informaba de circunstancias completamente nuevas e impensables para mí.

—¡La muy sinvergüenza! —exclamó Matilde mientras se golpeaba el muslo con la palma de la mano— ¿Te vino a ver a vos y a mí no? ¡Es de no creer! ¿Qué te contó? —preguntó, con el corazón en el puño.

—La primera vez, solo me dijo que tuvo que venir porque necesitaba ponerme al tanto de ciertas circunstancias. Me aseguró que solo ahora comprendía qué gran error había sido no habérmelas revelado antes. No sé si esas fueron las palabras exactas, pero es lo que entendí. Ocurrió cuando acaba de salir de la ducha en su departamento, después de hacer orden en sus cosas. Me aseé con su jabón y me apliqué un poco del agua de colonia que ella siempre usaba, Heno de Pravia, ¿te acordás?

—¿Cómo no me voy a acordar? Ese aroma refrescante siempre se le adelantaba dondequiera que fuese. Con el tiempo, se convirtió en una parte inseparable de su personalidad. Uno podía saber que Sara se estaba acercando solo por su aroma. Se enamoró de ese perfume cuando tenía quince años. Una de sus tías se lo trajo como regalo de cumpleaños y ya nunca dejó de usarlo. Desde que llegó a Israel, como acá no se conseguía, siempre se cuidaba de mantener existencias suficientes para que no le faltara. Cada vez que viajaba, se traía unos cuantos. Además, si se le presentaba la oportunidad, pedía a sus amigas que se lo trajeran del extranjero. Yo misma acababa de traerle dos frascos cuando volví de la Argentina, pero entonces me enteré de que ya no tenía a quién darlos... —dijo, con la voz quebrada— Por cierto, te los podés llevar. Pero, dale, seguí... que me tenés en ascuas.

—Bueno, me dijo que era imperioso que me pusiera al tanto de ciertos hechos, y que yo debería echarme encima un poco de su perfume cada tanto para que ella viniera a verme. De lo más descabellado. También me dijo que, fuera de sus jabones y perfumes, y de las fotos de la familia, donara todas sus pertenencias a algún organismo de beneficencia, porque a ella nada de eso le hacía falta ya.

—Y, ¿le hiciste caso?

—¿En eso de donar todas sus pertenencias? Lo llevé a cabo de inmediato, sin pensármelo dos veces.

—No, lo de ponerte el perfume para que volviese —aclaró Matilde, alzando los ojos al cielorraso.

—¡Ah! Eso... en realidad, una vez más. El viernes. Fue entonces cuando me contó todas esas historias que son para mí cien por ciento inverosímiles. Ni siquiera sé si las escuché de verdad con mis oídos. Fue más bien como si todas esas piezas de información se me hubiesen ido depositando en el cerebro directamente, sin filtros ni intermediarios. No sé cómo explicarlo.

—Pensándolo mejor —dijo Matilde, pensativa—, me retracto de regalarte los frascos de Heno de Pravia. Primero, quiero ver si me dan resultado a mí también, que tengo varias cosas que preguntarle a esa bandida sinvergüenza... Pero, ¿qué te dijo? —La azuzó Matilde, que sentía que se le estaba acabando la paciencia.

—No sé si puedo afirmar que haya dicho algo. No obstante, cuando su presencia se esfumó, yo tenía consciencia de hechos completamente nuevos e inconcebibles. Uno: el gran amor de su vida no fue papá, sino otro hombre, a quien conoció mucho antes que a él y con quien mantuvo cierta relación durante toda su vida. Dos: ese hombre de quien se enamoró en su juventud era un árabe musulmán de origen palestino. Tres: del amor de ambos nació un bebé, que fue adoptado y creció en el seno de una pareja musulmana, sin enterarse jamás de su ascendencia judía.

Cuatro: un hijo de ese chico que tuvo con *aquel hombre,* o sea, un nieto de Sara, es un español musulmán. Antes de morir, Sara estaba muy preocupada por él, tras enterarse de que «ese nieto suyo» se estaba volviendo cada vez más fanático en sus creencias religiosas y en su odio hacia Israel y los judíos.

El olfato de Matilde detectó claramente el hedor venenoso que destilaba el discurso de Tamara. Era entre amargo y agrio, lleno de decepción y resentimiento, con reminiscencias del olor a sangre que se desprendía de su corazón herido. Sintió una profunda pena por la hija de su mejor amiga. Su mundo ordenado y perfecto se estaba desvaneciendo, haciéndose trizas, junto con la imagen que había tenido de su mamá.

Tras una pausa, Tamara respiró hondo y prosiguió.

—Hay más —dijo, con un hilo de voz tan poco audible, que Matilde tuvo que acercarse para escuchar—. Hay algo más que no consigo digerir y me cuesta horrores poner en palabras. Según creí entender, el padre que conocí toda mi vida, no es mi papá. Yo también soy hija de *ese hombre.*

—Pero, ¿por qué creés al pie de la letra todas esas historias si, como acabás de declarar, no creés en los fantasmas ni en la vida después de la muerte? ¿No es posible que tu mente, aún doliente por la triste y repentina pérdida, te esté haciendo ver y oír cosas que no son reales? —aventuró Matilde, con la esperanza de que pudiera aliviarle el dolor al ayudarla a ignorar o rechazar la verdad.

Sin pronunciar palabra, Tamara fue a buscar su cartera, que había colgado del gancho de la puerta al entrar. Luego, regresó al sillón y la depositó en su regazo. Matilde comprendió inmediatamente que cualquier intento de seguir ocultando la verdad sería en vano.

Lentamente, Tamara extrajo de su cartera el móvil de Sara, abrió la aplicación de WhatsApp y comenzó a leer en voz alta, uno tras otro, los mensajes intercambiados entre su madre y *ese hombre,* cuyo nombre ya conocía a estas alturas.

CAPÍTULO 15

Mar del Plata, Argentina, octubre de 1966

Cuando el pequeño Daniel tenía poco más de un año, José se encontró por casualidad con Débora, una conocida de su pueblo natal. Desde entonces, los dos compatriotas siguieron viéndose con una frecuencia cada vez mayor. Eso les daba la oportunidad de hablar de su pasado común, de recordar imágenes, sonidos y olores de su infancia, y de sumergirse juntos en el dolor que les causaba haber perdido todo lo que había constituido sus vidas hasta la llegada del monstruo de la guerra. Débora, que también había perdido a todos sus familiares en ese periodo, no había rehecho su vida y se negaba rotundamente a traer hijos a este mundo.

En varias ocasiones, la vieja-nueva amiga de José había sido invitada a cenar con ellos, y a Sara le pareció que no venía sola, sino que llegaba acompañada de todo un séquito de personajes europeos de una época lejana y oscura.

Al principio, Sara vio con buenos ojos que su esposo hubiese encontrado con quién compartir cosas que muy difícilmente podían ser comprensibles para ella, que no conocía su aldea europea ni había vivido el infierno de la guerra en carne propia.

Sin embargo, cierto día presenció anonadada cómo, sin ningún previo aviso, un gran número de fantasmas comenzó a llenar cada milímetro de su hogar.

El primero fue el de una joven y bella mujer que se sentó en el sofá de la sala de estar abrazando su voluminoso abdomen. Un gran pañuelo anudado por encima de la nuca le cubría la cabeza, y tenía la mirada perdida y una sonrisa inexplicable en los labios. Sara no tardó en comprender que se trataba de Simja, la esposa de José, que había muerto embarazada durante el holocausto.

Poco tiempo después de la primera aparición, vio a la misma mujer en la mesa del comedor, pero esta vez con el bebé ya nacido en sus brazos. Más adelante, el bebé gateaba por la casa y luego también caminaba. Ese hijo fantasma de José no tenía nombre propio, porque nunca tuvo la oportunidad de nacer en la realidad: existía y crecía en la imaginación de José.

Sara decidió aceptar en su hogar con amor a Simja y a su bebé, comprendiendo que no podría obligar a José a separarse de ellos por segunda vez. Eso definitivamente lo destrozaría.

Pero, poco después, cuando las habitaciones comenzaron a llenarse de más y más espíritus de todas las edades, vestidos a la vieja moda europea y hablando el idioma *yiddish* que ella no entendía, comenzó a sentirse una intrusa en su propio hogar. Para colmo, Simja comenzó a acurrucarse en la cama matrimonial, entre ella y José, abrazada a su hijo, haciendo que cualquier tipo de intimidad entre Sara y su esposo se volviese imposible.

Durante varias semanas se abstuvo de abordar el tema con José. Consideró que era mejor dejar que las cosas siguieran su rumbo, con la esperanza de que esa multitud de fantasmas que llenaban cada rincón de su hogar fueran desapareciendo poco a poco con el tiempo. También creyó que, eventualmente, huirían espantados de las risas sonoras y vitales de Daniel, así como de sus correteos por toda la casa, lo que tampoco ocurrió.

Desde el encuentro con Débora y la aparición de los fantasmas, José dejó de ser el hombre que ella había conocido y con quien había decidido formar una familia. O así era, al menos, en la casa de ambos.

Sara había notado con sorpresa que ese cambio en él no se evidenciaba durante las jornadas de trabajo en los pasillos y oficinas de la empresa. Ella no sabía bien por qué, pero los fantasmas de José se abstenían de llegar a ese lugar.

Si bien desde el nacimiento de Daniel ella ya no trabajaba allí de manera fija, seguía acercándose de vez en cuando con su bebé en brazos para supervisar y dar consejos a su suplente. Así pudo constatar que, en la empresa, José seguía siendo el de siempre. Llevaba las riendas del negocio con su eterna eficacia y sentido comercial, se comunicaba con los empleados con simpatía y humor, e incluso dedicaba a ella y a Daniel algunas frases atentas y cariñosas. No obstante, durante las tardes, ya en su casa, era transportado por los fantasmas a su aldea ucraniana natal.

Esos viajes en el tiempo no eran siempre sombríos. Algunas veces aterrizaba en épocas previas a la guerra, cuando su aldea judía rebosaba de vida y optimismo. En esos casos solía relatar a Sara anécdotas de su familia y su escuela, de cuándo y cómo se conoció con Simja, de las costumbres y comidas judías de aquellos tiempos, y también del revisionismo que comenzó a invadir su barrio judío con las ideas sionistas y socialistas que se iban arraigando en diferentes grupos de jóvenes.

Pero, en otras ocasiones, cuando los fantasmas lo transportaban a la época de la invasión nazi, los pogromos, el gueto y el campo de concentración, el José que ella conocía y que había aprendido a querer desaparecía: tomaba su lugar un hombre taciturno, desilusionado de la vida y pesimista, que prácticamente no la miraba. Durante la cena comía poco y sin ganas. Masticaba despacio, con la mirada perdida… y, pese a los intentos de Sara de animar la conversación, casi no le hablaba.

En esos casos, ella lo dejaba solo con Simja, con su hijo no nacido y con el resto de sus fantasmas, y se dedicaba de lleno a las charlas con Daniel que, a pesar de su corta edad, ya sabía hacerse entender (al menos para ella) y absorbía con deleite y avidez todas las palabras que su madre articulaba.

Al verse derrotada por los fantasmas en su propia casa, Sara optó por esquivarlos y seguir con su rutina. Durante las mañanas, mientras pasaba el plumero por los muebles y fregaba los pisos, cantaba canciones de *The Beatles*, tangos o alguna que otra canción israelí moderna, con la intención de que los intrusos entendieran que esa casa no se encontraba en el barrio judío de un viejo pueblo ucraniano ni estaba situada en los años treinta o cuarenta, sino en la Argentina de la década de los sesenta. Quería dejarles claro que se encontraban en una era moderna y pacífica que estaba dejando atrás las guerras, el antisemitismo o cualquier tipo de racismo; en la que el pueblo judío había por fin regresado a su tierra ancestral, e incluso contaba con su propio ejército y era capaz de protegerse de cualquier mal. Así pues, los honorables fantasmas podían permitirse descansar en paz o, como alternativa, adaptarse a los tiempos modernos. Ellos la miraban de reojo, encorvados en sus negros abrigos europeos y, con las caras muy cerca unas de otras, se susurraban entre sí palabras en *yiddish* que, aunque no las comprendía, podía deducir por el tono y las miradas que no eran muy aprobatorias. Sara presentía que la tildaban de tonta o ingenua.

Por las tardes, mientras leía un libro o preparaba la cena, Sara ponía la televisión a todo volumen, siempre con la intención de hacerles entender que los tiempos habían cambiado. No obstante, lo único que conseguía era que todos los espíritus, cuya cantidad desconocía por haberse cansado de contar y recontar, se arrinconaran en el hueco debajo de las escaleras. Apretujados en ese pequeño espacio, se tapaban los oídos con las manos y hacían exageradas muecas de sufrimiento, hasta que ella se apiadaba de ellos y apagaba el estruendoso aparato.

Sara comenzó a digerir la idea de que esa sería su vida en adelante, junto a un esposo que se alejaba de ella más y más, envuelto en los recuerdos y los fantasmas del pasado.

No teniendo con quién mantener una conversación de adultos en su entorno, comenzó a habituarse a usar el teléfono no solo para transmitir mensajes cortos, como acostumbraba hasta entonces, sino también para charlar con su amiga Matilde y, más de vez en cuando, con sus padres o con Sami. Al fin de cuentas, José ganaba bien y podía permitirse ese lujo.

A Matilde le contaba absolutamente todo. Ella la escuchaba y le daba consejos que Sara seguía al pie de la letra. Sin embargo, los espíritus miraban los ajos y las castañas que ella esparcía con expresión divertida, como si les hiciera gracia, y sin ninguna intención de entender la indirecta y marcharse de la casa.

Tampoco hicieron efecto las recomendaciones expertas de su amiga para seducir a José abriendo un poco más el escote o poniéndose una doble dosis de su perfume que —Sara intentó, sin éxito, ahuyentar ese recuerdo— siempre enloquecía a Sami.

José simplemente no la veía. Estaba enfrascado en el pasado. Por las noches, con Simja y el bebé entre ambos, se daban la espalda y, tras un seco «buenas noches», cada cual se atrincheraba en su lado de la cama matrimonial. Todo señalaba que la vida amorosa del matrimonio languidecía día a día sin esperanza de mejoría, y Sara no sabía qué hacer al respecto.

Por suerte, Daniel sí lograba que José volviera al presente. En ocasiones miraba a su hijo vivo con amor nostálgico, e incluso le leía cuentos o jugaba con él a los trencitos y cochecitos que sacaban de una gran canasta. En esos momentos, Sara incluso lo oía reír.

Después de la dura separación y el casamiento de Sara con José, ella y Sami mantenían una relación más o menos amistosa, en la que solo daban cabida al tema de Hakim. Solían comunicarse por teléfono cada varias semanas y hablaban casi exclusivamente de su hijo común.

Sara atesoraba en el recuerdo la nítida imagen de Hakim jugando al fútbol o charlando animadamente con Sami en un parque urbano, tal como lo había visto más de dos años atrás. Desde que vivía en Mar del Plata, ya no podía verlo furtivamente cuando «tío y sobrino» se reunían en el parque, así que absorbía sedienta todos los detalles sobre cómo le iba en la escuela, quiénes eran sus amigos, en qué se interesaba, sus proezas en el fútbol y en los deportes en general.

Si bien desde el último y lúgubre encuentro que tuvieron como pareja había quedado claro que Hakim era en realidad el hijo de ambos, en sus charlas siempre se referían a él como al sobrino de Sami. Querían evitar la posibilidad de que, por descuido, se refirieran a él como lo que realmente era frente a otras personas. Además, trataban de eludir cualquier alusión a su pasado amoroso e intentaban mantener una conversación de naturaleza amistosa, como si fueran amigos de la infancia o de la universidad.

Pese a ello, cuando Sami le comentó que estaba considerando comprometerse con una chica que su madre le había hecho conocer, Sara no pudo evitar sentir un cuchillazo en pleno corazón. Escuchó con atención y se esforzó por fingir un sentimiento de alegría desinteresada que no sentía en absoluto. Inmediatamente después, se sorprendió a sí misma comentándole que su relación con José andaba por mal camino.

Sami le aseguró que lo sentía y que, en la primera oportunidad que tuviera, iría a visitarla en Mar del Plata. Ella asintió y buscó una excusa para dar término a la conversación lo antes posible, presintiendo que había comenzado a tomar un rumbo peligroso. Balbuceó algo acerca de que había llegado la hora del baño de Daniel, y cada uno de ellos cortó el teléfono haciendo un esfuerzo para que sus respectivas voces no delataran los alocados latidos de sus corazones.

En las conversaciones telefónicas con sus padres, Sara no mencionaba los problemas que estaba experimentando en su relación con José, y se limitaba a describir con lujo de detalles cada nuevo adelanto de Daniel en el hablar, caminar, en su altura y peso, y así sucesivamente.

Cuando su madre la llamó para avisarle de que ella y papá tenían pensado ir a pasar el próximo fin de semana con ellos en Mar del Plata, Sara entendió de inmediato que tendría que disuadirla de su plan con diplomacia. No tenía duda de que el sexto sentido de su madre percibiría lo que estaba ocurriendo en su hogar. Además, estaba segura de que su madre aprovecharía la visita para mirarla a los ojos y aclararle que era ya hora de que trajera al mundo un hermanito para Daniel. «Ya estás por cumplir los treinta y tres, —le diría—, y si no te apurás, ya no lograrás quedar embarazada». Sara sonrió para sí, tratando de imaginar cómo reaccionaría su madre si le dijera que le va a costar mucho quedar embarazada con el fantasma de la fallecida esposa de José durmiendo por las noches en su cama, acurrucada con su bebé entre los dos. Mientras escuchaba el parloteo de su madre, Sara concluyó que, definitivamente, ese no era el momento adecuado para recibir visitas, y menos de sus propios padres.

—Esperá, mamá, que de tanto hablar a borbotones no me dejás pensar. Se me ocurre que preferiría ir yo a casa en vez de que vengan ustedes. De todos modos, tengo muchas ganas de ver a Matilde y otras amigas, a Saúl y a mi antigua oficina. Además, si paso el fin de semana en casa, podríamos reunirnos toda la familia, y así podré ver a mis hermanos y sobrinos que hace tanto que no veo.

—Me parece estupendo —dijo Miriam, pero seguidamente preguntó, con un dejo de preocupación: —¿Pero, José no vendrá con ustedes?

—No, mamá, él está muy ocupado. Acaba de llegar una nueva tanda de textiles que hay que clasificar y comenzar a distribuir. Tiene mucho trabajo. Mejor voy yo sola con Daniel, así tendremos más oportunidad de intimidar. Además, como yo no trabajo, me podría quedar unos días más, siempre que me traten bien —dijo, riendo.

—Pero... —comenzó a decir Miriam.

—¡Sin peros! —la cortó Sara—. El jueves me tomo el autobús y me voy a casa. Prepará muchos alfajores y empanadas... Chau, me voy corriendo que tengo mucho que hacer.

El pecho de Sara se ensanchó al doble de su volumen normal para dar cabida a esa nueva esperanza de volver a reír de verdad, de respirar aire puro, de ser mimada por sus padres... «Y, quién sabe —pensó Sara— tal vez también de volver a sentir, aunque sea por una única y última vez, el abrazo de Sami, el único abrazo del mundo que tiene el don de hacerme sentir amada y protegida de cualquier mal».

Luego, sin pararse a sopesar qué consecuencias podría llegar a tener el deseado abrazo, se dispuso a preparase para el viaje.

CAPÍTULO 16

Kfar Saba, Israel, lunes 29 de abril de 2019

Tamara dio un último abrazo a Matilde y se dirigió al ascensor con la cabeza gacha. Una vez frente al ascensor dio media vuelta y comenzó a bajar por las escaleras. Estaba aturdida. Confundida. Desolada. Después de leer a Matilde en voz alta los mensajes intercambiados entre su mamá y *ese hombre*, esa verdad tan increíble para ella se había convertido en una realidad rotunda de la que ya no podría escapar. Más aun sumándole toda la información adicional que Matilde había consentido en proporcionarle, si bien a regañadientes.

Tras un interrogatorio digno de la KGB, la mejor amiga de su madre había dejado caer las defensas y había «cantado todo». Y sí, tal como ya lo había sospechado, Tamara era hija de ese *otro hombre*, y no del papá que conoció. Matilde le explicó que, cuando su hermano Daniel era pequeño, un encuentro casual de José con una conocida de su aldea natal había comenzado un efecto dominó que culminó con el regreso de Sara a los brazos de su antiguo amante, con quien siguió desde entonces manteniendo una relación amorosa durante toda la vida, y con quien había tenido una segunda hija, ella misma.

Al encontrarse frente a su coche, se percató de que había hecho el camino hasta el estacionamiento sin prestar atención, como un robot, completamente absorbida por los pensamientos.

Abrió la puerta del automóvil y se acomodó en el asiento del conductor. ¿Qué hacer ahora con esa información que había puesto patas arriba todo lo que había dado por sentado hasta entonces sobre sí misma y su familia, incluidos sus hijos? ¿Tenía la obligación de informarlos? ¿Deseaba hacerlo? ¿Era lo correcto? ¿No hubiese preferido ella misma no saberlo? ¿No hubiese deseado que ese maldito móvil se hubiese hecho añicos en el momento del accidente, llevándose todos esos secretos a la tumba junto con su mamá? ¿Qué se suponía que ella misma, Tamara, debería hacer con ellos?

Tampoco le daba tregua el entendimiento de que, de no ser por esas raras vivencias que había experimentado cuando su madre se le había aparecido —al menos según su percepción— y le había hecho entrever aquellos fragmentos de información que ahora ya daba por ciertos, era probable que no hubiese hurgado en el móvil de su madre y no se hubiera topado con esos intercambios de mensajes que tanto habían revuelto su vida. ¿O quizá la pura curiosidad sí la hubiese impulsado a hacerlo de todos modos?

Tamara se miró en el espejo retrovisor. Los ojos rojos delataban lo mucho que había llorado y la gran cantidad de lágrimas que tenía aún acumuladas, listas para verterse en cuanto volviera a permitirse la más mínima sensación de lástima de sí misma. También vio cómo le cruzaba la frente una arruga que no había visto antes. ¿De enfado? ¿Ira? ¿Indignación?

No, —se dijo— no debería sentir pena. Ni enfado, ni ira. Papá y mamá habían hecho lo que, a su entender, era lo mejor para sus hijos. Les habían brindado un entorno seguro, cálido, en el que nunca les faltó nada, ni material ni espiritualmente.

Sin embargo, los cimientos de ese hogar en el que había crecido tenían su base en una mentira. Sus propios padres le habían mentido. No solo en lo referente a su propia identidad, sino también en todo lo relacionado con el tipo de relación que llevaban como pareja.

Les habían hecho creer a ella y a su hermano que eran una pareja de cónyuges, una pareja de padres como cualquier otra, y que ella y Daniel eran sus hijos.

La verdad era que la relación romántica y carnal entre sus padres se había extinguido poco después de comenzar. Luego, cada uno de ellos había tenido su verdadero amor fuera del hogar.

Su padre siguió siempre lealmente enamorado de una mujer muerta, que nunca envejeció y, además, mantuvo una relación de amistad platónica con una mujer de su mismo pueblo natal, con quien se reencontró ya casado con su madre. Tamara la recordaba, se llamaba Débora y la había visto varias veces en su casa. Nunca le había prestado demasiado la atención. Sabía que a su padre le gustaba coincidir con ella para conversar en su lengua materna, el yiddish, y hablar de todo lo que atormentaba su alma, porque ambos compartían el mismo pasado, los mismos recuerdos, el mismo dolor.

Su madre, por el contrario, era una mujer fogosa que amaba la vida y no estaba dispuesta a renunciar a los placeres que esta ofrecía, por lo que había seguido manteniendo toda su vida, fuera de pocos intervalos, una relación amorosa con *ese hombre*. Ese hombre que, según Matilde le acababa de confirmar, era su padre biológico.

Una nueva ola de frustración y angustia la invadió. El llanto que había logrado controlar desde hacía un rato volvió a apoderarse de ella con la fuerza de un tsunami.

¿Cómo era posible que ni ella ni su hermano hubiesen sospechado nada de todo eso? ¿No era obvio acaso?

Se esforzó por recordar a sus padres en diferentes circunstancias a lo largo de los años, desde que tuvo uso de razón.

Es verdad que nunca se peleaban y, por eso, parecían la pareja perfecta. Su abuela siempre decía, mientras los observaba con amor y satisfacción, que no había en todo el mundo una pareja tan armoniosa.

Pero, rebuscando entre los recuerdos de su niñez, si bien no pudo encontrar ni una sola escena de gritos y acusaciones como las que había presenciado a menudo en casas de amigos, tampoco los había pillado ni una sola vez dándose un abrazo o un beso apasionado. Recién ahora, siendo cincuentona, se percataba de ello. Nunca los vio mirarse con pasión, ni jamás observó a su padre sorprendiendo a su madre con un clavel, un abrazo desde atrás, un pellizco en las nalgas. Nada. Solo respeto, amistad, solidaridad, camaradería.

Tamara se secó los ojos y se sonó la nariz con un tisú que sacó a ciegas de la guantera. Mientras transitaba las calles tan conocidas de Kfar Saba, recordó su adolescencia y las horas que pasó en todo tipo de escondites con David, mientras crecía y se afianzaba ese amor que, tantos años después, aún sentía por él. Esos recuerdos tuvieron el efecto de apaciguar un poco su sufrimiento.

Al pasar por el edificio de apartamentos de su madre vio claramente en su memoria las imágenes de su papá y de su mamá, tal como las recordaba de sus primeros años en Israel.

Recordó a su padre siempre tan cariñoso con ella. Era él, mucho más que su madre, quien la miraba a los ojos y le leía el alma. ¿Cómo era posible que no fuera su verdadero padre? Y es más, ¿cómo había podido profesarle ese amor paternal sabiendo que no era su hija biológica?

Comenzaba a ver a ambos, a su padre y a su madre, con otros ojos, a través de un prismático más crítico. Le costaba comprenderlos. ¿Cómo había logrado su padre, sabiendo que su esposa mantenía un amor carnal con ese *otro hombre*, seguir teniendo una relación tan cálida con ella?

Al tomar la carretera norte, el tráfico comenzó a congestionarse. Tamara se obligó a aceptar esa circunstancia con calma, y asimilar la idea de que el viaje de regreso le llevaría mucho más de lo que quisiera, pese a lo mucho que la apremiaba sentarse en su oficina para hacer orden en sus ideas. Eran muchas las decisiones que debería tomar, y no solamente en el ámbito familiar y sentimental. Los mensajes intercambiados entre su madre y *ese hombre* daban indicios de que ese chico a quien su madre consideraba «su nieto» podría estar a punto de hacer alguna insensatez descabellada, quizá incluso fatalmente peligrosa. Necesitaba volver a leer los mensajes con total desapego emocional, como si se tratase de cualquier material de traducción que nada tuviera que ver con su persona.

No obstante, se encontraba en una carretera que avanzaba a paso de tortuga. Por más que intentaba tranquilizarse y pensar con raciocinio, ese lento avance por una carretera congestionada la despojaba de su serenidad y de su capacidad de pensar con lógica.

La aplicación de Waze le informó que acababa de crearse una nueva congestión más adelante en la carretera, que añadiría otros diez minutos más al viaje. Sin premeditarlo, se sorprendió encendiendo la direccional derecha e incorporándose al carril de salida de la autopista. Tomó el rumbo oeste hacia el mar, mientras hacía callar la voz de Waze que no cesaba de darle instrucciones para regresar a la autopista dos, rumbo norte.

Al ver el azul profundo del mar, comenzó a sentir como si una ola suave y refrescante le recorriera el cuerpo, logrando calmarle los nervios. El mar siempre tenía ese efecto apaciguador sobre ella.

Aparcó cerca de una de las playas, tomó la cartera, se aseguró de que el móvil de Sara estuviera en su interior, y se dirigió a la costa. El atardecer ya se había adueñado del paisaje. Aspiró profundo para deleitarse con el olor del mar. Encontró una roca para sentarse y se quedó un buen rato observando el horizonte recto a lo lejos, con pocas nubes que se sonrosaban por las caricias del sol poniente, y una que otra gaviota sobrevolando la zona.

Se felicitó por la decisión tomada. Sentada en esa roca frente al mar, se sintió capaz de poner las cosas en sus proporciones adecuadas. Es cierto que su pequeño mundo había sido sacudido por una descomunal tormenta, pero estaba viva. Y la vida era bella. Nadie le había prometido que el recorrido de su existir fluiría eternamente en aguas mansas, sin ningún remolino en el camino. El mundo no se vendría abajo. El amor que sentía por todos los seres que habían formado parte de su mundo durante toda su vida seguía firme y sólido, y nada podría afectarlo. Pero tal vez se viera obligada a hacer lugar en su corazón para nuevas relaciones, nuevos amores.

Tamara tomó el móvil de la cartera. Abrió la aplicación WhatsApp en las últimas palabras escritas por su madre. Pocos segundos después de escribirlas, un coche la atropellaba y su alma se desprendía de su cuerpo, dejándolo ahí sangrante y sin vida. «Te quiero»… esas fueron las últimas palabras escritas y sentidas por su madre en vida. Sintió un punzón en el corazón al comprender que, en los últimos minutos de su vida, el amor que sintió Sara no fue hacia su esposo, ni sus hijos, sino hacia un hombre que ocupó un lugar sustancial en su vida, en una especie de «otra vida» que casi nadie, fuera de su esposo y Matilde, conocía ni sospechaba.

«Hola» —escribió Tamara, sin saber qué reacción tendría su mensaje. Tras dudar un momento, le dio a la flecha de «enviar».

Se quedó mirando la pantalla unos minutos, esperando ver la señal de que el mensaje había sido leído. Debajo del nombre «Sami» y un círculo sin foto, leyó el mensaje «visto por última vez a las cinco y cuarenta y dos de la tarde». De eso hacía más de una hora.

Dejó el móvil sobre su regazo, en espera de una respuesta. El paso ya estaba hecho. Había tirado una piedrita al agua que, infaliblemente, formaría ondas y perturbaría su superficie por algún tiempo, hasta que, como sabía por experiencia, el agua volvería a calmarse y no quedaría ni rastro de la perturbación, por lo menos hasta que cayera la próxima piedra.

Pensó que debería retomar el camino a casa, pero no se sintió con fuerzas para ello. Prefería seguir envuelta en el atardecer marino. Además, aún no lograba apaciguar la ansiedad que le aceleraba el pulso y la respiración. Tras dudar un segundo, extrajo de la cartera un pequeño frasquito y se echó unas gotas de valeriana debajo de la lengua. Acto seguido, mandó un mensaje a David avisándole de que se atrasaría en llegar a casa, para que no se preocupara.

El tiempo transcurrió sin hacerse notar mientras Tamara mantenía la vista fija en la gran bola de fuego que se acercaba cada vez más a la línea del horizonte marino. Poco después, la masa azul oscuro del mar que, de a poco, fue adquiriendo un color plomizo, se la tragó sin piedad. Un manto de oscuridad cubrió inmediatamente el entorno, haciendo casi imposible discernir entre el mar y el cielo, entre la arena y las rocas. Comenzó a hacer frío. Tamara bendijo su vieja costumbre de llevar siempre un chal en la cartera.

Se arropó con su viejo chal y, sin planes concretos para las horas siguientes, se deslizó hacia abajo desde la roca en la que estaba sentada, hasta apoyar las nalgas en la arena y la espalda sobre la roca, que resultó servir mejor como respaldo que como asiento.

Sintió que, por fin, la respiración se le había normalizado. Decidió disfrutar de esa sensación, desconocida para ella, de vivir el momento sin planear los próximos pasos. Había leído repetidas veces sobre la importancia del «aquí y ahora», tan en boga últimamente, pero nunca había logrado ponerlo en práctica. Ahora lo hacía, sin haberlo premeditado, por la simple razón de que había llegado a una intersección desde la cual no sabía qué dirección tomar. Hasta que lo supiera, pensaba aprovechar el tiempo para entregarse al abrazo de la naturaleza en ese pequeño rincón del mundo en el que se encontraba, reconfortándose con el tacto de la arena, la vista de las olas que reflejaban la blancura de la luna, y el aroma salado del mar.

Recostándose un poco más hacia atrás, descansó la cabeza sobre un recodo inferior de la roca para observar las estrellas. No sabía cuánto tiempo había pasado desde que se había desviado de la ruta para llegar a esa playa, ni le interesaba saberlo. Tenía todos los sentidos y pensamientos concentrados en estar presente y absorber toda esa realidad concreta y patente que tan a menudo olvidaba por estar inmersa en sus quehaceres diarios y en mantener con vida esa otra realidad, la sintética, aquella que los humanos se habían empeñado tanto en inventar, crear y preservar.

Lejos de las luces artificiales, el cielo estrellado le ofreció un espectáculo que, combinado con el murmullo de las olas y el olor del mar, la transportó a un mundo de ensueño.

Se despertó sobresaltada. Tardó unos segundos en comprender la situación: se había quedado dormida. Se enderezó y se sacudió la melena para desprenderse de las partículas de arena que se le habían adherido.

De pronto, recordó que había dejado el bolso lo suficientemente alejado de ella para que alguien pudiese verlo y llevárselo. Vio con alivio que allí permanecía aún y, al abrirlo y mirar en su interior, comprobó que nada parecía faltar. También notó que ambos teléfonos móviles, el suyo y el de Sara, parpadeaban dentro de la cartera. El corazón volvió a latirle con demasiada fuerza. ¿Le habría contestado Sami? Se sobrepuso a su impulso de mirar primero el teléfono de su mamá, decidiendo por intuición que, si Sami le había contestado —lo que muy probablemente había hecho—, esa charla le llevaría más tiempo y necesitaría más de su atención. En cambio, abrió el WhatsApp en su propio celular y vio que tenía tres mensajes: uno de David, uno de su hija Hagar y otro de un cliente. David había respondido a su mensaje diciéndole que no se preocupara, que se tomara tiempo para estar sola si así lo deseaba, que sabía que no era nada fácil perder a una madre, y que la amaba. Tamara le contestó con dos emoticones: un corazón y un pulgar arriba. Hagar le mandó un video de su hijo gateando en círculos mientras reía a carcajadas y hacía muecas en dirección a la cámara. Tamara se vio totalmente sumergida en un amor total y rotundo hacia su primer nieto. Le contestó con varios corazones y caritas sonrientes. El cliente, por otro lado, quiso averiguar si Tamara se encontraba disponible para un encargo de traducción, a lo que le contestó que sí, que le mandara el texto y que ella le enviaría el presupuesto al día siguiente por la mañana. Acto seguido, y con el corazón galopeándole en el pecho, abrió el teléfono de su madre.

«¡Hola!» —decía el mensaje de Samir.

Tamara lamentó que la cuenta de WhatsApp de ese tal *Sami* no tuviera foto. Le hubiera gustado ver qué aspecto tendría *ese hombre*. Con un temblor incontrolable en las manos, Tamara escribió: «Hola. Lo siento, pero no soy Sara.»

«Sí, ya lo sé...» —escribió Samir, y agregó un emoticón triste con una lágrima.

«¿Cómo lo sabe?» —preguntó Tamara.

La aplicación de WhatsApp le informó que su interlocutor estaba escribiendo. Esperó con los ojos fijos en la pantalla hasta que llegó la respuesta.

«Sara y yo nos manteníamos en contacto a diario. Cuando vi que no respondía a mis mensajes, comprendí que algo malo habría pasado. A los pocos días, vi en un armario del baño un frasco de esa agua de colonia que ella siempre usaba y, al olerlo, Sara se me apareció como un espíritu y comprendí que ya no estaba de este lado de la vida. Hace poco me comuniqué con Matilde, y ella me lo confirmó. Pero, ¿quién es usted? ¿Tamara?»

«Sí.» —Fue toda la respuesta de Tamara.

Durante varios minutos, ambos quedaron pendientes de sus dispositivos móviles, pero sin escribir más.

Tamara se preguntaba cómo había llegado el frasco de perfume de su madre al armario de *ese hombre*. ¿Acaso su mamá había estado en *su* casa últimamente? ¿Cuándo? ¿Cómo había logrado vivir esa vida paralela sin que nadie en su familia lo sospechase?

Samir, por su parte, intentó calcular con tristeza cuántos años llevaba sin ver a su hija, salvo por fotos. La recordó de niña, cuando se trepaba a sus brazos y se balanceaba en ellos incansablemente, o cuando sus ojos infantiles se le salían de las órbitas de sorpresa y felicidad cuando él le hacía muñequitos con restos de cables eléctricos. Se preguntó si Tamara habría descubierto algo desde la muerte de Sara. Imaginó que sí.

De repente, Tamara vio en la pantalla que su interlocutor estaba escribiendo. Esperó con paciencia, puesto que, a todas luces, *ese hombre* no tecleaba con rapidez. Cuando el mensaje llegó y lo comenzó a leer, sintió un vuelco en el corazón que la dejó sin aliento.

«Tamara —decía el mensaje— pienso que deberíamos vernos cara a cara. Tenemos mucho de lo que hablar. Y, de todos modos, estaba planeando viajar a Israel por varias razones. También para acercarme a la tumba de tu madre. Me pondré de inmediato a buscar vuelos a Israel, y reservaré el primero que encuentre. Te mantendré informada.»

CAPÍTULO 17

Omer había llegado a la oficina a las siete de la mañana. Desde entonces, estaba enfrascado en el informe que le había presentado el día anterior Eitan, uno de los mejores soldados de inteligencia que tenía bajo su mando. Aquel turista español que se encontraba en el país desde hacía más de un mes lo tenía desvelado. Por un lado, aunque algunos datos podían considerarse moderadamente preocupantes, no parecía haber nada que indujera a creer que Luciano Moreno representara un peligro inminente. Sin embargo, esa conclusión no acababa de convencerlo. Juraría que había algún indicio que se le estaba pasando desapercibido, por lo que no tenía más remedio que leer y releer todo hasta quedar convencido de que no había dejado nada sin escudriñar a fondo.

Volvió a leer el informe, esta vez con más detenimiento. «Luciano Moreno. Nacido el 10 de marzo de 1990 en Barcelona, España, en el seno de una familia aparentemente normativa. Su padre, Hakim Moreno, nacido el 22 de diciembre de 1955 en Córdoba, Argentina, es un musulmán de ideas liberales que practica el Islam con moderación. Español por naturalización, llegó a España procedente de Argentina en abril de 1980. En Argentina había cursado estudios de Filosofía y Letras en la Universidad de Buenos Aires, pero se trasladó a España sin alcanzar a graduarse. Según parece, su traslado se debió a causas políticas.» —Omer tomó nota de averiguar las circunstancias exactas de su mudanza de Argentina a España. «En España no retomó sus estudios de Filosofía y Letras, sino que cursó la carrera de Contabilidad y Finanzas, graduándose en 1984. Desde 1987 maneja su propia oficina de Contabilidad y Asesoría Financiera en Barcelona junto con su esposa Rocío Torres. Hakim es hijo único de Ludmila y Santiago (Fadi) Romano, quienes siguieron viviendo en Buenos Aires hasta el fallecimiento de ambos, unos años atrás. La madre de Hakim, Ludmila, nació en Argentina (1928) en el seno de una familia musulmana que inmigró a dicho país desde la región conocida por entonces como el Mandato Británico de Palestina. El padre de Hakim, Santiago (Fadi) Romano, hijo de madre musulmana y padre cristiano, llegó a Argentina con su familia procedente de Marruecos a la edad de seis años.

La madre de Luciano, Rocío Torres, es de origen católico. Se convirtió al Islam poco antes de contraer matrimonio con Hakim. Nació y creció en Tarragona, Cataluña. Al igual que Hakim, estudió Contabilidad y Finanzas y ejerce su profesión junto con su esposo en la oficina independiente de ambos. Luciano y su hermana mayor Nadia (nacida en Barcelona en 1988, casada, de profesión psicóloga) fueron criados en un hogar moderno y liberal donde, a pesar de llevar una vida musulmana, preservaban también algunas de las principales tradiciones cristianas, como la Navidad y las Pascuas. No se encontraron particularidades dignas de ser mencionadas durante la niñez y adolescencia de Luciano. Fue un alumno sobresaliente en primaria y secundaria, y no se pudo encontrar antecedentes de mala conducta o rebeldía. En la facultad de Derecho Internacional coincidió con un compañero de secundaria, musulmán como él y descendiente de palestinos. Parece que frecuentaban juntos la misma mezquita durante los últimos dos años. El nombre del amigo es Ibrahim Saadi.» Omer anotó en su bloc que necesitaría más información sobre ese Ibrahim Saadi y sobre la mezquita que frecuentaban. «Paralelamente a sus estudios, Luciano trabajaba a jornada parcial como ayudante en una firma de abogados. El 28 de marzo tomó un vuelo de Iberia con destino a Israel y aterrizó en el aeropuerto de Ben Gurion en la tarde del mismo día…»

El resto del informe detallaba lo que Omer ya sabía casi de memoria de los informes anteriores: durante su estadía en el país, Luciano se comportó como cualquier turista y visitó los típicos lugares de interés. Seguía llamando la atención que permaneciera en el país por un periodo tan prolongado, más aun sabiendo que tenía una carrera universitaria y un puesto de trabajo en una firma de abogados esperándolo en su país, sin que se apreciara ninguna circunstancia especial que justificase el hecho de que se ausentara de sus obligaciones en esa época del año.

Omer se recostó hacia atrás con las manos entrelazadas detrás de la nuca y comenzó a mecerse en su silla para pensar mejor. Algo no encajaba. ¿Qué razón podría tener un joven estudiante para alejarse de sus estudios y su trabajo durante más de un mes? ¿Le habría ocurrido algo? ¿Alguna crisis, quizá? Si solo quería llegar a Israel para hacer turismo, ¿por qué no esperó hasta las vacaciones de verano? Tampoco podía quitarle importancia al hecho de que fuera musulmán y de descendencia palestina. Eso no significaba necesariamente que fuera un terrorista potencial, pero, sumándole las demás circunstancias, exigía una mayor cautela.

Leyó las notas que había escrito en su bloc y agregó otras más. Luego, tomó el teléfono con la intención de llamar a Eitan y pedirle que se acercara a su oficina para analizar junto con él los datos del informe y decidir cómo proseguir. Solo entonces se percató de que eran solo las siete y veinte de la mañana y el horario de la jornada de trabajo comenzaba a las ocho. Decidió marcar el número de todos modos por si Eitan, al igual que él, había decidido comenzar la jornada temprano. Y así fue, puesto que la llamada fue contestada de inmediato. Tras oír el pedido de Omer, Eitan le dijo que, si no le parecía mal, llegaría en unos quince a veinte minutos, porque prefería finalizar antes una averiguación que estaba realizando.

Omer le aseguró que podría esperar hasta que terminara lo que estaba haciendo y, tras cortar la llamada, decidió aprovechar el tiempo de espera para prepararse un café y hacer una corta llamada a su mamá. Había querido hacerlo el día anterior, pero las horas se le habían escurrido con rapidez sin que encontrara el momento adecuado. Presentía que su madre estaba pasando por una época dura tras la muerte repentina de la abuela Sara, y sabía que él no estaba demostrando ser lo suficientemente sensible y atento hacia ella. Desde la muerte de la abuela, apenas si habían hablado por teléfono tres o cuatro veces, y se habían visto una sola vez. Pensó que debería volver a pasar el fin de semana en su casa paterna. No podía ni tratar de imaginar qué sentiría uno al perder a su madre.

Mientras agregaba azúcar y daba vueltas a la cucharita despacio y con paciencia para que los granos de café negro se asentaran en el fondo de la taza, recordó la agradable conversación que habían tenido el fin de semana anterior. El aroma del café recién hecho combinado con el recuerdo de ese ameno momento que compartió con su madre, le llenaron el pecho de una calidez reconfortante.

Antes de llamar, volvió a recordarse que no debería permitir que la conversación se deslizara a temas relacionados con la situación de seguridad del país, la religión ni ideas políticas. Solo conversarían sobre cómo se sentía ella o sobre la añoranza a la abuela Sara y otros asuntos familiares. Marcó el número y se preparó para escuchar la voz suave y cantarina que lo había acompañado en todas las encrucijadas de su vida desde que tenía uso de razón. Sin embargo, al otro lado de la línea oyó una voz metálica que le informó que el abonado que acababa de llamar no estaba disponible temporalmente, aconsejándole volver a intentarlo más tarde. Omer miró el reloj. Eran las siete y media de la mañana, no creía posible que no se hubiese levantado. Algo preocupado, pero sin querer reconocerlo, llamó al teléfono fijo de la casa. Le contestó su padre.

—Hola, Omer, querido. ¿Qué tal? ¿A qué se debe tu llamada a esta hora tan inusual?

—Hola, papá. ¿Todo bien? ¿Dónde está mamá? No contesta en el móvil. La verdad es que estaba trabajando, pero de pronto pensé que tal vez necesitara apoyo tras la muerte de la abuela Sara. Me pareció que no la llamo lo suficiente. Y como se me presentaron unos minutos libres, pensé en charlar un ratito con ella. ¿Cómo está? ¿Se encuentra bien?

—Mirá, no te lo hubiese comentado si no hubieras llamado, pero la verdad es que me tiene bastante preocupado. Ayer fue a almorzar con Matilde en Kfar Saba. Cuando la esperaba de regreso, me mandó un mensaje avisándome que no me preocupara, que se había desviado del camino para sentarse un rato en la playa. No me dijo cuál playa exactamente. Le escribí que no se preocupara, que se tomara el tiempo que necesitara. Cuando vi que eran ya las diez de la noche y no había regresado, la llamé. No contestó a mi llamada, pero me escribió que estaba bien, solo que tenía ganas de pasar algunas horas sola, en compañía del mar, la luna y la arena. Eso es exactamente lo que me escribió. Cuando la llamé esta madrugada, tampoco me contestó. Lo más seguro es que se quedó dormida en la playa y se le terminó la carga del móvil. No tengo duda de que, en cuanto se despierte y se dé cuenta, irá de inmediato al coche para enchufar el móvil en el cargador y llamarme. Y cuando vea que la buscaste, te llamará a vos también.

—Bueno, papá. Espero que tengas razón —dijo, mientras invitaba a Eitan con una señal de la mano a sentarse frente a su escritorio y a esperarlo un minuto—. Lamentablemente, tengo que cortar. Te volveré a llamar más tarde. Y si mamá no te llama o aparece en media hora, llamá a la policía. Esto no me gusta en absoluto.

Omer preguntó a Eitan si le apetecía un café solo por costumbre y cortesía, aun sabiendo que su respuesta sería negativa:

no tomaba café, bebidas gaseosas, y mucho menos bebidas alcohólicas. Que él sepa, casi nunca salía con chicas o se encontraba con amigos. Ese excelente soldado se dedicaba total y fanáticamente a su trabajo de inteligencia que lo apasionaba y, cuando no estaba trabajando, engullía montañas de libros de todos los géneros habidos y por haber en su lector electrónico, ya que estaba en contra de matar árboles si no era absolutamente imprescindible. También era vegano por solidaridad con los animales, por lo que tampoco se le podía ofrecer medialunas frescas, galletitas, ni nada por el estilo. Mientras se sentaba frente a Eitan con su café en vías de enfriarse y una medialuna entre los dientes, Omer se hizo una nota mental de mantener en un cajón de la oficina algunos dátiles y nueces para convidarle cuando pasaran horas juntos investigando y analizando posibles peligros para la seguridad del país. No había duda de que el chico se lo merecía.

Con bastante dificultad, Omer logró alejar la nube de preocupación que se había alojado en su conciencia por el hecho de que su madre no hubiese aún regresado a casa. Pensó que su papá debía tener razón y que pronto los llamaría para tranquilizarlos. Rogó para que así fuera. Antes de tomar el bloc de notas para comenzar la reunión de trabajo con Eitan, envió un mensaje de WhatsApp a su madre comentándole que lo tenía preocupado y pidiendo por favor una señal de vida. Luego, se sumergió por completo en el análisis del caso Luciano Moreno.

Tras casi media hora de un fructífero intercambio de opiniones y propuestas sobre el rumbo que se debería tomar, Eitan salió de la oficina con una hoja de instrucciones en la mano. Utilizaría el resto de la jornada para averiguar todo lo posible sobre las circunstancias previas al viaje de Luciano a Israel y para recabar información sobre su amigo Ibrahim y aquellas personas con quien se había encontrado más de una vez en Israel, incluyendo el dueño de la tienda de recuerdos turísticos. Además, a pesar de que Eitan no entendía muy bien para qué, Omer quería saber la causa por la cual el padre de Luciano, Hakim Moreno, había abandonado su país natal Argentina con rumbo a España de un modo tan imprevisto y sin terminar sus estudios.

«Bueno, él es quien manda, de modo que deberé averiguar eso también» —se dijo Eitan.

Omer, por su parte, se encargaría de organizar la vigilancia de Luciano Moreno, incluyendo la obtención de los permisos necesarios para ello.

CAPÍTULO 18

Norte de Israel, martes 30 de abril de 2019

Tamara sintió que se atragantaba. Tenía la garganta seca y la boca pastosa. Alargó la mano para alcanzar la botella de agua que siempre tenía a medio llenar en su mesita de noche, pero no la encontró. Tanteó a ciegas con las manos para dar con ella, pero en vano. Los párpados le pesaban y no lograba abrirlos. Le dio la impresión de que las pestañas se le habían escarchado y que se estaba convirtiendo en una estatua de hielo. Una estatua de hielo con los ojos cerrados. Pensó que eso tenía ciertas ventajas, ya que había cosas que prefería no ver.

Un aire helado le llenó los pulmones y comenzó a respirar a bocanadas para aliviar la sensación de ahogo. Justo cuando creyó que moriría irremediablemente atorada y congelada, sintió que su madre la cubría con una manta y le acariciaba la cabeza. Una cálida ola de mar comenzó a lamerle las plantas de los pies, y la sensación de calidez que eso le produjo le derritió el cuerpo. No iba a morir, se había salvado. Su madre la salvó. Otra vez. Como siempre. La había abrigado con amor y reconfortado.

¿Por qué, entonces, sentía ese profundo enfado hacia ella? ¿Qué haría con toda esa ira desconocida hacia la misma mujer que tanto había amado hasta hacía poco? A medida que el hielo que la había envuelto se iba derritiendo, sintió cómo su corazón era invadido por una profunda pena y un intenso amor hacia su padre.

¿Su padre? ¡¿Quién era su padre?! Ese pensamiento la arrancó de prepo del sueño en el que había estado sumida, y la realidad comenzó a volver a su conciencia hasta que, por fin, recordó dónde se encontraba.

Entendió que había estado sumergida profundamente en un sueño de hielo y muerte, y que en la realidad podría ya abrir los párpados si quisiera, aunque prefirió no hacerlo.

Estaba tumbada de costado sobre la arena, con la cabeza sobre una piedra y la cartera fuertemente abrazada entre el vientre y el pecho. La manta le cubría el torso hasta un poco debajo de la cadera, sin que alcanzara para abrigarle las piernas. Hacía frío. Tenía la boca llena de arena y estaba sedienta. Necesitaba desesperadamente un sorbo de agua.

Cuando por fin abrió los ojos, se desenroscó de su posición fetal y se sentó cruzando las piernas sobre la arena. Hurgó en su bolso con la esperanza de que su infalible cantimplora estuviera llena y constató aliviada que, si bien no estaba completamente llena, contenía la suficiente cantidad del ansiado líquido para aliviar algo de la tremenda sequedad que sentía en la garganta. Vació la cantimplora despacio, haciendo buches antes de tragar, y se sintió más aliviada de inmediato.

Solo entonces pudo ver el mar iluminado por la luz solar. Se preguntó qué hora sería. Como no tenía reloj de pulsera, tomó su móvil de la cartera, solo para encontrarse con una pantalla negra. «¡Por Dios! Este teléfono se agota siempre en los momentos menos propicios», pensó.

Miró a su alrededor. No vio a nadie en la playa fuera de una figura que iba al trote descalza sobre la arena mojada. No entendía cómo había podido dormir la noche entera a la intemperie, sobre un lecho de arena, con una piedra como almohada, y con ese aire frío que calaba los huesos. Recordó las gotas de valeriana que había tomado la noche anterior para tranquilizarse, y la segunda dosis después de entender que pronto conocería personalmente a *ese hombre*. Eso lo explicaba todo. No acostumbraba a tomar sedantes, pero los últimos acontecimientos de su vida la habían sacado de su normal serenidad y pensó que las gotitas naturales de valeriana la ayudarían a volver a su equilibrio. No imaginó que podrían tener un efecto tan fuerte.

A pesar de haber dormido tantas horas, se sentía extenuada. Recordó que tenía en el bolso también el teléfono de su mamá, y lo buscó con la esperanza de que estuviera cargado. Lo estaba. Incrédula, comprobó que eran ya las siete y cincuenta y cinco de la mañana. ¡Casi las ocho! Vio también que había un mensaje de *ese hombre*. Lo leyó: «Conseguí vuelo para mañana, uno de mayo. Aterrizaré en el aeropuerto de Ben Gurion a las doce del mediodía. ¿Podrás venir a recibirme?»

Tamara le respondió inmediatamente con un mensaje: «Allí estaré».

«Allí estaré». Esas dos palabras tuvieron el efecto de lanzar el corazón de Tamara a una carrera de cien por hora. ¿Qué haría primero? Sintió que se le trababan las manos y los pies sin tener idea de por dónde empezar. Intentó tranquilizarse. Estaba aún sentada en el mismo lecho de arena en el que había pasado la noche, y tenía arena por todos lados: en la boca, el pelo, la ropa. Su móvil estaba descargado. David debía estar preocupado. Si bien le había dicho que se encontraba bien y que deseaba pasar unas horas sola en la playa, ni él ni ella habían imaginado que pasaría allí toda la noche. Además, había prometido a un cliente que le enviaría un presupuesto por la mañana, y ella siempre cumplía sus promesas. Necesitaba volver a casa lo antes posible.

Respiró hondo y comenzó a planificar el tiempo que le quedaba hasta encontrarse con *ese hombre*. Aunque ya conocía su nombre y sabía que era su padre biológico, para ella seguía y seguramente seguiría siendo *ese hombre*. Hizo la cuenta de que le quedaban unas veintiocho horas hasta su llegada a Ben Gurion. Aún tenía casi una hora de viaje para llegar a casa. Necesitaba bañarse, enviar el presupuesto a su cliente y poner a David al tanto de todo lo que estaba ocurriendo. Necesitaba prepararse anímicamente para el encuentro con *ese hombre*. Y, más que nada, necesitaba tranquilizarse. Esa era la parte más difícil de lograr y, por lo visto, debía andarse con cuidado con esas gotitas supuestamente inocuas.

Le vino a la mente el recuerdo de una famosa frase de Lao Tse. La había tenido colgada en su oficina durante bastante tiempo. ¿Cómo era? Se esforzó por recordar el texto exacto. ¡Ah! ¡Sí! «Un viaje de mil millas comienza con el primer paso». Inmediatamente después, recordó otra cita en el mismo contexto, acerca de que uno debe dar el primer paso con fe, aunque no vea toda la escalera. ¿De quién era? De Martin Luther King, con toda seguridad.

Decidió adoptar esos sabios consejos y comenzar a dar los primeros pasos en la dirección correcta: tomar su bolso, sacudirse un poco la arena y dirigirse al coche. Luego, enchufar el teléfono en el cargador, ver si había llamadas urgentes que contestar y tranquilizar a David haciéndole saber que pronto llegaría a casa. Por último, arrancar el coche y ponerse en marcha. Tamara decidió con determinación que con eso bastaba por el momento. Una vez en su casa, ya bañada y con una taza de café fuerte, seguiría planeando el resto.

El trayecto de regreso transcurrió con relativa tranquilidad. Incluso el tráfico la sorprendió para bien, ya que no estaba demasiado congestionado, tomando en cuenta la hora de la mañana. Se sentía más positiva, optimista y energizada que el día anterior, cuando había comenzado el viaje de regreso después del almuerzo con Matilde. La parada en la playa le había sentado bien, pero aún había muchas nubes grises que despejar de su cielo que, hasta hacía poco, había sido para ella de un azul intenso.

Seguía sin saber cómo digerir todas las inesperadas novedades; pero, en comparación con el día anterior, se sentía más confiada en que ella y su familia lo lograrían. Además, antes de arrancar el coche había encendido el móvil y leído los mensajes de David y Omer, que la hicieron sentir alagada y colmada de amor. Con el corazón derretido había contestado a Omer que estaba bien y que la llamara cuando tuviera tiempo para ponerse al tanto. Tampoco sabía cómo lidiar con ese desconcertante encuentro que tendría al día siguiente. Le costaba creer que en poco más de veinticuatro horas se encontraría con *ese hombre* que supuestamente era su padre biológico. De solo pensarlo, se sentía agobiada por una sensación de culpa, como si estuviese traicionando a su padre: el *verdadero*, aquel que la cuidó y educó; el que estuvo allí para apoyarla en momentos difíciles y compartir con ella los felices.

Una ola de añoranza le humedeció los ojos. Sintió un amor puro y profundo hacia esa persona que, aun sabiendo que ella no era carne de su carne y sangre de su sangre, la quiso y se dedicó a ella como si lo fuese. Buscó en su memoria algún indicio que pudiera haberle señalado en algún momento la existencia de cierta diferencia entre ella y su hermano Daniel, que sí era su propio hijo. Su único hijo vivo. No encontró ninguno.

Las lágrimas volvieron a empañar sus ojos al recordar la última vez que vio a su padre con vida, pocos días antes de que muriera de súbito y sin ningún previo aviso a causa de un paro cardíaco. ¿Cuántos años habían pasado ya desde entonces? Hizo la cuenta de que pronto serían veintisiete. ¿Tantos? Apenas podía creerlo. Tamara siguió conduciendo como una autómata, mientras su alma regresaba a aquel día tan remoto, cuando había ido a visitar a sus padres con Omer en los brazos y Hagar en el vientre.

Su madre estaba preparando platos deliciosos para todos en la cocina que, como siempre, emanaba esos aromas que la hacían volver a la infancia. Omer se desprendió de sus brazos y corrió a los de su abuela, que estaban totalmente cubiertos de harina y canela, sin que ello importara al bebé en absoluto.

Al ver al bebé y su abuelita enfrascados en un intenso amor

mutuo, Tamara se dirigió al salón, que estaba sumido en la penumbra, pues el sol ya estaba bajo y nadie había encendido aún las luces.

Su padre estaba sentado en el sillón de la esquina, mirando hacia afuera a través del pequeño balcón. A diferencia de otras veces, no estaba sosteniendo ningún libro, diccionario o periódico en las manos. Ni siquiera tenía puestas las gafas. Estaba cómodamente sentado, con los brazos descansando en los apoyaderos del sillón.

Tamara notó que observaba algo concreto con una sonrisa en los labios y los ojos algo soñolientos. Miró en la misma dirección y vio un gato tumbado panza arriba sobre el césped del jardín del edificio. El felino era negro con manchas blancas, o quizá al revés. Era difícil de distinguir, ya que las manchas negras y blancas estaban distribuidas en su pelaje casi por igual. Incluso en la cara, un ojo miraba desde el lado negro y el otro desde el blanco. Era una tarde de mayo agradablemente cálida y parecía que el gato había decidido que la mejor manera de disfrutar de ello era tumbándose de espaldas en la hierba y exponiendo su vientre a las caricias del sol poniente. En ese preciso instante, se estaba meciendo de lado a lado sobre el eje de la columna vertebral, como para rascarse la espalda.

Tamara apoyó una mano en el hombro derecho de su padre y se inclinó para estamparle un beso en la mejilla.

—¿Qué mirás? ¿Es ese gato blanco y negro? —le preguntó—.

—Sí —contestó, al tiempo que se levantaba del sillón para abrazarla, feliz de verla—, siempre sentí envidia por los gatos —añadió, volviéndose a sentar y devolviendo la mirada hacia el animal quien, en ese preciso instante, se irguió de un salto y, en un pestañar de ojos, ya estaba trepado en la rama más alta del imponente árbol que regalaba su sombra a gran parte del césped.

—En mi próxima vida quiero ser gato —anunció con determinación, y Tamara no consiguió discernir si hablaba en serio o en broma.

—¿Por qué decís eso? ¡Tenés tiempo de sobra para planear tu próxima vida! —dijo Tamara, risueña, mientras se acomodaba en un sillón de cara a él— Pero, ¿por qué querés ser precisamente un gato?

—¿Notaste cómo disfrutaba del sol del atardecer? Los gatos sí que saben sacar provecho del momento presente. Yo también quisiera tumbarme así para ser acariciado por los rayos del sol, sin sentir a cada momento pena y nostalgia por el pasado, o ansiedad y temor por el futuro. Además, si algún peligro lo acecha, ya viste con qué velocidad y facilidad se trepó a ese árbol. Los gatos son astutos e independientes. Por más que vivan en tu casa, siempre guardan su independencia.

—Y, como ser humano, ¿no podés disfrutar de esas ventajas?

—Como persona, no sé... quizás. Como judío, lo dudo mucho. Nosotros los judíos siempre sentimos dolor por la destrucción del antiguo templo y los subsecuentes milenios de exilio, nostalgia por los tiempos de los reyes David y Salomón, y temor a la nueva ola de antisemitismo o el próximo pogromo. En nuestra época, una gran parte de los judíos estamos marcados por la terrible desgracia del holocausto. Tenemos el alma destrozada por lo que nos tocó vivir en Europa y por todos los seres queridos que perdimos en las circunstancias más horrendas e inimaginables. Y, por supuesto, nos atormenta el terror por la posibilidad de que algo así pueda volver a ocurrir y que esta vez sean nuestros hijos y nietos las víctimas. Cuando sea un gato, en mi próxima vida, nada de eso me va a atormentar —concluyó.

—Pero, papá —lo tranquilizó Tamara—, ahora son otros tiempos. El antisemitismo ya no es lo que era. Tenemos nuestro propio país y podemos defendernos. Si algo malo ocurriera a los judíos en algún lugar del planeta, siempre podrían venir a Israel; aquí nadie les cerraría las puertas como ocurrió durante aquella guerra mundial.

—Ojalá pudiera estar seguro de eso —le respondió su padre, pensativo—, pero el antisemitismo siempre vuelve. En cuanto a nuestro país, ojalá perdure. Ya ves que nuestros vecinos siempre buscan la manera de erradicarnos. Nunca dejan de amenazarnos con arrojarnos a todos al mar.

—La paz llegará, ya verás, —le dijo Tamara aquella tarde con su optimismo de persona joven.

La Tamara de hoy, sin embargo, esa mujer que conducía hacia el norte con los ojos nublados por la nostalgia y la añoranza, ya no tenía el mismo optimismo. Cerca de treinta años después de aquella conversación con su padre, casi nada había cambiado para bien.

El sueño de la paz con los palestinos no se había cristalizado. El antisemitismo volvía a levantar la cabeza en todo el mundo y, en ese preciso momento, los palestinos de Gaza se juntaban cada viernes junto a la frontera con Israel en lo que llamaban las «marchas de retorno», amenazando y asegurando que pondrían fin a lo que ellos definían como «ocupación», y que retomarían las tierras que, según ellos, les habían usurpado.

«¿Qué harían entonces con los judíos?», pensó Tamara con preocupación. A pesar de que se sentía solidaria con la causa palestina y no perdía la esperanza de que se alcanzase un acuerdo de paz entre ambos pueblos, sí la preocupaba pensar que, si Israel perdiera tan solo una sola guerra, quedaría aniquilada. Y, ¿qué ocurriría entonces con los judíos? ¿Quién defendería a sus hijos, a su nieto, a su familia, a sus compatriotas, a su pueblo?

¿¡Su pueblo!? ¿¡Cuál era su pueblo ahora, tras toda la información que había absorbido en los últimos días!? Tamara notó que la voz que planteó esa pregunta en su conciencia tenía un matiz de histeria y pánico.

Absorta como estaba en sus pensamientos, notó de súbito que estaba a punto de perderse la salida que debía tomar y, para no prolongar aún más su viaje a casa, hizo una maniobra un poco peligrosa —algo que no solía hacer— y consiguió tomar el carril en el último momento. Calculó que llegaría en unos diez minutos. Quería darse un baño y volver a la normalidad. En su imaginación, empezó a sentir el agua caliente acariciando su piel. También deseó que David estuviera en casa, porque necesitaba uno de esos abrazos reconfortantes que él sabía darle.

Al posar la mano en el picaporte de la puerta de entrada, Tamara tuvo la sensación de volver a su casa tras años de ausencia. La intensidad de los acontecimientos del último día se había convertido en su conciencia en años de vida, de tal manera que le costaba creer que había salido por esa misma puerta para almorzar con Matilde hacía menos de veinticuatro horas.

La casa estaba en silencio. Los únicos que vinieron a darle la bienvenida fueron Lobo y Tigre. Tamara se acuclilló en la alfombra de la entrada para acariciarlos. Ambos habían cruzado el umbral de quince años, lo que se notaba mucho en Lobo, que caminaba con dificultad y en quien la vejez se hacía ver en todos los aspectos posibles. En cambio, Tigre seguía tan fresco y ágil como siempre. Recordó la conversación de antaño con su padre y su deseo de volver a la vida como gato. Abrazó a Tigre y lo miró profundamente a los ojos.

—¿No serás por casualidad la reencarnación de mi papá? —Le preguntó, risueña.

Tamara hizo un recuento de la situación, pues creyó conveniente volver a la metodología de los pasos. Ya había finalizado los primeros llegando a casa, y ahora debía planificar los siguientes. ¿Qué haría a continuación?

Decidió prepararse un café bien cargado y beberlo mientras enviaba el presupuesto a su cliente. Luego se bañaría. También le gustaría informar a David sobre todo lo que había descubierto, pero lo más probable es que no volviera del taller hasta bien entrada la tarde... a no ser que ella le pidiera volver antes. Decidió intentarlo. Tras un corto ir y venir de mensajes, Tamara entendió que David no regresaría hasta muy tarde porque daba varias clases seguidas en su taller. Algo desilusionada, pensó que quizá fuera mejor esperar un poco más para informarle de todo. Por el momento, le diría que estaba por llegar a Israel un viejo amigo de sus padres y que ella misma iría a buscarlo al aeropuerto.

En cuanto terminó de beber el café y realizar las obligaciones inaplazables en su oficina, se dirigió al cuarto de baño. Desde aquella primera experiencia de sentir que su madre se le aparecía y le hablaba, entrar a ese cuarto ya no había vuelto a ser algo tan trivial como en el pasado.

Había vivido esa extraña experiencia en dos ocasiones: una en casa de su madre y otra en la propia. En ambos casos, tras ducharse con la pastilla de jabón de su madre, se había echado un poco de su agua de colonia «Heno de Pravia». Después de la segunda aparición, sin desear que eso volviera a ocurrir, había dejado los frascos de perfume cerrados en el armario. «Es curioso —pensó—. Yo no creo en fantasmas ni en reencarnaciones, ¿cómo es posible que estén tan presentes en mi mente?»

Mientras se quitaba la ropa y abría el grifo, trató de decidir si debería aplicarse el perfume o no. «¿Qué puedo perder?» se preguntó. Si volvía a sentir la presencia de su madre, seguramente por un truco de su imaginación, podría mantener una conversación imaginaria en su conciencia y quitarse el nudo de enfado e indignación que tenía incrustado en el pecho. Con toda seguridad sería más económico que usar los servicios de un psicólogo. Por el contrario, si su madre no se le aparecía esta oportunidad, al menos sabría que no estaba perdiendo la cordura.

Una vez debajo del flujo de la ducha se sintió ridícula por darle tanta importancia a algo tan trivial como usar o no usar el jabón y el agua de colonia de su madre. Con un brusco gesto de atrevimiento, se enjabonó con la pastilla de jabón de aceite de oliva de su madre y, después de secarse, vertió una generosa cantidad del aromático líquido en el hueco de la palma de la mano para esparcirlo uniformemente por los brazos, el escote y el cuello. Cerrando los ojos, aspiró ese aroma que tanto le recordaba a su madre.

«Pero, claro —se explicó a sí misma con su sentido lógico—, ¿cómo no iba a sentir la presencia de mi madre al aspirar ese embriagador aroma que siempre, desde lo más remoto de mi memoria, anticipaba su llegada y permanecía un rato después de su partida? Sin embargo, si es todo fruto de mi imaginación, ¿cómo es posible que aquellas apariciones me hayan informado de cosas del todo desconocidas para mí que, subsecuentemente, resultaron ciertas?» —se cuestionó.

—Porque no todo es tan lógico y categórico como creés, mi preciosa doña incrédula.

Tamara, que tras su charla interna consigo mismo ya se había convencido de que su madre no se le aparecería, casi se cae del susto al oír su voz.

Tardó unos segundos en abrir los ojos y, cuando lo hizo, la vio. Allí estaba: hermosa como la recordaba de tiempos atrás, con el cabello rojizo, el rostro surcado de pecas y los ojos verdes. Emanaba el mismo aroma de siempre, el cual compartía con ella en ese momento.

La invadió un enorme deseo de abrazarla. No obstante, no habiendo perdido totalmente su cordura, comprendió que eso no era posible.

A pesar de que el pecho se le estallaba de amor hacia ella y de dolor por su pérdida, entendió que había llegado la hora de tener una seria conversación con esa madre suya que, de un día para otro, había desaparecido de su vida y se había convertido en otra a sus ojos.

La madre que Tamara había descubierto en los últimos días le había mentido toda la vida. Le había ocultado que el padre que conocía y amaba no era en realidad su padre. Que su propia identidad no era la que había dado por cierta toda su vida. Había permitido que David se casara con ella sin saber que por sus venas fluía sangre árabe palestina. Esa madre no se inmutó mientras sus nietos crecían como judíos israelíes sin darles la mínima oportunidad de saber que pertenecían igualmente a otro pueblo, y no a cualquier otro, sino precisamente a aquel con quien mantenemos una guerra recíprocamente sangrienta y cruel desde hace más de cien años.

—Hice siempre lo mejor que supe y pude, dadas las circunstancias —se justificó Sara, tras leer inexplicablemente los pensamientos que bullían en la cabeza de Tamara.

—Así resultó ser mi vida. Para bien o para mal, tuve dos grandes amores: uno apasionado, el otro fraternal. Uno que me hizo sentir joven hasta el último de mis días, y otro con quien maduré lentamente en un abrazo cálido de comprensión y afinidad. Uno sin el cual me costaba respirar, y otro cuya ausencia me dejó un hueco en el corazón hasta el día de mi muerte. Amé profundamente a ambos, de maneras diferentes, así como amé y sigo amando a cada uno de mis hijos y nietos.

—Pero, mamá... ¿cómo pudiste? ¿Papá sabía?

—Sí. Tu papá siempre lo supo. Él me quería y deseaba mi felicidad, y yo fui feliz.

—Y... ¿Daniel? —quiso saber Tamara.

—Daniel es hijo del papá que conocés, de José.

—Pero, —¿por qué nos mentiste?

—Los tres pensamos que era mejor así. Habría sido muy complicado para todos que se relevase la verdad en el mundo en que vivimos.

—¡¿Los tres?! —exclamó Tamara, incrédula— ¡¿Vos y tus dos amores?! ¿Acaso se reunían para decidir cosas juntos?

—Jamás supusimos que alguien se enteraría —continuó Sara sin inmutarse—, pero las cosas tomaron un giro complicado. Antes de morir, me preocupaba mucho un nieto mío que no conocés. Es un chico bueno e inteligente, pero últimamente se estuvo identificando más y más con la causa palestina. Sami y yo temíamos que hiciera algún acto descabellado. Sobre eso estaba chateando con él cuando me atropelló ese coche.

—Sí, leí tus charlas con *ese hombre* en tu móvil —dijo Tamara con amargura.

—Entonces ya sabés que un buen día decidió hacer una pausa en sus estudios y su trabajo para viajar a Israel. Cuando me atropellaron, el chico llevaba casi dos semanas viajando por el país. En esa última charla, Sami me comentó que había hablado con él por teléfono y presentía que le estaba escondiendo algo. Decidí hacer lo necesario para evitar que cometiera alguna estupidez, aunque fuera encontrarme con él y contarle toda la verdad... ese resultó ser mi último pensamiento en vida.

—¿Y ahora, qué? ¿Querés que yo haga ese trabajo por vos? ¿El bienestar de ese chico es más importante para vos que el de todos nosotros? ¿No te das cuenta de que nos estás moviendo el piso con más fuerza que un terremoto de 10 grados? ¡Esto es un tsunami! —Tamara estaba fuera de sí de furia, y notó que estaba gritando.

Logró calmarse, y agregó: ¿Sabés que *ese hombre* llega mañana al país?

—No lo llames así, Tamara. Es tu padre biológico.

—Nunca, jamás lo llamaré de otra manera. Pero, de todos modos, iré a esperarlo en el aeropuerto y me imagino que hablaremos sobre ese nieto tuyo.

—Es también tu sobrino, no lo olvides. Y es un chico excelente. Ya lo verás.

—¡Mamá! ¡No quiero oír eso! —Muy a su pesar, Tamara había vuelto a levantar la voz. La alivió saber que estaba sola en casa. Esa charla la había agotado, tenía los nervios a flor de piel y deseaba con toda su alma poder borrar los últimos días para volver a su vida anterior.

—Te encantará hablar con él. Cuando lo hagas, entenderás por qué no pude renunciar a él tras conocerlo. Además, te aguarda una sorpresa.

—¡¿Qué sorpresa, mamá?! Ya no puedo más con las sorpresas.

—Esta sorpresa te agradará, ya verás.

Exhausta y agotada, Tamara cerró los ojos por unos instantes. Al abrirlos, la imagen de su madre había desaparecido.

CAPÍTULO 19

Barcelona, martes 30 de abril de 2019

Samir se quedó mirando el móvil un buen rato, incapaz de apartar los ojos de esa cuenta de WhatsApp que ostentaba la foto de la mujer que más amaba en el mundo. Sin embargo, no fue ella quien había escrito esos últimos mensajes que no se cansaba de leer y releer. Tras un interminable silencio de varias semanas, esa cuenta había dado señales de vida el día anterior y, desde entonces, a través de un intercambio de cortas frases, se había creado entre él y su hija la conexión que tanto había anhelado toda la vida.

Él viajaría a verla. Ella iría a recibirlo al aeropuerto. Así se lo había confirmado. «Allí estaré» —le había escrito *su hija*. Podrían ya conversar de todo, sin más secretos. Sintió que la emoción que lo embargaba era demasiado estridente para su viejo corazón. Temió que se le reventara en el pecho antes de que tuviese lugar el encuentro que tanto deseaba desde hacía un número impensable de años.

Estaba cansado. No había dormido bien esa noche. Luciano lo tenía desvelado. Aunque contestaba a los mensajes y se mantenía más o menos en contacto, Samir lo notaba distante, como si se encontrara en una dimensión impenetrable para él, a años luz de la realidad que conocía. Un horrible presentimiento le causaba una ansiedad insoportable, pero no tenía con quién compartirlo, porque Sara ya no estaba.

La noche anterior Hakim lo había llamado para ponerlo al tanto de que Luciano había adelantado su vuelo de regreso del nueve al cinco de mayo.

—Dentro de menos de una semana ya estará por fin de vuelta y retomará todas sus obligaciones, tanto las laborales y académicas como las románticas —había dicho Hakim con una entonación insinuante—. Según Rocío, Lucía se ha instalado en el corazón de nuestro hijo de una manera muy diferente de todas las demás jóvenes que había conocido hasta el momento. Rocío está convencida de que Lucía será la madre de nuestros nietos —concluyó, sin tratar de ocultar su alegría y emoción.

Las buenas nuevas de Hakim no disiparon la preocupación que sentía Samir. Se pasó la noche desvelado imaginando los más descabellados supuestos que podrían explicar el raro comportamiento de Luciano. «Ojalá todo ocurra tal como lo presentó Hakim la noche anterior,» pensó. «Ojalá que mis temores estén meramente basados en las raras ideas de un viejo despistado, y que todo esté perfectamente bien.»

Tras mirar el reloj y determinar que no era demasiado temprano para llamar, marcó el número de Luciano. No hubo respuesta. El corazón comenzó a palpitarle con más fuerza aún, mientras su respiración se volvía tan agitada que le costaba darle cabida en el pecho. Escribió «Buen día» en su cuenta de WhatsApp y se resignó a esperar su respuesta con paciencia. Aún no había decidido si ponerlo al tanto de su viaje o sorprenderlo en Israel. Lo decidiría sobre la marcha cuando Luciano le contestara.

Respiró hondo y trató de autosugestionarse de que no debía preocuparse por Luciano. Al fin de cuentas, podría verlo y abrazarlo muy pronto en Israel. «Cuando lo tenga al alcance de la vista, le daré dos cachetadas cariñosas y lo obligaré a explicarse mejor» pensó.

Sentado en el balcón de su apartamento con vistas al mar y aún a medio vestir, depositó el móvil sobre la mesita de cristal y, tomando la brillante pava matera por el asa, vertió muy lentamente el agua que había calentado previamente a la temperatura ideal en su mate matinal.

Mientras chupaba ruidosamente el brebaje semiamargo a través de la bombilla posó sus ojos en el mar, que a esa hora de la mañana lucía un intenso azul brillante. Con el mapa del Mediterráneo en la memoria, recorrió a vuelo de pájaro y en línea recta todo el ancho de ese gran mar, desde su apartamento de Barcelona hasta la costa occidental de Israel, ese minúsculo país que tan desproporcionadamente despertaba las reacciones más extremas y opuestas, tanto para bien como para mal, en tantas mentes y corazones, incluidos los suyos propios. Ese país que nunca había visitado y que, sin embargo, le parecía conocer de palmo a palmo. Pronto lo recorrería por primera vez.

Ni el mate ni la vista del mar conseguían aplacarle el galope de su corazón. Sabía que ya no le faltaba mucho para reunirse con su amor de toda la vida en el más allá. Quería creer que allí no existirían los impedimentos de este mundo y que por fin podrían, quizá, permanecer juntos por toda la eternidad. Pero, antes de que eso ocurriera, debía arreglar ciertas cosas y dejar todo bien ordenado para los hijos y nietos de ambos. Es lo que Sara hubiera deseado.

«Con menos de veinticuatro horas hasta la salida del vuelo, conviene que te pongas en movimiento, viejo perezoso. Tenés mucho lo que hacer», se dijo casi en voz alta. Últimamente, por la soledad y el hastío de no hacer casi nada, o tal vez a causa de la vejez, se pillaba cada vez más y más veces hablando consigo mismo en voz alta. A veces incluso mantenía conversaciones con Sara. «Si alguien me ve, me meten en una chaqueta de fuerza y derechito al manicomio» pensó, con una sonrisa torcida.

Con la lentitud típica de un hombre de su edad y altura, se levantó de su asiento en el balcón y se dirigió, pava y mate en mano, a la cocina. Lavó lo necesario y puso todo en su lugar. Siempre le gustó el orden, tanto en su casa como en los cables y circuitos de electricidad que con tanta dedicación había creado y desplegado toda su vida.

Sin embargo, su vida personal no había sido un ejemplo de orden. Nunca se casó ni edificó una familia propiamente dicha. No pudo evitar dejarse llevar por los pensamientos que tan a menudo lo atormentaban. ¿Cómo hubiera sido su vida si nunca hubiese conocido a Sara? ¿Si ella no lo hubiese hechizado como lo hizo? ¿Habría encontrado otro amor? ¿Tendría una familia con hijos y nietos que vendrían cada tanto a visitarlo, con quienes compartiría alegrías de cumpleaños, bodas y vacaciones? ¿Podría haber amado a otra mujer como amó a Sara?

Su conclusión fue la de siempre: no podía imaginar su vida sin Sara. Aunque también reconoció que habría preferido que ella hubiese sido menos obstinada en su juventud y que hubieran encontrado la fórmula para vivir juntos a pesar de las diferencias y del abismo que los separaba, apoyado en grandes pilares de etnia, religión, el qué dirán o pensarán, etcétera, etcétera.

Se dirigió a su dormitorio. Mientras cogía del estante superior del ropero una maleta que consideró adecuada para un viaje de dos semanas, recordó que poco antes había leído algo sobre la importancia de centrarse en el presente en lugar de añorar u odiar el pasado y sentir ansiedad por el futuro. Le había resultado fácil leerlo y darle la razón, pero le sonaba como algo imposible de poner en práctica.

A su manera siempre metódica y ordenada, fue acomodando en la maleta la ropa que le pareció propicia para diferentes ocasiones, incluyendo la de visitar la tumba de Sara en el cementerio.

Luego abrió el cajón de la mesita de luz donde guardaba su ropa interior y, al extraer varios artículos para introducirlos en la maleta, quedó al descubierto un cuaderno viejo y grueso: el diario de Sara.

Samir sonrió al tiempo que un tsunami de emociones le empañaba los ojos y lo obligaba a sentarse en el borde de la cama antes de que sus piernas enflaquecidas cedieran al peso de su cuerpo y lo hicieran caer.

Con manos temblorosas lo extrajo del cajón y lo estrechó contra su pecho. Sara le había confiado ese diario más de diez años atrás, en una de sus visitas a España. Le había dicho que había querido quemarlo para que, si le pasara algo, no cayera en manos de sus hijos y revelara su secreto a todos. Pero luego pensó que podría ser divertido que le dieran lectura juntos durante su visita en Barcelona. Al fin y al cabo —le había explicado— lo hecho, hecho estaba y, a pesar de la tempestividad de sus relaciones, el amor siempre había ganado y consideró que podría ser interesante observar todo con la perspectiva del tiempo.

Y, como siempre que Sara quería algo, así fue. Durante la semana que había permanecido en su apartamento, mientras bebían sendas copas de vino tinto de San Juan (el único que Sara bebía), se turnaron para leer en voz alta los recuerdos de toda la vida, que fueron tomando forma en la habitación como escenas teatrales representadas por fantasmas semitransparentes de colores pastel.

En ese viejo cuaderno estaba ensamblada toda la historia de amor de ambos, desde su primer encuentro hasta el fin de aquella visita en que se lo entregó. Samir le había comentado que no deseaba quemarlo, asegurándole que lo tendría bien resguardado en su apartamento. Pero Sara le había dado instrucciones claras de darle un vistazo más, si así lo deseaba, para incinerarlo inmediatamente después.

—Ninguno de nosotros es eterno —le había dicho—. Y lo primero que hacen los hijos u otros familiares cuando uno devuelve su alma al Creador es ponerse a buscar, leer y entrometerse en las cosas más íntimas y secretas del fallecido. Como si el hecho de que una persona muera lo despojara de su derecho a la privacidad. Yo misma lo hice con mis padres —le aseguró —, por eso debes prometerme que harás lo que te pido. Que lo quemarás. ¿O es mejor que lo quememos ahora, antes de que me marche? —aventuró—. Lo que menos deseo es que, si algo nos pasa imprevistamente, nuestros hijos y nietos se enteren de toda la verdad, con todo lo que ello implica —puntualizó.

—Te entiendo muy bien, Sara... —había respondido aquella vez Samir.

Y era verdad que lo entendía. Incluso le daba la razón. Pero, cuando Sara se marchó al cabo de una semana y el apartamento volvió a llenarse de vacío y añoranza, decidió que lo leería una vez más antes de darle el destino que le había asignado su propia creadora. Algo más tarde, cuando terminó de leerlo por segunda vez, pensó que le encantaría darle lectura una sola vez más. Allí estaba todo: su primer encuentro en la fiambrería kosher más de medio siglo atrás, el nacimiento de Hakim, la tristeza de darlo en adopción, las recurrentes separaciones y reencuentros, su mudanza a España para estar cerca de Hakim, el traslado de Sara con toda su familia a Israel, las discusiones sobre temas de política y sus reflexiones al respecto, absolutamente todo. El raciocinio le aseguraba que debía destruirlo, pero su corazón no se lo permitía.

Decidió que lo quemaría tras leerlo del principio al fin por tercera vez, y luego se convenció de que con toda seguridad lo haría tras leerlo por cuarta vez. Así pasaron los años mientras el diario permanecía ileso, enterrado en su cajón de la mesita de noche. Nunca había tenido las agallas para incinerarlo.

Por suerte, Sara nunca más le había preguntado al respecto, liberándolo de la necesidad de mentir. Ahora celebraba no haberle hecho caso aquella vez. Cuando se sobrepuso a la emoción de volver a verlo, se puso de pie, terminó de vestirse y, con el diario de Sara en el bolsillo interior de su chaquetón, salió a la calle.

CAPÍTULO 20
España-Israel, 1 de mayo de 2019

Samir saltó de la cama al primer sonido del despertador. No había conseguido conciliar el sueño hasta bien entrada la noche y le hubiera gustado descansar un poco más, pero tenía el tiempo justo: debía bañarse, tomar el equipaje, volver a comprobar que no olvidaba nada, cerrar la llave del gas y tomar el taxi al aeropuerto. El café se lo tomaría en la zona de pasajeros del edificio terminal.

Los vuelos a Israel exigían llegar con más tiempo de antelación que lo normal por las medidas de seguridad. Era fastidioso, pero entendible. A las organizaciones terroristas nunca les faltaban ganas de secuestrar o hacer volar por los aires aviones con destino a Israel. A pesar de ser de descendencia árabe palestina y desear fervientemente que su pueblo tuviera por fin su propio estado autónomo, Samir se oponía a la violencia y el terrorismo. Ese era otro de los temas sobre los que él y Sara solían conversar. Si bien ella estaba a favor de la causa judía-israelí y él abrazaba la árabe-palestina, ambos estaban rotundamente en contra de la violencia. Opinaban que ambos pueblos tenían sus legítimos derechos, y que la solución debería encontrarse alrededor de la mesa de negociaciones con muchas concesiones por parte de ambos lados. Claro que con personas de naturaleza tan obstinada como los árabes y los judíos, nada de eso era fácil.

Pero el que no fuera fácil no significaba que fuera imposible. Eso lo sabía Samir de sobra tras decenios de hallar soluciones que al principio parecían imposibles en su profesión de electricista. Estaba convencido de que, si en lugar de invertir los recursos en el odio y la destrucción, se concentraran en hallar una solución justa para ambos bandos, un verdadero nirvana podría florecer en Medio Oriente. «¡Qué pena que con toda seguridad no viviré para verlo!» pensó mientras se dirigía al taxi que lo esperaba frente a su edificio.

Durante el viaje al aeropuerto, Samir repasó en su memoria el día anterior que, a pesar de haber comenzado con una mañana emocionalmente turbulenta, había transcurrido con relativa tranquilidad. Había alcanzado a lavar, secar y planchar todo el cesto de la ropa sucia y a colocar cada cosa en su sitio. También había regado el jardín de su balcón y se había asegurado de que el riego automático estuviera bien configurado para dos semanas de ausencia. Por si acaso, dejó una llave del apartamento a su vecina de al lado, rogándole que entrara una vez cada dos o tres días para comprobar que todo funcionaba bien. Tomó una nota mental de traerle algún recuerdo bonito de Jerusalén.

Ya bien entrada la tarde, Luciano había contestado a su mensaje de «Buen día» en WhatsApp con un «Buenas tardes». Para entonces, Samir había tomado la decisión de no comentarle nada de su viaje y sorprenderlo una vez allí. De lo contrario, Luciano lo acribillaría con preguntas a las que prefería responder solo cara a cara. ¿Cómo podría explicarle por teléfono o mediante mensajes escritos la razón de su viaje a Israel justo ahora, cuando solo faltaban pocos días para que Luciano regresara a España? Por lo tanto, continuaron intercambiándose mensajes triviales un rato más hasta despedirse finalmente con un «hasta prontito». Justo antes de irse a dormir, había tomado el paquete envuelto en papel de regalo que había traído ese mismo día de la papelería y, tras rociarlo con unas gotas del agua de colonia de Sara, lo metió en su equipaje de mano.

Una vez instalado en la zona de pasajeros del aeropuerto, mientras bebía un capuchino y mordisqueaba una medialuna, Samir recordó el intercambio de mensajes con Luciano, y su sexto sentido volvió a inquietarlo.

Por ese motivo, abrió el teléfono móvil y volvió a leer la charla del día anterior.

«¿Dónde estás hoy? ¿Seguís en Tel Aviv?»

«Sí» —había sido la corta respuesta de Luciano.

«Tu papá me dijo que adelantaste el vuelo de regreso al domingo cinco de mayo. ¿A qué se debió?»

«Nada especial, solo para complacer a mamá y a Lucía. Fue lo más pronto que pude adelantar. Además, el domingo no tendré ya nada más que hacer. He recorrido cada centímetro de NUESTRA tierra» —explicó Luciano en su mensaje.

«Bien hecho, eso te ayudará mucho a la hora de llevar a cabo tu misión de defender los derechos de los palestinos» —lo felicitó Samir.

A modo de respuesta, Luciano le había mandado dos dibujitos, uno de un pulgar hacia arriba y otro de una cara sonriente. Samir no era muy ducho en descifrar los nuevos jeroglíficos llamados «emoji», pero en este caso había captado el mensaje.

La frase que más lo dejó pensando fue la de que, según Luciano, el domingo ya no tendría nada más que hacer. «¿Qué quiso decir con eso?» —trató de adivinar. «¿Qué sería aquello que se había propuesto a hacer y que el domingo ya estaría completado, dejándolo libre para volver a España? No es una lista de obligaciones turísticas, de eso estoy seguro» —concluyó.

La mala corazonada volvió a atacarlo. Trató de aplacarla con pensamientos positivos, como le había enseñado repetidas veces Sara y, para más seguridad, digirió también la píldora que le había recetado el médico para calmar los nervios.

Justo cuando estaba dando el último sorbo a su café, oyó por los altavoces el anuncio de que había comenzado el embarque de su vuelo. Samir cogió su equipaje de mano, dejó una propina en la mesa y se unió a la cola que acababa de formarse para embarcar en el avión.

Una vez en su asiento y con el cinturón de seguridad abrochado, las dos noches en las que apenas había pegado ojo, sumadas a la píldora que había tomado un rato antes para calmarse, tuvieron el efecto de sumergirlo en un sueño profundo del que no emergió hasta el aterrizaje en Ben Gurion.

Lo despertó el estridente ruido de numerosas palmas y cánticos alegres cuyo significado no pudo comprender y dedujo que eran en hebreo. Sara le había comentado varias veces, entre risas, sobre esa peculiar forma que tenían los israelíes de alegrarse y agradecer al piloto y al Todopoderoso por haber tocado suelo sanos y salvos, en especial si el aterrizaje fue suave.

Solo entonces se dio cuenta de que había dormido de corrido durante todo el vuelo, sin siquiera desabrocharse el cinturón de seguridad. El piloto estaba aparcando el avión en el lugar indicado para el desembarque de los pasajeros. Una ola de emoción se apoderó de él. Pronto, sus pies pisarían el suelo de Palestina, la tierra de sus antepasados, y de Israel, la de los antepasados de Sara.

Los trámites de ingreso al país y la recogida de su maleta se desarrollaron sin dificultades y, al poco rato, Samir salía a la terminal de llegadas con la esperanza de que Tamara lo estuviera ya esperando y que le resultase fácil localizarla entre la multitud de personas que estarían esperando a sus seres queridos, clientes o socios comerciales.

Su vista se dirigió inmediatamente, como atraída por un imán, a la figura de una mujer de hermoso semblante y larga cabellera entrecana, que llevaba un vestido de verano floreado de pálidos tonos verdes y rosados.

Era Tamara, no tenía duda, a pesar de que las últimas fotos

que había visto de ella eran de casi diez años atrás. No había cambiado mucho desde entonces. Su porte seguía siendo esbelto, el cabello largo y ondulado, los ojos verdes iguales a los de su madre. La principal diferencia consistía en las cenizas que se habían depositado en su cabello negro, y una adultez que no se basaba en arrugas, sino más bien en algo que él no consiguió definir en ese momento.

Notó que la mujer alzaba tímidamente un pequeño letrero escrito a mano con el nombre «Sami». Samir sonrió. La única que aún lo llamaba así era Sara: fue así como se presentó a ella en su primer encuentro. Por aquella época, solía dar ese nombre a los desconocidos para que no comenzaran a preguntarle de dónde provenía el nombre Samir, con todo el embrollo que eso suponía. Había notado que, con solo borrar la letra final de su verdadero nombre para convertirlo en «Sami», ya nadie lo indagaba sobre su procedencia, y él podía entablar las conversaciones derecho al grano, como le gustaba.

«Otra de las absurdidades de la raza humana», pensó. Al ver el letrero, Samir comprendió que ella no sabía a quién venía a buscar en realidad. Seguro creía que él era un perfecto desconocido. Notó cómo buscaba entre los recién llegados a alguien que reconociera el nombre en su letrero.

De pronto, una chispa le encendió los ojos: acababa de reconocerlo. La sorpresa se evidenció cómicamente en su rostro, dejándolo varios segundos con la barbilla caída y los ojos desorbitadamente abiertos, como dos platos. Luego echó el cartelito a una papelera cercana y se quedó mirando a Samir, sin perderlo de vista, mientras este cruzaba el tramo desde la puerta de salida hasta el comienzo del área pública.

En cuanto Samir traspasó los cordeles del área reservada, ella se colgó de su cuello como si por arte de magia hubiese perdido cuarenta años y veinte kilos de su peso. El abrazo se prolongó varios segundos, sin que ninguno de ambos hiciera la iniciativa de soltar al otro.

Un momento después, Tamara se descolgó y miró a Samir con

detenimiento, escudriñando su rostro marcado de arrugas y su pelo ralo y gris, comparando lo que veía frente a ella con el recuerdo que guardaba de ese hombre que tanto había amado en su niñez. Samir, el electricista y amigo íntimo de sus padres. Ese señor que la levantaba en vilo y la hacía dar piruetas en el aire, sostenida por sus fuertes brazos. Observó las manos que, antaño, le habían enlazado todo tipo de muñequitos con cables e hilos multicolores. Tenía varios de ellos aún guardados en el baúl de sus fotos y recuerdos.

—¡Samir! —chilló—. ¡Sos vos! ¡No lo puedo creer! Entonces... ¡Esta es la agradable sorpresa que dijo mamá que me esperaba! —dijo Tamara casi sin aliento.

Samir la miró en silencio, tratando de captar lo que Tamara le acababa de decir.

—¿Sorpresa? ¿Qué sorpresa? ¿Cuándo y por qué te dijo eso Sara?

—Mejor te lo explico después. Es un poco largo y complicado —le aseguró—. Tampoco sé si me creerás todo lo que tengo para contarte, porque incluso a mí me cuesta creerlo —agregó en un susurro apenas audible.

—¿Ya reservaste hotel? —le preguntó, cambiando de tema. Espero que no. Desde que leí tus charlas con mamá por WhatsApp y hasta el momento en que te reconocí entre los recién llegados, fuiste para mí *«ese hombre»*. Pero ahora sos Samir, y como tal me encantará que te alojes en mi casa —dijo, al tiempo que tomaba la pequeña maleta del viajero y le mostraba el camino hacia el aparcamiento.

Samir admitió que no había reservado hotel, convencido de que encontraría algún alojamiento al llegar.

—A fin de cuentas —le explicó—, ya terminó la temporada alta de Pésaj. De hecho, antes quise ponerme en contacto con mi sobrino nieto, que casualmente se encuentra también en Israel, y quizá alojarme en el mismo hotel que él. Sé que está en Tel Aviv desde hace unos días, pero desconozco su paradero exacto. Él no sabe aún que estoy acá.

—Tendrás tiempo de sobra para encontrarte con él —le aseguró Tamara—. Primero te vendrás conmigo a mi casa, en Galilea.

—Galilea —dijo Samir, emocionado— es la tierra natal de mis antepasados...

—¡Samir! —exclamó de nuevo Tamara, desentendiéndose de su comentario y propinándole una palmada en el hombro— ¡Qué vueltas que da la vida! No puedo creer que seas vos... Todos estos años... ¿Vos y mamá se mantuvieron siempre en contacto? Dejá, no me contestes ahora. Pero te advierto que deberás afrontar una avalancha de preguntas, te acribillaré hasta que me sienta saciada de respuestas, ni un segundo antes. Algunas de ellas ya me las confirmó Matilde, pero quiero saber todo de primera mano.

—¡Matilde! ¡Cuántos años sin verla! ¡Qué bella persona! ¡Cuánto solíamos reírnos juntos! ¿Cómo está?

—Más o menos bien, si se toma en consideración que no hace mucho perdió a su esposo, y ahora a su mejor amiga de toda la vida. Además, no tiene ningún allegado cerca, porque sus hijos y nietos viven en el extranjero y solo los ve esporádicamente.

—Sí, lo sé... —dijo Samir con tristeza. Me gustaría ir a visitarla. ¡Ah! Y en cuanto a tu advertencia, te aclaro que tus preguntas no me asustan en absoluto. Al contrario. Siempre fui partidario de la verdad. Te aseguro que toda tu curiosidad quedará completamente saciada muy pronto. ¡Ya lo verás!

—Mejor así —dijo Tamara mirándolo a los ojos con un guiño y pronunciando las palabras en tono amenazante, como si fuese un investigador de la policía.

Samir soltó una carcajada, francamente divertido.

—Acá te espera tu limusina —dijo su anfitriona y chófer mientras apuntaba la llave como si fuera una pistola hacia su fiel Toyota Corolla.

Tres horas más tarde, estaban sentados en el patio de la casa rural de Tamara, en Galilea Occidental. El infalible mate bien espumoso ya había cambiado de manos varias veces en absoluto silencio. Ambos estaban sumergidos en la quietud que irradiaba el acicalado jardín de Tamara y el majestuoso panorama montañoso que se veía a lo lejos.

Durante el viaje habían intercambiado información de una manera casi formal, con cuidado de no adentrarse en asuntos demasiado íntimos. Sin haberse puesto de acuerdo, ambos prefirieron dejar todo eso para más tarde, cuando estuvieran frente a frente. Y ahora que había llegado ese momento, ninguno se atrevía a dar el primer paso.

Finalmente, fue Samir quien lo dio, sacando un paquete bellamente envuelto de su equipaje de mano y tendiéndoselo a Tamara.

—Tomá, es para vos. Dijiste que querías saber toda la verdad de primera mano. Bueno, acá la tenés.

—¿Qué...? Huele como mi mamá, como el agua de colonia que siempre usaba —dijo Tamara, acercando el paquete a sus fosas nasales.

—Sí, le rocié un poco del agua de colonia de Sara antes de meterlo en la mochila. Pensé que te gustaría volver a olerlo, como me gusta a mí.

—Sí, me encanta a mí también. Es más, algunas veces me rocié un poco de su perfume después de bañarme y, al verme envuelta en ese aroma, sentí que la veía y la escuchaba. Fue eso lo que me impulsó a ver qué secretos guardaba su teléfono móvil y, al leer las charlas entre ustedes, me enteré de toda la historia.

—Dale, abrilo —le instó Samir.

Presintiendo de qué se trataba, Tamara abrió el paquete despacio, con cuidado, como si fuera una reliquia histórica. Cuando el viejo cuaderno quedó al descubierto, Tamara reconoció inmediatamente la letra redonda y pulcra de su madre. «Mi diario. 1954 – 2009». Podía verse con claridad que la última página había sido escrita muchos años después que la primera. De hecho, cincuenta y cinco años después. Sonrió. A su madre le gustaba el número cincuenta y cinco: simboliza el «Jamsa-Jamsa», el cual, según ella y la creencia popular, trae buena fortuna. Tras hojear el cuaderno de principio a fin y viceversa, lo depositó sobre el regazo con la intención de leerlo más tarde, cuando estuviera sola.

—Gracias —dijo, sin poder contener las lágrimas—. ¿Por qué lo tenías vos?

—Hace unos diez años, en una de las visitas de Sara en España, me lo trajo. Quiso que lo leyéramos juntos y que luego yo lo quemara. Ella no quería que, si le sucediera algo de improviso, el diario cayera en manos de ustedes, dejando toda la verdad al descubierto. Quería que el secreto fuera enterrado con ella en la tumba, pero yo nunca tuve el coraje de quemarlo.

—Ya ves, mamá —dijo Tamara con la mirada en el cielo. La mentira tiene patas cortas. Siempre se descubre al final.

—Mi hija Tamara... ¡Qué gusto me da estar a tu lado sin tener que ocultar el hecho de ser tu padre! —aventuró a decir Samir. Luego guardó silencio, esperando ansioso la respuesta de su interlocutora.

Esta no se hizo esperar.

—¿Sabés? No me lo vas a creer. Muchas veces, cuando era una mocosa y vos venías a arreglar algo en casa y te quedabas un rato más jugando conmigo o charlando con papá y mamá, yo imaginaba que vos eras mi papá. Y, en cierto modo, lo deseaba. Me duele decirlo, porque adoro al papá que me acompañó toda la vida. A ese papá sabelotodo que siempre me ayudaba con los deberes y me ahorraba la necesidad de buscar las respuestas en la enciclopedia de la biblioteca, quien siempre supo darme consejos durante la adolescencia y apoyarme en todo lo que hacía. Sin embargo, cuando era chica, soñaba con un padre menos melancólico, más juguetón, como vos, exactamente. Mi papá nunca me levantaba en vilo, por ejemplo. No jugaba conmigo a la pelota ni a la rayuela ni a ningún otro juego. Solo a veces al ajedrez. Siempre estaba envuelto en una nube de tristeza. A veces, cuando me miraba, me daba la impresión de que estaba mirando a otra persona. Yo sabía que había perdido a su primera esposa cuando estaba embarazada. Pero no conocía los detalles. Con el tiempo tuve más conocimientos sobre la Segunda Guerra Mundial y sobre lo mucho que él había padecido en el holocausto. Él sobrevivió, pero su espíritu nunca se repuso. En los días de conmemoración del Holocausto, siempre se encerraba en su cuarto y no quería hablar con nadie ni ver las duras imágenes que mostraban en la tele.

—A propósito, mañana es el Día de la Memoria del Holocausto en Israel, ¿verdad? —le preguntó Samir— Sé que aquí se conmemora en una fecha diferente a la del resto del mundo.

—Sí, lo es —le confirmó Tamara. Aquí se llama el Día del Recuerdo del Holocausto y el Heroísmo. Es un día muy triste. Las historias de los supervivientes son desgarradoras, y duele ver que cada vez quedan menos. También me preocupa saber que tantas personas en el mundo estén ya negando que ello haya ocurrido. Vos, como árabe de descendencia palestina, ¿qué sentís al respecto?

—En primer lugar, sé que ocurrió, a pesar de que cuesta mucho creerlo —comenzó a decir Samir—. Tuve bastantes clientes judíos supervivientes de la guerra y, si bien por lo general no les gustaba hablar de tema, veía los números tatuados en sus brazos y esa profunda pena permanentemente grabada en los ojos. Sé que el sufrimiento que padecieron es imposible de imaginar para quien no lo haya experimentado en carne propia. Sin embargo, opino que eso no da derecho a los judíos a hacer sufrir a otros, en este caso a mi propia gente. Por fortuna, mis padres se trasladaron a la Argentina mucho antes de la *Nakba*, la catástofre palestina. Lo hicieron porque habían oído que era un país extenso y generoso que ofrecía excelentes oportunidades para inmigrantes, y también porque la situación política y de seguridad en el país les daba miedo. Ya por entonces, árabes y judíos peleaban a muerte por el control de las tierras. Poco después de su partida a la Argentina, tuvieron lugar los terribles disturbios de 1929. Mis padres decidieron vender sus pertenencias y largarse a la aventura en un mundo nuevo para ellos. Así se ahorraron las penurias que pasaron muchos de sus familiares y amigos durante la guerra de 1948. La mayor parte de mis familiares vivía por aquí, en la zona norte. Algunos huyeron y nunca más pudieron volver a sus tierras, mientras que otros decidieron no huir y sus descendientes viven aún aquí, bajo la ocupación israelí.

—¿La ocupación israelí? ¿Cómo te atrevés a decir eso? ¡Este es nuestro país! ¡No tenemos ningún otro! A pesar de que siento mucha solidaridad con los palestinos, me saca de quicio escuchar eso. O cuando personas de otros países, que no conocen a fondo la historia, marchan gritando la tan popular aclamación de «¡Liberar a Palestina!». ¿Alguien se para a pensar qué quieren decir con eso? Si fuésemos ingleses, por ejemplo, o turcos, podríamos «liberar a Palestina» y regresar a nuestro país de origen. Pero, ¿en nuestro caso? Cuando la gente exige la liberación de Palestina, ¿qué pretende que se haga con los cerca de siete millones de judíos que viven acá? Todos esos amantes de los derechos humanos, ¿tienen también alguna consideración con los derechos humanos de los judíos israelíes? Muchos palestinos opinan seriamente que se nos debería matar a todos, «tirarnos al mar», como les encanta decir; pero me imagino que vos no sos de esos.

—No, no soy de esos. Pero tampoco estoy convencido de que sea necesario que exista un país judío. ¿Para qué? ¿Por qué no pueden vivir, como antes, en los países de Europa, América, etcétera?

—¿Lo decís en serio? —El rostro de Tamara había cobrado un matiz violáceo, y Samir pudo ver gruesas venas latiendo visiblemente a través de la piel de su frente y cuello— ¿Y por qué no pueden *ustedes* vivir en Jordania, Líbano o cualquier otro país árabe? ¿Acaso no comparten con ellos la misma descendencia, la misma historia, la misma religión? —Chilló Tamara ya a plena garganta. Luego bajó el tono, respiró hondo para tranquilizarse y prosiguió— Este es el único país del mundo donde no somos una minoría; donde las leyes, la policía y el ejército nos protegen como judíos; donde no pueden surgir de pronto leyes discriminatorias, inquisiciones o limpiezas étnicas contra los judíos.

—¡¿Pero donde sí se puede obrar así contra otros?! ¿Cómo se permite un pueblo que sufrió en carne propia las injusticias de la discriminación étnica hacer lo mismo contra sus semejantes?

—Acá no se hace nada de eso, solo luchamos para protegernos. No hay ningún punto de comparación. De verdad me asombra que digas eso, no puede ser que realmente lo creas.

—¡Por supuesto! ¡Siempre la misma discusión! Quién empezó. Quién arrojó la primera piedra. Quién inicia y quién responde. Quién es la víctima y quién el agresor —esta vez fue Samir quien comenzó a mostrar señales de irritación. Al notarlo, cesó inmediatamente su perorata y, echándose atrás, comenzó a reír con hipos y carcajadas.

—¿Qué te pasa? —quiso saber Tamara— ¿La vejez te hizo perder la cordura? ¿De qué te reís?

—Es que esta discusión es idéntica a las que solíamos mantener tu madre y yo —dijo, sin lograr detener la risa—. Si bien ambos estábamos de acuerdo en que debía encontrarse una solución pacífica al conflicto, nunca conseguimos ponernos de acuerdo sobre quién tiene la culpa, cuál de nuestros pueblos sufre o sufrió más, cuál es el más violento o «quién empezó».

Contagiada por las risotadas de Samir, Tamara comenzó a reír también.

—Mirándolo desde este ángulo, el conflicto se asemeja a una pelea entre dos chiquillos que se disputan un juguete. ¡Mamá, es mío! ¡No, es mío! ¡Él empezó! ¡No, ella empezó! ¡Qué cómica podría parecer esta situación si no hubiera tantas tragedias de por medio! En esto al menos estamos de acuerdo —dijo Tamara, aún sacudida por la risa.

❖ ❖ ❖

David, que acababa de entrar y, al no ver a Tamara en el interior de la casa, había salido al patio en su busca, se quedó petrificado al ver a su esposa riéndose a carcajadas con una persona bastante mayor, desconocida para él. Tamara le había comentado el día anterior que pensaba ir al aeropuerto para dar la bienvenida a un viejo amigo de sus padres, pero no le había dicho que planeaba traerlo a casa. Desde la muerte de Sara, David ya no reconocía a su mujer. Hacía y decía las cosas más descabelladas. Comenzó a considerar seriamente la posibilidad de convencerla de que buscara ayuda profesional.

Las risas se cortaron en seco cuando ambos vieron a David parado con los brazos en jarra, mirándolos con una expresión que delataba una mezcla de sorpresa y desaprobación. Samir ya sabía que David no estaba aún enterado de los secretos familiares que Tamara había descubierto los últimos días, pero, por si acaso, la mujer le lanzó una mirada de advertencia para que tuviera cuidado con lo que dijera.

—¡David! Llegaste temprano. ¡Qué alegría! —dijo Tamara mientras se levantaba para abrazarlo—. Te presento a Samir, un viejo amigo de mis padres. Samir, te presento a David, mi esposo y mejor amigo desde la escuela secundaria.

Dicho esto, volvió a sentarse e hizo un ademán a David para que se uniera a ellos.

—¿Samir? Es un nombre árabe, ¿verdad? —se interesó David.

—Sí, lo es —contestó Samir a secas.

—Y, ¿a qué se debía tanta risa, si se me permite la intromisión? —David no intentó siquiera disimular el disgusto que sentía. Algo en esa escena no le caía bien.

—Nos reíamos del conflicto palestino-israelí —le explicó Tamara en tono ligero, tratando de desinflar algo de la tensión que presentía entre los dos hombres.

—No entiendo, ¿qué tiene de divertido este centenario conflicto, que tanto sufrimiento y desgracia ha causado y sigue causando a ambos bandos?

—Es largo y complicado de explicar, mi amor —le dijo Tamara mirándolo a los ojos, con una mirada en la que David reconoció por fin algo de su amiga de toda la vida—. Ya te aclararé todo muy pronto.

David decidió confiar en su mujer y guardarse sus reservas hasta que lo pusiera al tanto de lo necesario.

Relajadas las tensiones, los tres siguieron conversando con más calma, pero con cuidado de no tocar temas delicados. Por esa misma razón, Samir se abstuvo de comentar que su sobrino nieto se encontraba en el país, y no hizo ningún intento de llamarlo hasta el día siguiente. Durante el resto de la velada, solo compartieron recuerdos de la Argentina y, más tarde, planearon juntos el itinerario que debería realizar Samir durante su estadía en el país.

CAPÍTULO 21

Israel, 2 de mayo de 2019.
Día del Recuerdo del Holocausto

Samir se despertó en la habitación de huéspedes de su hija en Galilea Occidental. Se puso las gafas para mirar la hora en el reloj redondo de estilo retro que colgaba de la pared frente al sofá cama. Eran las siete de la mañana, las seis en España. La misma hora en que solía despertarse en su casa. Tamara le había mostrado el día anterior que su cuarto contaba con lavabo y ducha, además de una salida al patio que circundaba toda la casa. Decidió al instante que haría uso de ambos, comenzando con la ducha.

Mientras se enjabonaba bajo el fuerte chorro de agua caliente, le surgió el recuerdo de un sueño que había tenido poco antes de despertar: en el sueño, le comentaba a Sara que estaba muy emocionado de encontrarse en Palestina. Sara, que tenía la cabellera rojiza y la piel tersa como en su juventud, lo miró de soslayo mientras agitaba el dedo índice en señal de reprimenda:

—Israel, no Palestina —lo corrigió. Tras tomarle la mano, lo animó a elevarse con ella en el aire para observar el país desde arriba. Sorprendido, Samir había notado con cuánta facilidad podía volar y solo tuvo cuidado de no soltar la mano de Sara para no caerse al vacío, lo cual, en esa extraña realidad, no lo amedrentaba. Eso fue lo único que pudo reproducir del sueño. Estaba seguro de que había más, pero no logró recordar qué era.

Tras afeitarse con cuidado, echarse una buena ración de aftershave y planchar con esmero el pantalón gris y la camisa blanca de entretiempo que había decidido ponerse, terminó de vestirse y salió al patio. El día había amanecido espléndido. A poca distancia vio a Tamara con un ligero vestido de verano que la hacía parecer una niña. Sintió que todo su cuerpo rebosaba de amor hacia ella. Parecía muy absorta en su tarea, que consistía en eliminar las flores y hojas secas de su cuidado jardín con una pequeña tijera de podar que manejaba diestramente.

Al verla, recordó a su querida abuela materna, Fátima. Ella le había relatado innumerables veces la historia del último día que había pasado en su casa, en su tierra, en su amada Palestina.

Al igual que Tamara en este momento, aquel día su abuela estaba cultivando su huerto en un lugar muy cercano a donde Samir se encontraba ahora. De pronto, se le había parado enfrente tío Habib, el hijo menor de abuelita, que había pasado por su casa antes de escaparse de la zona bélica con su esposa e hijos, y la animó a unirse a ellos en su huida al Líbano.

—No temas —le había dicho Habib—, los judíos no tienen ninguna posibilidad de derrotar a los ejércitos de tantos países árabes que nos apoyan. En cuanto termine la guerra, regresaremos a nuestros hogares.

Aterrada ante la posibilidad de caer en manos de los soldados judíos, su abuela Fátima había aceptado unirse a él en la fuga. Samir la imaginó arrojando la tijera de podar al suelo y entrando en su casa para escoger rápidamente aquello que, de todo lo que había atesorado en su hogar durante toda una vida, se llevaría consigo.

Para entonces, su esposo ya no estaba con vida, y sus hijos eran todos mayores e independientes. Tomó un poco de ropa, algunas fotos y contados recuerdos, y se sumó a la larga fila de palestinos que huían. La *Nakba* había comenzado.

Tras pasar más de un año en un campo de refugiados en el Líbano, su abuela entendió que la esperanza de volver a su casa, al menos en un futuro visible, se había esfumado: los judíos habían ganado la guerra y, tras proclamar el establecimiento de un estado judío, no permitían el regreso a sus casas de aquellos no judíos que habían huido.

Fue entonces cuando la madre de Samir, que ya llevaba varios años en la Argentina, la ayudó a emigrar. El resto de sus tíos y primos forman hasta el día de hoy parte de las estadísticas de los refugiados de la *Nakba.*

A diferencia de su familia materna, casi todos los familiares paternos de Samir, muchos de ellos naturales de Acre, no huyeron durante la guerra y vivían en lo que hoy se llamaba Israel. Si bien no era muy de su agrado tener que vivir bajo dominio israelí-judío, al menos habían conservado sus propiedades, tenían carreras y negocios y, con el tiempo, se habían acostumbrado a portar y soportar la cédula y el pasaporte con el símbolo judío de la Menorá. «Sin duda, el destino de ellos era preferible al de aquellos que huyeron», pensó.

Samir logró extraer a Tamara de su ensimismamiento con una leve tos. Una amplia sonrisa iluminó la cara de la mujer cuando vio a ese hombre, *su nuevo padre,* a pocos metros de ella, frente a la entrada trasera del cuarto de invitados.

Sin atreverse a llamarlo «mi nuevo papá», lo saludó con efusividad y se acercó para abrazarlo. El cariño que sentía hacia él se remontaba a su más temprana niñez.

—¿Cómo pasaste la noche? ¿Dormiste bien? —Le preguntó, escrutándole los ojos en busca de signos de cansancio.

—Dormí espléndidamente. Lo único que me falta ahora para despabilarme es un buen mate —le aseguró.

—¡Perfecto! Sentate acá —le ordenó, mostrándole un precioso rincón de estar con una mesita redonda de cristal y hierro forjado blanco con sillas a juego—, enseguida traigo la bandeja del mate y unas galletas.

Samir obedeció, complacido. Mientras esperaba el regreso de Tamara, volvió a admirar la belleza del jardín y de la naturaleza montañosa y verde que lo rodeaba. Miró hacia el oeste, donde se situaba el mar, pero no era posible verlo desde allí. Un poco más al sur estaba situada Acre, Akka para los árabes y Akko para los judíos, esa ciudad que tantas veces en la historia había pasado de manos musulmanas a cristianas y viceversa y que, en la actualidad, se hallaba bajo dominio judío. «¿Volvería a cambiar de manos? Seguro que sí», dedujo Samir.

En ese momento lo sacudió la percepción de que había dejado el teléfono en su cuarto. Pensando que Luciano podría haber respondido al mensaje que le había enviado la noche anterior, antes de dormirse, se apresuró a recogerlo.

«Tengo telepatía con este chico», determinó al comprobar que, en efecto, la respuesta de su sobrino había llegado pocos minutos antes.

«Hola, tío Samir» —le escribió—, «Estoy bien, y en unos pocos días estaré de vuelta y te contaré todo lo que quieres saber. ¿Qué pasa, me echas tanto de menos?».

«Así es, no puedo pasar más tiempo sin ver de cerca tu hermoso rostro. Por eso, he tomado el primer vuelo que encontré y estoy aquí en Israel, deseando verte. ¿Podemos citarnos para mañana por la mañana, en Tel Aviv?» —escribió lentamente, usando solo el índice de la mano derecha.

Acto seguido, se dirigió de vuelta al bello rincón de estar del jardín. Tamara, que ya lo estaba esperando con el mate listo, le hizo saber que había cogido unos días libres para estar con él y que hoy, si no tenía inconveniente, irían juntos a explorar un poco el norte de Israel. David —le explicó— no podría unirse a ellos porque tenía mucho trabajo en su taller.

Un rato después, ambos salían en el Toyota de Tamara con rumbo al mar, hacia occidente. Eran pasadas las nueve y media de la mañana y había poco tráfico en la carretera. Tenían previsto visitar las grutas de Rosh Hanikrá, dar una vuelta por la ciudad costera de Nahariya y llegar a Acre para la hora del almuerzo, donde Tamara conocía excelentes restaurantes de pescado.

El viaje transcurría con calma, al tiempo que evocaban recuerdos de otros tiempos y escuchaban música suave y algo triste de una estación local cuando, de súbito, la música calló y, en su lugar, se hizo oír una sirena que le puso la piel de gallina.

Aunque ya sabía que era el Día del Recuerdo del Holocausto, y pese a que Sara le había comentado varias veces lo que ocurría en Israel en ese día, nada pudo prepararlo para vivir en carne propia esa experiencia tan única.

Como por arte de magia, todos los vehículos que circulaban en ese momento delante y detrás de ellos en la carretera se detuvieron —para sorpresa de Samir, sin que se produjera ningún accidente— e inmediatamente todos los conductores y viajeros, absolutamente todos, se apearon de sus coches y se situaron al lado de ellos, de pie y con la cabeza gacha.

Él y Tamara hicieron lo propio. Samir se sintió algo fuera de lugar, pero lo hizo de todos modos. Cerró los ojos y bajó la cabeza para recordar y respetar a todas las minorías sufrientes de entonces y de hoy, a judíos y palestinos, cristianos y musulmanes, hindúes y budistas, negros y blancos, niños y adultos, aborígenes e indígenas, homosexuales y travestistas: todas aquellas personas de todos los continentes que, a causa de la estupidez humana, sufren por ser diferentes.

Antes de que terminaran los dos minutos de la sirena, tuvo tiempo también para rogar al Dios de todo el mundo que tuviera misericordia de los seres humanos, porque no tenían la inteligencia suficiente para amar la diversidad en lugar de odiarla.

Como en una película surrealista, en cuanto la sirena dejó de tocar, cada uno volvió a su asiento, los vehículos arrancaron, la línea inmóvil de coches volvió a circular y el flujo incesable de movimiento retomó su rumbo en ambas direcciones.

Tamara y Samir, que ya estaban acercándose a su primer destino cuando los sorprendió la sirena, siguieron el viaje en silencio.

Al llegar a la costa, Tamara aparcó cerca del mar para admirar el panorama.

—¿Qué te ocurre? ¿La sirena te paralizó el habla? —preguntó con una sonrisa comprensiva— Sí, ya sé. La primera vez es muy impresionante. En realidad, siempre lo es.

—¿En qué o quién pensaste? —quiso saber Samir.

—En papá, por supuesto. En mis abuelos maternos, quienes tuvieron «la suerte» de verse obligados a escapar de los pogromos de Ucrania y Rusia, por lo que en la Guerra Mundial ya estaban a salvo en la Argentina... y, en general, en toda esa generación que sufrió lo impensable por el solo hecho de haber nacido judíos.

Samir estuvo tentado de hacer comparaciones con lo mucho que sufría su pueblo bajo el dominio judío, pero prefirió no hacerlo en ese preciso momento.

Luciano estaba recostado en una tumbona frente al mar. Era su último día en este mundo. Le sorprendió lo sereno que se sentía a pesar de ello. Su decisión estaba ya tan consolidada con su cuerpo y alma que le parecía algo normal, como beber agua o darse un chapuzón en las olas, tal como acababa de hacer unos minutos atrás.

Sonrió al recordar el intercambio de mensajes que había tenido poco antes con su tío abuelo. Al principio, cuando vio el mensaje, pensó que el viejo estaba de broma, pero comprendió que de verdad había venido porque quería citarse con él para el día siguiente en Tel Aviv. Aún no le había contestado. Le encantaría encontrarse con él, pero no era posible. Al día siguiente, su tío vería su imagen en las noticias. Decidió contestarle que sí, que podrían encontrarse al día siguiente por la tarde en un restaurante de Tel Aviv para, de esa manera, tranquilizarlo y evitar que se le apareciera de pronto en el hotel. Por suerte, había tenido cuidado de no darle a saber su paradero. «¡Pobre!

Probablemente, se enfadará mucho cuando comprenda que lo he engañado», concluyó.

Esperaba que el domingo, tras leer su correo electrónico, entendiera todo y lo perdonara. También guardaba la esperanza de que incluso se enorgulleciera de él, aunque fuera un poco, cosa que dudaba. Su tío abuelo se aferraba aún a los ideales de los hippies de los años sesenta del siglo pasado: soñaba con un mundo donde todos fueran iguales, donde reinara la paz y hubiera abundancia para todos. No veía la realidad tal como era. Decidió postergar su respuesta un rato más. Ahora, debía concentrarse en hacer un repaso general en su mente. Quería que todo saliera al pie de la letra, sin que nada se echara a perder por descuido o negligencia. Con los ojos cerrados y la caricia del sol sobre la piel, repasó los próximos pasos.

A la mañana siguiente, dejaría su maleta con todas sus pertenencias y documentos, incluido el portátil, sobre la cama de su habitación de hotel. Un sobre dirigido a la dirección del hotel que colocaría de manera visible sobre la maleta contendría las instrucciones exactas para enviar todo a casa de sus padres en Barcelona, junto con un fajo de billetes para cubrir los gastos.

Hacia las nueve, después de desayunar por última vez en su vida, saldría del hotel vestido con ropa holgada y un chaleco de pescador para disimular el volumen del chaleco explosivo que se pondría más tarde, y se dirigiría al banco acordado frente al mar, donde se sentaría y depositaría la mochila a su derecha.

Allí, a las nueve y media, un desconocido vestido con ropa y calzado deportivos y la cabeza cubierta con la capucha de su suéter se sentaría junto a él con una mochila idéntica a la suya que contendría el chaleco explosivo, la cual depositaría con descuido justo al lado de la anterior. Al cabo de un rato, el hombre se marcharía con la otra mochila, dejando en el banco la que había traído consigo.

Acto seguido, Luciano se dirigiría al baño público cercano, donde extraería el chaleco de la mochila recién adquirida y se lo pondría debajo de la ropa. Luego iría caminando a la cafetería de la calle Dizengoff donde llevaría a cabo su misión sagrada.

Durante los últimos días se había dedicado a disfrutar de las pocas horas que le quedaban haciendo lo que más le gustaba: sentir la arena bajo sus pies desnudos, nadar y surfear en las olas del Mediterráneo. Le habría gustado también dar un último abrazo a su madre y hacer el amor una última vez con Lucía, pero eso ya no era posible. Había escrito sendas cartas de despedida para ellas, así como para su padre y su tío abuelo Samir, programadas para enviarse por correo electrónico el domingo tras su hazaña.

Convencido de que todo saldría tal como estaba planeado, sucumbió a la modorra que le producían los suaves rayos del sol y el murmullo de las olas.

De pronto, una sirena lo hizo saltar de su tumbona. Miró a su alrededor y vio que todas las personas presentes en la playa se pusieron de pie, bajaron la cabeza y cerraron los ojos. «¿Qué les pasa? ¿Están todos locos?», pensó. Es verdad que había visto que hoy era el día de la Memoria del Holocausto, y sabía que una sirena invitaba a las personas a guardar dos minutos de silencio en honor a las víctimas. No obstante, supuso que eso se hacía solo en las ceremonias, no en cualquier lugar, ¡no en la playa!

De todos modos, al ver que no quedaba ni una persona en el radio de su vista que no estuviese de pie con la cabeza baja, decidió hacer lo propio para no llamar la atención.

Mientras lo hacía pensó en el sufrimiento de su pueblo, pidió perdón a sus padres y a Lucía por la pena que les causaría su sacrificio, y pidió a Alá que este no fuera en vano, sino que diera ánimo a muchos otros a hacer lo mismo hasta poner de rodillas al enemigo sionista.

En cuanto al sufrimiento de los judíos durante la Segunda Guerra Mundial, se dijo a sí mismo que, aunque eso era ciertamente lamentable, ellos no eran los únicos que habían padecido las atrocidades de la guerra y, de todos modos, nada de ello les daba ningún derecho a usurpar las tierras de otros.

Cuando la sirena dejó de sonar, todos volvieron a sus quehaceres. Algunos siguieron nadando, otros trotando o jugando juegos de pelota, tomando cerveza, jugando al chaquete o fumando. «¡Qué gente más extraña!», concluyó.

Omer y Eitan estaban conversando sobre varios casos pendientes en la oficina del primero, entre ellos el del turista español que venían investigando desde hacía dos días. Se sentían algo más tranquilos al respecto, ya que el sujeto había adelantado su vuelo de regreso a España para el domingo 5 de mayo, dentro de solo setenta y dos horas, y durante los últimos días se había dedicado a ir a la playa y comer bien, lo habitual para un turista.

Las investigaciones desde España tampoco habían aportado demasiadas causas de preocupación. El padre de Luciano, Hakim Moreno, había abandonado la Argentina, como muchos otros en aquellos tiempos, solo por haber sido amigo de una persona arrestada. Durante los oscuros tiempos de la Junta, aparecer en la lista de teléfonos de un sospechoso arrestado podía ser extremadamente peligroso, motivo por el cual dejó todo y se fue a España. La mezquita que frecuentaba Luciano no dio la impresión a los investigadores de ser más extremista que otras. Además, Omer había mandado a hacer algunas preguntas al dueño de la tienda de regalos con quien había sido visto el sospechoso varias veces, quien resultó ser el tío de Lucía, la chica con quien el tal Luciano salía últimamente.

Se averiguó que el hermano de la chica había sido un reportero independiente que murió en uno de los ataques aéreos de las FDI en Gaza. Si bien ello podría quizá despertar deseos de venganza en sus familiares, el tío era una persona pacífica que nunca se había metido en líos.

A pesar de que nada parecía indicar que hubiese una razón especial de preocupación, Omer ordenó que se le siguiera vigilando sin perderle de vista hasta que abandonara el país. Prefería vigilar de más y no de menos. Al fin y al cabo, no podía ignorar dos hechos significativos: el chico era de ascendencia árabe-palestina, y tanto las circunstancias como la prolongación exagerada de su viaje seguían siendo sospechosas.

Omer miró la hora en su ordenador: faltaban pocos segundos para que sonara la sirena del Recuerdo del Holocausto. Se puso de pie de inmediato para estar listo apenas comenzara, lo cual fue imitado por Eitan.

Durante los dos minutos de silencio, Omer abrazó con amor la imagen de su abuelo José. Le juró que siempre defendería a Israel —el único país judío del mundo— para que lo ocurrido no pueda repetirse, nunca más.

.

CAPÍTULO 22

Tel Aviv, viernes 3 de mayo de 2019

Ofek observaba desde una distancia prudente al turista español que venía vigilando desde hacía unos días. Esta vigilancia resultó ser bastante aburrida. El chico iba a la playa, almorzaba, surfeaba las olas, comía en restaurantes. Salvo la circunstancia más o menos rara de encontrarse tanto tiempo solo en un país extranjero, no parecía estar haciendo nada que debiera despertar sospechas. No obstante, Omer había dado órdenes estrictas de no perderlo de vista, y es lo que seguiría haciendo hasta que se le ordenara lo contrario.

En ese momento, el sujeto no se encontraba en la playa con traje de baño como en los días anteriores, sino que estaba completamente vestido y sentado en un banco del paseo marítimo. A Ofek le llamó la atención que la ropa que llevaba puesta no parecía adecuada para la temporada, que era ya bastante cálida, ni para su calidad de turista amante del mar. Llevaba un pantalón largo tipo militar, una camisa con las mangas largas arremangadas, y un chaleco de pescador. Además, una pequeña mochila descansaba a su derecha en el banco. ¿Para qué necesitaría tantos bolsillos y, encima, una mochila? ¿Estaría por salir de compras? Ofek recordó que tenía reservado el vuelo a España para el domingo y, considerando que el día siguiente las tiendas estarían cerradas por ser sábado, tenía lógica que planeara comprar algunas cosillas de recuerdo o para regalar a sus familiares o amigos antes de partir.

El hombre parecía pensativo y absorto en el paisaje. En ese momento pasó a su lado, a la carrera, una joven bastante atractiva. A pesar de encontrarse a casi cien metros de distancia, Ofek notó que ambos intercambiaron una mirada de interés mutuo, pero la chica siguió caminando con rapidez y él continuó siguiéndola con la mirada ¿Se conocerían? Ofek supuso que no.

Poco después vio que un desconocido se sentaba en el mismo banco que el sospechoso, sin mirarlo ni dirigirle la palabra. Parecía enfrascado en la pantalla de su teléfono.

Ofek miró alrededor. Eran casi las nueve y media de la mañana del viernes, el comienzo del fin de semana para muchos israelíes. El área se estaba llenando de gente. Otros bancos similares frente al mar estaban también ocupados. Aun así, imaginó que el intruso podría haber encontrado algún otro lugar para sentarse a admirar el mar o hacer cualquier otra cosa que deseara. ¿Por qué sentarse justo al lado del turista? Llevaba ropa y calzado deportivos, y la capucha de la sudadera le cubría la cabeza. También notó que acarreaba una pequeña mochila, muy similar a la de su vigilado, la cual depositó en el banco a su izquierda, justo al lado de la anterior. Ofek comenzó a sentirse inquieto, esto ya no le estaba gustando en absoluto. Sopesó si convenía poner esta nueva circunstancia en conocimiento de su superior, pero decidió observar un poco más hasta que dispusiera de más detalles.

Pasados pocos minutos, el desconocido se levantó y, siempre con la vista en la pantalla de su teléfono, se alejó del lugar con la mochila colgándole del hombro derecho. Desde la distancia en que se encontraba, Ofek no pudo distinguir si era la misma que había acarreado al llegar.

Sin perder tiempo, envió un rápido mensaje a uno de sus compañeros de vigilancia que se encontraba un poco más al sur, pidiéndole que siguiera y vigilara al joven que se alejaba en su dirección tras proporcionarle señales identificatorias. Los dos sujetos podrían haber intercambiado fácilmente sus mochilas delante de sus narices. ¿Drogas? ¿Dinero? ¿Armas? ¿Explosivos? Todo era posible. Sin embargo, el chico parecía estar disfrutando de la bella mañana lo más campante. Según sabía por los informes, durante toda su vida había sido una persona normativa, que nunca se metió en líos de ningún tipo. ¿Podría estar tan tranquilo si estuviese cometiendo o por cometer cualquier clase de acto ilícito?

De pronto, el turista vigilado se levantó y, tomando la mochila, se dirigió al baño público. Pocos minutos después, sin volver la mirada atrás, se puso a caminar con paso firme hacia el noreste, alejándose del mar y acercándose a la ciudad. Ofek no esperó más y, mientras seguía sus pasos, envió un mensaje a su superior.

Omer se sentía intrigado. Su madre lo había llamado el día anterior rogándole, con una voz algo temblorosa pero insistente, que tomaran un café juntos en una cafetería de Tel Aviv. Le había dicho que era imperativo que se encontrasen, porque tenía que ponerlo al corriente de algunas cosas. También le dijo que llegaría con una persona desconocida para él, y que ya le explicaría todo cara a cara.

A pesar de que ello no sincronizaba con sus planes y obligaciones, Omer accedió. Su madre lo tenía preocupado. Desde la muerte de la abuela Sara, no había logrado volver a la rutina. Se estaba comportando de una manera completamente ilógica y descontrolada, muy diferente de lo habitual en ella. Omer comprendía que era difícil perder a una madre amada así, tan de improviso. Sin embargo, en su humilde opinión, la dificultad que estaba experimentando su madre se desviaba de lo normal, e incluso era posible que necesitara ayuda profesional. Decidió que hablaría con su padre al respecto.

Pocos minutos antes de la hora acordada, Omer ya estaba sentado a una mesa de la cafetería donde se habían citado. Deseó que su madre y el desconocido no se demoraran. Miró la hora en el teléfono. Eran las ocho y media de la mañana, exactamente la hora acordada, y aún no los veía llegar. Omer odiaba las impuntualidades. Desde la mesa en la que estaba sentado en la terraza de la cafetería podía ver la popular calle Dizengoff con su incansable flujo de transeúntes y tráfico. A pesar de la hora temprana de la mañana, los cafés estaban repletos de gente.

A lo lejos, haciéndose paso entre la gente, vio a su madre que, como era habitual, llevaba un vestido floreado de colores pastel, sandalias casi invisibles que la hacían parecer descalza, y el cabello largo y ondeado suelto. Daba la impresión de que estuviera flotando en lugar de caminando. Siguiéndole el paso con dificultad vio a un hombre alto y muy mayor, algo encorvado por el peso de los años, de semblante bondadoso. Sintió una inmediata e inesperada simpatía hacia él. «¿Quién sería? —pensó—. ¿Por qué era tan importante que nos viéramos hoy y, precisamente, con la compañía de ese desconocido? Pronto lo sabré» —se dijo para tranquilizarse.

Un momento después, ambos desaparecieron de su campo de visión para reaparecer a los pocos segundos frente a su mesa. Su madre se puso de puntillas para abrazarlo y estamparle un beso en la mejilla izquierda. Luego, antes de que ambos se sentaran, hizo las presentaciones de manera breve y casual.

—Omer, te presento a Samir, un viejo amigo de tus abuelos, pero no solamente. Enseguida te explicaré más. Samir, te presento a Omer, mi hijo mayor; trabaja para las fuerzas de seguridad de Israel, pero no me preguntes qué cargo tiene ni qué hace exactamente, porque yo tampoco lo sé.

Omer y Samir se estrecharon las manos y tomaron asiento. Sin mirar el menú, los tres acordaron que solo tomarían café con leche.

Tamara levantó lo más que pudo el brazo derecho adornado con varias pulseras que, al chocar entre sí, hacían un ruido parecido al de un sonajero. El gesto le dio el resultado que esperaba: una camarera se acercó para tomar el pedido.

Mientras tanto, Omer y Samir intercambiaron miradas exploradoras.

—¿Samir no es un nombre árabe? —Preguntó Omer por pura curiosidad.

Al escuchar la pregunta mientras encargaba tres cafés con leche y una botella de agua mineral, Tamara intervino antes de que la conversación tomara rumbos diferentes de los que había planeado y repasado desde el día anterior.

—Bueno —dijo con expresión seria e imperiosa, dejando claro desde un principio quién presidiría esa reunión—. Es mucha la información que tengo que darte y, además de calcular que no te será fácil digerirla, tampoco creo que tengas demasiado tiempo. Según tengo entendido, no tenés el día libre.

—Así es —asintió Omer, más intrigado que nunca—. No solo que hoy trabajo, sino que tengo un día más atareado de lo normal. No habría aceptado tu invitación para el café de esta mañana si no hubiese notado el tono apremiante de tu voz.

—Perfecto. Si es así, vayamos al grano. Siento mucho no poder suavizarte un poco más la información que te voy a dar. En cuanto a la pregunta que acabas de hacerle a Samir, te respondo que sí, Samir es un nombre árabe. Samir es un argentino de origen árabe-palestino. Venía a menudo a la casa de mi infancia en Mar del Plata para hacer reparos o trabajos de electricidad, tanto en casa como en el negocio. Era, es… un excelente electricista.

—Me parece muy interesante, pero me imagino que no era esa la información que tanto te urgía proporcionarme —dijo Omer algo decepcionado, tratando de ocultar su temor de que su madre estuviese perdiendo la cordura.

—En parte lo es, Omer… dejame terminar —le suplicó Tamara, y prosiguió sin esperar su permiso—. Lo que quise decir es que lo conozco desde la infancia. Después de que nos mudamos a Israel, ya no lo vi más. Sí, ya sé… tenés razón, no es necesario que me mandes esas miradas. Prometí ir al grano y estoy dando rodeos. Bueno, aquí lo tenés: Samir es mi verdadero padre.

—¡¿Qué?! Pero… ¿Cómo? —La mirada de Omer se posó en los

ojos de su madre y luego en los de Samir, y así sucesivamente repetidas veces, sin encontrar lo que realmente buscaba: que ambos estallaran en carcajadas y le confirmaran que le estaban tomando el pelo. Al no poder ni remotamente satisfacer su deseo, comenzó a tratar de imaginar qué significaba esa información para él.

En ese momento y para alivio de los tres, la llegada de la camarera con el pedido y el vertido del agua en los vasos crearon una pausa en la gélida tensión que se había acumulado en la mesa. Sin embargo, el alivio fue solo pasajero.

Tras beber un sorbo de agua, Tamara prosiguió desplegando, esta vez con detalle, todo lo que había descubierto en los últimos días sobre el pasado de Sara. Samir presenció en silencio, con una mezcla de sorpresa, agrado y pesar, cómo Tamara empleaba menos de una hora en resumir a los oídos de Omer la historia de amor de toda su vida.

Al finalizar la crónica, Omer se quedó sin habla. Una amarga risita le hizo cosquillas en la boca del estómago al pensar en la grotesca imagen de su abuela como amante de un árabe palestino. ¿Y su abuelo José, entonces? Su madre había dejado claro que él lo sabía y que Samir era amigo de ambos. Y, sin embargo, le costaba creer que su abuela hubiese mantenido dos relaciones amorosas durante toda su vida. No, eso era demasiado. No podía ser posible. Pero, y si lo era... ¿Qué consecuencias tendría para él esa nueva información? ¿Quién sería él en realidad? ¿Judío israelí o árabe palestino? ¿Una mezcla de ambos? ¿Cuál de las dos sangres pesaría más en su organismo, o en su alma? ¿A cuál pueblo debería su lealtad?

Su madre también acababa de comentarle que, en ese mismo momento, se encontraba en Israel un muchacho de más o menos la misma edad de Omer que, al igual que él, era también nieto de Sara y Samir. Otro individuo con la misma mezcla de sangres que la suya propia. El chico, que creía que Samir era su tío abuelo, no estaba enterado de nada de eso y, tomando en cuenta su compromiso con el Islam y la causa palestina, con toda seguridad no le gustaría saber que tenía una abuela judía.

En ese punto, Samir tomó la palabra para explicar que, desde el viaje de su nieto a Israel, hacía aproximadamente un mes, lo atormentaba un mal presentimiento: temía que el chico hiciese alguna estupidez de la que pudiera arrepentirse toda su vida, o quizá peor. Aclaró también que el hecho de que hubiese adelantado su vuelo de regreso a España no lo había tranquilizado. Presentía que le estaba ocultando algo.

A Omer no se le daba muy bien entender los vínculos familiares: siempre se hacía un lío cuando intentaba comprender las explicaciones de su madre sobre los lazos que le unían al padre de la esposa del tío de algún fulano. En esa ocasión, no obstante, sintió que debía hacer un esfuerzo. Ese muchacho que se encontraba en Israel y que, sin saberlo, era nieto de su abuela y sobrino de su madre, ¿era en realidad su propio primo? Algo en los datos que le acababa de brindar Samir le hizo mella en la memoria. Sintió que iba a desfallecer. Con un hilo de voz, preguntó a sus dos compañeros de mesa:

—Y... ese chico que se encuentra en Israel, el sobrino o nieto o lo que sea de Samir, ¿cómo se llama?

—Luciano —fue la respuesta de Samir— Luciano Moreno.

En un instante, la sangre abandonó las mejillas de Omer, dejando su rostro lívido como la cal. Haciendo acoplo de sus últimas fuerzas, Omer se levantó, dejó un billete de veinte shekels sobre la mesa y, tras decir con una voz casi inaudible que se tenía que ir con urgencia, dio media vuelta y se marchó.

Tamara, que lo observó mientras se alejaba hasta perderlo de vista, notó cómo sus pasos se iban reforzando a medida que avanzaba. Su sentido del deber se había sobrepuesto a la gran congoja que le había causado la nueva información.

Temiendo haber sido demasiado desconsiderada con él, su corazón de madre se desgarró de pena, pero bien sabía que no había tenido ninguna otra opción. La preocupación que Samir había compartido con ella el día anterior estaba bien fundada y, en este caso concreto, Omer era la única persona que ella conocía que podría tener la capacidad de cambiar el curso de las cosas para mejor.

Wassim estaba parado en una esquina de la calle Dizengoff, mirando con aparente calma a los transeúntes que se cruzaban con él y a los comensales de las cafeterías que podía ver desde allí. El auricular que tenía incrustado en el oído no paraba de darle piezas de información alarmantes. A cierta distancia de él ya estaban apostados otros dos agentes del Servicio de Seguridad vestidos de civil, con auriculares en los oídos y listos para saltar en cuanto se diera la orden.

Un rato antes, uno de sus subalternos le había pasado datos preocupantes sobre un sujeto que estaba bajo vigilancia por orden de Omer. Según él, la ropa que llevaba era demasiado abrigada para la época del año y, además, tras un breve encuentro con un desconocido, durante el cual pudo haberse producido un intercambio de mochilas, había entrado en un baño público para luego caminar hacia el centro de la ciudad.

Casi al mismo tiempo, otro agente le informaba que acababa de detener al desconocido que había sido visto sentado en el mismo banco que el sospechoso. Aunque por el momento no había conseguido sonsacarle nada, el chico, un árabe de Yafo, no le daba buena espina.

Un mensaje que recibió poco después le informó que el sujeto vigilado había doblado en la calle Dizengoff y, sin dudarlo, como si supiera exactamente adónde se dirigía, había entrado en una cafetería cercana, donde acababa de tomar asiento en una mesa de la terraza. Inmediatamente dio orden a todos los agentes apostados en la zona de que se acercaran con sigilo a esa cafetería.

Como si todo eso fuera poco, segundos después, Omer le hacía saber que tenía razones para suponer que el sujeto vigilado podría suponer un gran peligro para su entorno. Atando todos los cabos, se asumió conjuntamente la suposición de que el sospechoso podría tener un chaleco explosivo debajo de la ropa y, por unanimidad, decidieron llevar a cabo de inmediato la consabida operación de neutralización de un posible terrorista suicida.

Luciano decidió que había llegado el momento de su sagrada inmolación. Un momento antes había encargado un café con leche, pensando que se daría ese último gusto antes de partir. Sin embargo, un pálpito repentino le advirtió que debería hacerlo de inmediato, antes de que algo pudiera salir mal.

Pensó que preferiría dormirse y despertar rápidamente en el más allá, pero sabía que en la vida no hay atajos. Comprendía que parte del sacrificio que lo convertiría en un verdadero mártir o *shahid* era estar consciente en el momento de la explosión y exclamar de forma clara y potente que Alá es el más grande. *Alá huakbar.* Por esa misma razón había optado por no tomar ningún tipo de tranquilizante. No lo necesitaba. Se dirigiría con todos los sentidos y los ojos abiertos a los brazos abiertos de Alá. *Alá huakbar. Alá huakbar.* Como en una especie de ensueño, Luciano se llevó la mano derecha —tal como lo había practicado varias veces en las últimas semanas con un chaleco ficticio— al detonador de la bomba.

«No, no tengo miedo, no tengo miedo», se convenció Luciano. «*Alá huakbar, Alá huakbar...*» recitó mentalmente, listo para exclamar las palabras en voz alta y apretar el activador».

De pronto, los brazos fuertes de dos agentes le alzaron ambos brazos a los costados y, acto seguido, le esposaron las manos detrás de la nuca. Al mismo tiempo, un tercer individuo le abrió la camisa con toda rapidez y le quitó el chaleco con cuidado, alejándose con él para neutralizarlo lo antes posible.

Mientras observaba cómo se llevaban su chaleco explosivo y se sentía arrastrado bruscamente hacia la salida bajo las miradas incrédulas de un puñado de personas de todas las edades cuyas vidas acababan de salvarse por milagro, Luciano no supo definir qué era lo que más sentía en ese momento —¿Odio? ¿Ira? ¿Decepción? ¿Alivio?—, pero intuyó que, muy probablemente, tendría tiempo de sobra para averiguarlo en los próximos años.

EPÍLOGO

Cementerio de Kfar Saba, viernes 10 de mayo de 2019

Treinta días después de su muerte, Sara observaba con satisfacción al grupo de personas reunidas en el cementerio en honor a ella.

Tenía varios motivos para estar contenta. La vida de su nieto Luciano se había salvado de milagro, junto con la de otros muchos inocentes que podrían haber sido víctimas de su fatídico plan; el cual, por fortuna, resultó frustrado.

La apenaba que tuviera que pasar años preso, pero le parecía preferible a que hubiera muerto a una edad tan temprana. Además, guardaba la esperanza de que lograra quedar en libertad en un futuro no muy lejano.

Lo que nunca creyó posible se hizo realidad. Toda la familia estaba reunida en torno a su tumba. El secreto que tan celosamente había guardado toda su vida había salido a la luz, para bien o para mal. El tiempo lo diría.

Se sintió conmovida al ver a su Sami de pie, con una mano apoyada en el hombro de Tamara, quien lloraba en silencio. Antes de ir al cementerio, ella se había aplicado una generosa cantidad del agua de colonia de su madre con la esperanza de volver a verla y escucharla, pero esa vez la magia no se produjo. Sara había decidido que, treinta días después de su muerte, ya era hora de despedirse de los vivos y juntarse con los seres queridos que se habían ido antes que ella, especialmente su querido José, sus padres y sus abuelos.

Su nieta Hagar tomó una piedra del suelo y la colocó con amor sobre la tumba. Luego volvió con su esposo y buscó consuelo en su abrazo. A su lado, vio a Omer con una chica que no conocía. ¿Habría encontrado él también a su media naranja? Así lo esperaba. Nada daba más satisfacción en la vida que una buena relación de pareja y una bella familia.

Daniel, el único hijo que había tenido con José, estaba un poco alejado de los demás. Sabía que a él le costaría más aceptar la nueva realidad, pero que al final lo haría. Siempre fue un hueso más duro de roer que los demás.

Su mayor sorpresa fue ver junto a la tumba a Hakim y Rocío, que habían llegado pocos días antes a Israel, tras el arresto de Luciano. Samir había aprovechado el encuentro para ponerlos al corriente de todo. Ya no quería más secretos.

Sara le dio la razón. Pensándolo mejor, nunca habían tenido nada que ocultar. Se habían amado y se amaban aún. El amor no tiene religión, raza, color, etnia ni nacionalidad.

Como de costumbre, Matilde llegó con atraso, disculpándose con la mirada al tiempo que colocaba un gran ramo de girasoles sobre la tumba de su amiga. Sara le dio un abrazo que ella percibió como una suave ráfaga de viento.

Mientras Daniel decía el *kadish,* el tradicional rezo judío que recitan los hijos a sus padres fallecidos, Sara comprendió que había llegado el momento de dar el último paso al más allá. Miró a toda su familia con infinito amor y se marchó. Un agradable aroma llegó a las fosas nasales de todos los dolientes. Era la inconfundible fragancia de «Heno de Pravia», la eterna agua de colonia de Sara.

Made in the USA
Coppell, TX
03 November 2023

23793870R00128